汉字的魔方

中国古典诗歌语言学札记

葛兆光 著

复旦大学出版社

葛兆光　复旦大学文史研究院及历史系特聘资深教授。主要著作有《中国思想史》（两卷本，1998，2000）、《增订本中国禅思想史——从6世纪到10世纪》（1995，2006）、《宅兹中国——重建有关中国的历史论述》（2011）。曾获第一届"中国图书奖"（1988）、第一届Princeton Global Scholar（2009）、第三届Paju Book Award（韩国，2014）、第26届"亚洲·太平洋"大奖（日本，2014）等。

目 录

新版序 / 1

第一章 | 背景与意义 / 1
　　　　——中国古典诗歌研究中一个传统方法的反省
　一、"背景分析":真是一把万能钥匙吗 / 5
　二、背景批评的难题与困境 / 10
　三、批评的传统:以历史的背景曲解诗歌的意义 / 15
　四、诗歌:是自给自足的文学文本,还是依赖背景支撑的历史文本 / 20

第二章 | 语言与印象 / 25
　　　　——中国古典诗歌语言批评中的一个难题
　一、难题:语言与印象的纠缠 / 27
　二、实例分析:从语义到语音 / 31
　三、还是难题:诗歌语言批评怎么办 / 40

第三章 | 意脉与语序 / 45
　　　　——中国古典诗歌中思维与语言的分合
　一、诗的语序:老话题的新诠释 / 48
　二、陌生化:意脉与语序的分离及诗歌语言的形成 / 57
　三、埋没意绪:意脉与语序分离的意义 / 63

2　汉字的魔方

第四章｜　论格律 / 75
　　　　　——中国古典诗歌语言结构的分析
　　一、语音序列:从永明体到律绝体 / 79
　　二、意义结构:对偶的空间效应 / 90
　　三、句型规范:诗歌整体结构的选择 / 104
　　四、小结:人心与天道的同律搏动 / 111

第五章｜　论典故 / 115
　　　　　——中国古典诗歌特殊语词的分析之一
　　一、密码破译:作者与读者的文化对应关系 / 119
　　二、典故与诗的视境:中断与连续 / 124
　　三、用典方式:表达意义与传递感受 / 129
　　四、典故注释:对"动机史"的阐释 / 136

第六章｜　论虚字 / 141
　　　　　——中国古典诗歌特殊语词的分析之二
　　一、"自"字的分析:"转从虚字出力" / 144
　　二、虚字的意味:传递感受与曲折意思 / 148
　　三、"意思中再加意思" / 152
　　四、唐宋诗之间:虚字与以文为诗的风气 / 155

第七章｜　论诗眼 / 161
　　　　　——中国古典诗歌特殊语词的分析之三
　　一、从无眼到有眼:"诗眼"的形成过程 / 163
　　二、诗眼的意义:给物理情状以情感色彩 / 168
　　三、诗眼消解与篇法、句法与字法 / 174

第八章 | 从宋诗到白话诗 / 177
　　　　——诗歌语言的再度演变
　一、以文为诗：从唐诗到宋诗 / 180
　二、以白话为诗：20 世纪初的诗体革命 / 192
　三、宋诗与白话诗：一种共同的诗歌观念导致的语言革命 / 197
　四、巧思与机智：走向精致化的白话诗 / 203

香港中华书局 1990 年版后记 / 212

辽宁教育出版社 1998 年修订版后记 / 214

复旦大学出版社 2007 年版序 / 217

附录 | 语言学批评的前景与困境 / 219

新 版 序

这是《汉字的魔方》第四版了。复旦大学出版社总编辑孙晶女士认为，这本四分之一世纪以前出版的小书，还有再版的价值。在她的鼓动下，我重新看了一遍此书，根据读者的反应和意见做了一点儿修订，更正了少许错字，补充了若干注释，增加了一篇书评《语言学批评的前景与困境》作为"附录"，但没有作大的改动。之所以不作大的改动，一方面是年岁渐老，早就没有了旧时的才情和勇气，一方面也是为了留存一些往事的记忆。尽管岁月荏苒，它仍能让我想起1989年"烽火连三月"的情景。

葛兆光

2015年4月12日

第一章 背景与意义

——中国古典诗歌研究中一个传统方法的反省

阅读一首诗时人们常常想到"背景",这首诗是什么情况下写出来的?研究一个诗人时人们常常想到"背景",他生活在什么样的环境里?描述一代诗史时人们也常常想到"背景",和诗史平行的是一个什么样的时代?"背景"成了一个既定思路(ready-madetrain of thought),几乎每一个批评家都对它司空见惯,在评论诗歌时毫不犹豫地信手拈用,但很少有人对它似乎天经地义的权力提出质疑,问问它凭什么充当理解诗歌意义的基础。

语言学家说,"背景"一词是舶来品,它译自日文"はいけい",而日文"はいけい"又来自英语 background①,在一般字典里,background 这个词下面有三个义项:某事物背后的情状;照相、绘画等主题背后的布景或陪衬;背后支撑的势力或靠山。毫无疑问在诗歌批评中人们运用的是第一种意思。不过,当背景被恰当地运用于批评时,第二种意思"布景或陪衬"也成了合适的比喻,诗歌背景正好比摄影绘画时人物背后的布景道具,《世说新语·巧艺第二十一》记顾长康画谢鲲,以为"此子宜置丘壑中",丘壑即背景,谢鲲在丘壑中益现其精神风采②。同样在批评家看来,"意义"与"背景"相关,诗歌在背景中更能显出其本义,所以丹麦勃兰兑斯《十九世纪文学主流·导言》即以取景作比,说那"一头可以放大一头可以缩小"的望远镜务必对准焦距③;可是,当焦距没有对准时,第三种意思"支撑的势力与靠山"也会渗进诗歌批评,因为在这个取景框里背景清晰而主题模糊,就好比画谢鲲却画了丘壑,人物画成了山水画,搭布景却搭了脚手架,被拍摄的主题只好战战兢兢倚依在支架上,诗歌批评家不得不依靠对背景的考证和搜寻来重建诗歌的意义,于是背景真的成了诗歌意义的"支撑的势力或靠山",因为在这些批评家"寻找头脑却摸着帽子"的视界

---

① 参见刘正琰、高名凯等《汉语外来语词典》,上海辞书出版社,1984年,第39页。
② 《世说新语校笺》卷下,中华书局,1984年,第388页。
③ 《十九世纪文学主流》(中译本)第一分册,人民文学出版社,1980年,第1页。

中,只有凭着帽子才能找到戴帽子的头脑,尽管可能张冠李戴,但在他们看来,这就像只有凭山朵拉那只鞋才能找到山朵拉一样,背景是唯一的破案线索。

一种批评方法背后总有一种批评观念在,无论这种观念形诸文字是在实际运用方法之前还是之后,它总是实际批评操作的指导,正如昆廷·斯金纳(Quentin Skiner)所说:"在我们可望鉴别的那个关系背景有助于解释出手中作品意义之前,我们实际上已获得了一种诠释方式,这种诠释方式提示我们:什么环境最值得探讨,什么背景最能帮助我们解释作品的意义。"[1]观念的是非导致操作的是非,但方法的得失有时也能昭示观念的得失,这就好比地图的准确能导致行人迅速寻路,而行人按图寻路走错了方向也说明地图的错谬,在同样以"背景"来推敲"意义"的过程中,有时如同摄影对准了焦距,批评恰如其分,像钱谦益解释《哀王孙》"东来骆驼满旧都",以《史思明传》"禄山陷两京,以骆驼运御府珍宝于范阳"为背景,使人立即明白"骆驼"是实录,而此句意义是追忆当时的惨状[2];有时却仿佛伯乐之子按图索骥把蛤蟆当跨灶良马,整个儿把意义弄个满拧,如宋人把杜甫安史之乱前的少作《望岳》看成安史之乱后哀伤"天子蒙尘"的挽歌,在战乱背景下把"一览众山小"看成了讽刺"安史之徒为培塿之细者何足以上抗岩岩之大也哉"的政治漫画[3];有时诗人在诗歌里暗示了意义和背景的关系,批评者可以顺藤摸瓜,像杜甫《瘦马行》"去年奔波逐余寇"已指明写于乾元元年(758)谪官华州之后,所以仇兆鳌《杜诗详注》卷六可以判定,这首诗是"追述(至德二载)其事";有时诗人自己并没有说明背景,于是批评者不免瞒天过海强作解释,像清姚文燮《昌谷集注》在序里自认"善论唐史者始可注(李)贺",但卷一

---

[1] Quentin Skiner, *Hermeneutics and the Role of History*, p. 230, 1975.
[2] 《钱注杜诗》卷一,上海古籍出版社,1979 年,第 44 页。
[3] 《分门集注杜工部诗》卷四,四部丛刊本。

注《李凭箜篌引》时却从"李凭中国弹箜篌"的"中国"二字和《唐书》"天宝末上好新声外国进奉诸乐大盛"的背景里认定这是表彰国粹捍卫绝调的"郑重感慨",殊不知"中国"即"国中"即京城里,而"箜篌"恰恰不是"中国之声"而是外来乐器①。这些具体批评中的是是非非除了批评者自己的历史知识有差异、鉴别眼力有高下之外,是不是也显示了"背景"作为一种批评观念本身的问题呢?虽然每一种批评方法的使用者都相信手握灵珠,惟有自己这一套能钩玄索隐,但依我的理解,诗歌批评的每一种方法都有其利弊,不可能一劳永逸地解决"诗无达诂"这个难题。亚历山大·蒲伯(Alexander Pope)说:

> 见解人人不同,恰如钟表,
> 各人都相信自己,不差分毫。②

但毕竟没有一种见解能在诗歌批评中面面俱到分毫不差,"背景批评"也不能例外。

一、"背景分析":真是一把万能钥匙吗

本来,人置身的这个世界无所谓边缘与中心、背景与对象的区别,世界对于人的眼睛实际上是"无限大"的,可是,人的视觉却是以自我为中心,以注意点为对象,以对象周边为背景的,因而它的范围又不是"无限大"的。人依照自己所处的角度和意欲的视界来摄取"对象",并以对象的焦距来确定"背景",因为只有这样才能确立对象的位置,批评家立足于一定的角度,从他的立场去

---

① 参见杨荫浏《中国古代音乐史稿》上册,音乐出版社,1944年,第229页;林谦三著、郭沫若译《隋唐燕乐调研究》,商务印书馆,1957年,第114页;田边尚雄著、陈清泉译《中国音乐史》,商务印书馆,1937年,第185页。

② 蒲伯《论批评》(Essay on Criticism)9—10行。

摄取、去制作、去评价背景,因为只有这样才能估价诗歌的意义。不过,在诗学批评中最有权威、最有理论意味的一些"背景",却仿佛是用了广角镜加长镜头,大都只是泛泛而论,尽管它常常在诗学或文学史专著里被恭恭敬敬地放在卷首并占了不少篇幅,但总是只给阅读者提供似是而非的笼统暗示。像中国传统的政治(时代)与思想(学术)背景,它不仅在诗歌评论中被奉为圭臬,而且在文、史两界得到一致的首肯,但从"知人论世"到"文变染乎世情,兴废系乎时序"再到"正变""初盛中晚"论,实际上并不能落实到具体诗歌的诠释之中,却只是给诗歌批评附加了一些大而无当的诠释前提①,舶来的"环境、民族、时代"背景和后起的"经济-阶级"背景自然给批评带来了不少"理论"色彩和"实证"意味②,使传统的"知人论世"摇身一变,就仿佛店铺换了名称叫公司,不止是挂

---

① 参见《孟子·万章上》、《文心雕龙·时序》;采用政治(时代)与思想(学术)作为文学的"背景",是中国文学批评的惯用方式,大多数正史的"文苑传"或诗人传的序论及诗歌批评专著都是如此,直到20世纪仍不曾改变,像1918年中华书局出版的谢无量《中国大文学史》第一编第三章第二节《时势与作者》、《南社》第八集载胡蕴玉《中国文学史序》、1931年商务印书馆出版陈钟凡《汉魏六朝文学》第二章第一节、1933年上海大东书局出版的童行白《中国文学史纲》卷首《凡例》四、五则等。1934年商务印书馆出版苏雪林《唐诗概论》第一章讨论唐诗的背景,首先即是"学术思潮之壮阔"、"政治社会背景之绚烂"两条。

② 外来的背景批评,一是法国斯达尔夫人(Madame de Staël,1766—1817)的以南北地域批评文学的方法,刘师培《南北文学不同论》、王国维《屈子文学之精神》很可能就受了她的影响;二是泰纳(H. A. Taine,1828—1893)及勃兰兑斯(G. M. C. Brandes,1842—1927)代表的环境、民族、时代背景批评,1926年商务印书馆出版的顾实《中国文学史大纲》、1931年上海民智书局出版的陈冠同《中国文学史大纲》可能受到他们的影响,1932年北平朴社出版的郑振铎《中国文学史》(插图本)更在《绪论》中大量引述了上述二人的说法;三是通过日本和苏俄传来的经济-阶级背景批评,1935年北平文化学社出版的张希之《中国文学流变史论》可以作为代表,1935年正中书局出版的杨启高《唐代诗学》第一章《纲领》中《唐诗背景》一节也有类似的分析。但这些背景批评大都属于笼而统之的泛泛而论,在具体作品分析中都似乎消逝了,剩下来的仍是通常的作者介绍和印象鉴赏。

了招牌也扩大了业务,在原先八尺铺面外又添了新柜台,在旧商品外还摆上了琳琅满目的新花色,尤其是进口货,20世纪经由东洋转口的或直接来自西洋的这些文学批评理论就好像那个时代充斥货架的舶来洋货,把原来格局陈旧的土产货栈变成了中外兼营的合资企业,但是,这种仿佛把帐篷变成了苍穹似的背景交代仍然广袤而含糊,它们对于诗歌好像采取了一个现代军事方法作自己的策略,叫"围而不打",它可以广泛撒网把诗歌罩在自己的阴影之下,形成一个诠释的包围圈,同时它又绝不直接攻击诗歌王国的城堡以免损兵折将,只是遥遥地保持着它的矜持与高傲,以便宣称自己是最终的胜者。这种"背景"仿佛园林的借景,只能远远眺望却决不可把它当作园林的屏风,又仿佛"屠龙之术",只能敬而远之却决不可把它当作诗歌诠释的钥匙。有时,当它直接参与诗人或诗歌的诠释时,它那种大而无当常常会泯灭诗人或诗歌的个性特征,就像茨维坦·托多洛夫《批评的批评》里讽刺的那样:"根据这种历史决定论的观点来看,所有的猫都是灰色的"①,因为这"背景"笼罩得太密,仿佛把白天变成黑夜,而"黑夜里各色猫一概灰色"(La nuit tous les chats sont gris),但实际上诗人与诗歌总是多彩多姿的,就像同在盛唐的王维、李白、杜甫,承受着同一背景而各自风格迥异;有时,当它直接参与诗人与诗歌的诠释时,它那似是而非的范围总是给予使用者过多的"自由",让他在背景与意义之间草蛇灰线似续似断的因果链里任意组合拼接,结果是因人而异、人言言殊,就像斯达尔夫人和史雷格尔同样以"北方精神"阐释莎翁,一个看出了莎士比亚残存的北方的"愚昧无知的文学原则",一个却看出了莎士比亚表现的"后期的有教养

---

① 托多洛夫《批评的批评》(中译本)王东亮等译,生活·读书·新知三联书店,1988年,第46—47页。

的我们时代的北方"①。因此,尽管这种"背景"常常占据了诗歌批评著作的大部篇幅,也有着看似整齐的理论阵容,但在实际阐释诗歌时,人们使用的多是一种更"精确"的背景批评,这就是陈寅恪在《元白诗笺证稿》里屡次说到的:

> 今世之编著文学史者,能尽取当时诸文人之作品,参定时间先后,空间离合,而总汇于一书,如史家长编之所为,则其间必有启发。②

我们在这里要讨论的,也正是这种在中国古代诗歌批评里广泛使用的"背景批评"。

其实,陈寅恪这段话只是北宋吕大防在《韩愈年谱·识语》里"次第其出处之岁月,而略见其为文之时"那段话的翻版③。至少在吕大防所处的时代,这一精细的背景批评已经超越了笼统"知人论世"的樊篱,编年诗集和诗人年谱的出现表明了这种实际批评的成型,精细的历史编次和诗人身世考证,则把这种实际批评推向成熟。它提供的较为准确的"背景"给批评家猜测诗歌意义提供了相对可靠的线索,也给诗歌意义的外延限定了一个阐释的边界,过去大而无当的背景好像安了镜框,在这个镜框里布景和主题之间密切了许多,过去模糊不清的镜头仿佛被调整了焦距,镜头拉近后虽然背景变小但也更加清晰,人们通过这些背景材料似乎了解了诗人也似乎更有把握解释他们的诗歌。像前面提到过的《钱注杜诗》卷一评杜甫《哀王孙》,钱谦益以《旧唐书》、《通鉴》记载为依据考证天宝十五载六月九日潼关失守,十二日唐玄宗出逃后,"亲王公主皇孙以下,多从之不及,平明,既渡渭,即令

---

① 斯达尔夫人《论莎士比亚的悲剧》,史雷格尔《作为北方诗人的莎士比亚》,分别作于1800年与1812年,中译文收入《莎士比亚评论汇编》上册,中国社会科学出版社,1979年,第367、319页。

② 《元白诗笺证稿》,上海古籍出版社,1982年,第13页,又参见第45页。

③ 《昌黎先生文集》附,转引自《韩愈资料汇编》,中华书局,1983年,第132—133页。

断便桥","中外扰攘,不知上之所之,王公士民,四出逃窜山谷",而杜甫此时也正往来逃窜,亲眼目睹这一切,于是,《哀王孙》中"金鞭折断九马死,骨肉不得同驰驱,腰下宝玦青珊瑚,可怜王孙泣路隅"等句的意义,就在背景中豁然明朗起来①;又如朱鹤龄《李义山诗集笺注》卷中评《自南山北归经分水岭》,朱氏从诗题中考证出分水岭在汉水,从史书中考证出令狐楚开成初年为山南节度使,从生平考证出李商隐当时正在令狐楚节度府,于是指出这首诗是李商隐从汉中北归途中所作,因而诗里"那通极目望,又作断肠分,郑驿来虽及,燕台哭不闻"等悼念令狐楚的意思,就在这一连串的考证中刹那显现;再如清人王文诰所撰《苏诗编注集成》,只要看一看《总案》卷三十七对苏轼元祐八年十二月生活的记载:"刘丑厮复父仇,来诉于庭,为记事;和子由咏清汶老诸什;寄王巩紫团参诗;作《中山松醪赋》;……二十五日寄馏合刷瓶与子由;和刘焘蜜渍荔枝……"就可以对苏轼这一月所写八首诗有一定了解,而进一步点明苏轼本月被贬为定武安抚使,心境极坏这一背景,《寄馏合刷瓶与子由》里"老人心事日摧颓"的失望、"知我空堂坐画灰"的寂寞及"约束家僮好收拾,故山梨枣待归来"的怅叹,就在这细致的背景交代中自然凸现。

很明显,背景对于诗歌意义的阐释是必要的,尤其是精细而准确的背景,它不像那种大而无当的笼统介绍,只说"人在大地上"或"鱼在深海里"这种无比正确而毫无意义的废话,倒像是精确画出了位置的大比例地图,为搜寻目标提供了依据;也不像含含混混的泛泛交代,只把对象画了个朦胧含蓄的大概轮廓让人无法琢磨,倒像是用细线五彩勾勒了一幅工笔人物,为查找失踪者提供了线索。我们常听到文学批评家振振有词地教训学生说:搞清楚了背景就掌握了理解意义的钥匙,这让人想起中国一句俗话

---

① 《钱注杜诗》,上海古籍出版社,1979年,第44页。

"一把钥匙开一把锁"和西方一句俗话"开门靠万能钥匙"(Open door by the master key)。可是,我们还得想一想,"背景"真是一把万能钥匙,确实能打开"意义"的大门吗?

二、背景批评的难题与困境

首先,一个难题是诗歌写作背景并不都能考证清楚。且不说史料"代远多伪"①,就是不伪,正统的纪传、编年、本末体史书又有多少篇幅来记载诗人?诗集的编年与年谱的修撰常常不得不依靠诗歌的提示,诗题的线索,语词的象征来猜测,可那些提示、线索、象征又有几分可靠?对古代诗人生平和诗歌精细的编年,虽然是很多学者的理想,但相当多的"考订"却仿佛在猜一个没有谜底的谜,各抒己见却莫衷一是,史料匮乏使背景考证常常捉襟见肘,只好付诸阙如,猜测自由又使编年系诗往往胆大妄为,凭着感觉强作解人。像上引杜甫《哀王孙》倒是内容明晰史料充足,不仅《唐书》、《通鉴》可资参考,而且诗中那两句"窃闻天子已传位,圣德北服南单于"已把时间交代明白,但如果换一首时间无从考证的诗又如何呢?比如《玉华宫》,它也有"不知何王殿,遗构绝壁下,阴房鬼火青,坏道哀湍急"的喟叹,是不是和《哀王孙》一样写安史之乱后的沧桑之感?浦起龙《读杜心解》把它系于至德二载(757)八月并说它是"陨涕时衰"、"有黍离行迈之思",是"因衰起兴,泪洒当前"②,但玉华宫早在永徽二年(651)就废为寺庙,杜甫早年也曾经过此地,为什么偏要在这时才有黍离之思?黍离之思是中国古代诗歌的常见主题,几乎每一个诗人面对残垣颓壁都会

---

① 刘勰《文心雕龙·史传》;这个道理很多人都知道,就连宋代一个女诗人朱淑真《读史》一诗里都说过:"笔头去取万千端,后世遭它恣意瞒。"《朱淑真集注》前集卷十,浙江古籍出版社,1985年,第117页。
② 《读杜心解》卷一,中华书局,1981年,第39页。

发这种思古幽情,不一定非要等战乱之后才"因衰起兴",假如它真是杜甫晚年的作品倒也罢了,可是万一它是杜甫早年泛泛之作,那么浦起龙所阐释的一大堆意义岂非是向壁虚造?又如上引李商隐《自南山北归经分水岭》恰好诗题与地理、史事、传记可以对证,便使阐释者得以按图索骥顺藤摸瓜,可是如果没有这个时空人事明白的诗题呢?比如那些《无题》,那句"又作断肠分"是否会被解释为男女之间的生离死别,那句"燕台哭不闻"是否会被想象为闺中情人的哀怨悲绝,就像《无题》时而被当作李商隐与政治人物之间微妙关系的隐喻,时而被当作李商隐与女道士之间绝望恋情的追忆。在通常的编年考证中,人们常会对这种无从措手感到烦恼,在诸多的考证著作里,人们常会对意见分歧感到困惑,例如同一个李白,黄锡珪《李白编年诗目录》和詹锳《李白诗文系年》竟"相异十之七八,相同仅十之二三",同一首《江夏别宋之悌》,有人说它写于上元元年(760),有人说它写于乾元元年(758),还有人说它写于开元二十九年(741)之前,我们究竟应该相信谁?又如李贺《南园》十三首之八,"春水初生乳燕飞,黄蜂小尾扑花归。窗含远色通书幌,鱼拥香钩近石矶",根本没法搞清楚背景,那么你应该相信这就是一首写于"闲寂"之时"有隐处就闲之意"的抒情小诗,还是相信它是写于"元和中徵少室山人李渤为左拾遗"时"讥其不终于隐……为贪饵卒罹罗网"的政治漫画①?虽然说"一把钥匙开一把锁",但是没有钥匙或者是给你一大堆钥匙又不告诉你开哪把锁,背景批评可能根本找不到大门或开错了别家的大门。

其次,就算我们对诗歌创作的背景有了精细的了解,是不是就有权作诗人的代言人宣布它的意义?显然也还是不行。中国

---

① 见王琦《李长吉歌诗汇解》卷一、姚文燮《昌谷集注》卷一、《李贺诗歌集注》,上海古籍出版社,1978年,第90、410页。

古代诗人没有写创作体会或创作日志的习惯,在大多数抒情写景诗里诗人并没有给予批评者任何提示,以至于批评家不能不根据背景与本文进行猜测,但猜测当然只是猜测尽管它是最精确的猜测,只要诗人不曾死生肉骨站出来进行首肯,它依然不能自命为"意义"本身,背景是批评家视野里重构的历史,是按照批评家的理解与分析对一系列事件材料的排列组合与解释,但它并不是真实的历史本身,属于历史的那些事件早已逝去,属于历史的诗人也早已死亡,时间带走了他们复杂的精神与微妙的心灵,留给批评家的只是诗歌本文和相关的一系列"历史叙述",但正如 H·怀特《叙述的热门话题》里说的,历史叙述早已将历史事实剪裁(tailoring)过了,所以它并非事实,"而是告诉我们对这些事实应当向哪个方向去思考(in what direction to think)并在我们思想里充入(charge)不同的感情价值"①。重构于批评家之手的背景,正如 M·福科《知识考古学》所说的包含着荒谬(preposterous)的"精神产品",尽管靠近了诗人,但依然无法重现历史的血色和心灵的生命,更何况诗人正属于最复杂多变的那一类心灵,诗歌正拥有最微妙难测的那一类情感,把"背景"之因与"意义"之果硬叠合在一起难免犯刻舟求剑的错误。显然,这种错误大半来自批评家对"可靠背景"的过分信赖,而这种信赖在古代中国又常被诗歌"怨刺说"膨胀成了批评定势,浦起龙《读杜心解》卷首《少陵编年诗目谱》说:"缵年不的则徵事错,事错则义不可解,义不可解则作者之志与其辞俱隐而诗坏"②,这话反过来说就是编年正确则背景正确,背景正确则意义显现,于是诗人心理和诗歌意蕴就昭然若揭,这一过分自信大概可以追溯到刘勰《文心雕龙·时序》中的"原始以要终,虽百世可知",但这一过分自信又常常会导致维姆

---

① 参看彭刚《叙事、虚构与历史》,载《历史研究》2006 年第 3 期。
② 《读杜心解》卷首,中华书局,1981 年,第 60 页。

萨特和比尔兹利所批评的"意图谬误"(intentional fallacy)①,如果诗人写诗真的是都为时事而作倒也罢了,可是中国到底有多少"史诗"或"诗史"呢?很多诗人写作只是"兴会偶发",不少诗人写作又是"因题凑韵",当诗人见月伤心闻铃堕泪写抒情诗,当诗人倚马立就即席咏哦写应酬诗时,他与他周围的那些"背景"有什么关系?比如李贺《北中寒》一诗的确写于唐德宗时,但他是否像陈本礼《协律钩玄》卷四分析的那样专为"德宗享国秕政尤多"而作,以"黄冰合鱼龙死"暗示"肃宗昵张良娣,任李辅国,杀太子,迁上皇",以"挥刀不入迷蒙天"讽刺"不知自省,归咎天命"的皇帝?如果真是如此,李贺就真的成了通晓史事的时事评论员,而《北中寒》则真的成了可以刊诸报端的历史评论了②;又比如李商隐《海上谣》一诗被公认为大中元年(847)作于他任桂府掌书记时,但在同一背景下,朱鹤龄《笺注李义山诗集》卷中看出了"求仙",冯浩《玉谿生诗笺注》卷三看到的是李德裕之贬和郑亚之危,张采田《玉谿生年谱会笺》卷三揣摩出了李商隐对一生失意的伤感,而还有人则从背景史事及"桂水寒于江,玉兔秋冷咽"等诗句中读出了李商隐"影射当时政局"③,在这首诗面前,编年正确背景清晰为什么不能使"意义"刹那呈现?再如杜甫《初月》一诗,的确写于唐肃宗即位后,它究竟是写月色还是写政治?要按仇兆鳌《杜诗详注》卷七的说法,尽管它作于此时,也只是"在秦而咏初月……总是夜色朦胧之象"④,但要按蔡梦弼、王嗣奭的说法,它产生在这个背景下"必有所指",所以"微升古塞外"是"肃宗即位于灵武","已隐暮

---

① 参见赵毅衡编《新批评文集》,中国社会科学出版社,1988 年,第 8 页。
② 《协律钩玄》卷四,清嘉庆年间刻本,参见金开诚、葛兆光《历代诗文要籍详解》,北京出版社,1988 年,第 468 页。
③ 叶嘉莹《中国古典诗歌评论集》,广东人民出版社,1982 年,第 72—108 页;同样的例子可以参见钱谦益《钱注杜诗》卷四、仇兆鳌《杜诗详注》卷十、朱鹤龄《辑注杜工部集》卷七、浦起龙《读杜心解》卷二之二对《石笋行》的不同解释。
④ 《杜诗详注》卷七,中华书局,1979 年,第 607—608 页。

云端"是"肃宗为张皇后李辅国所蔽","河汉不改色"是"犹夫旧也","关山空白寒"是"失其望也",至于"露满菊团"当然就不是夜月微寒的单纯景致,而是阴邪势力压倒正人君子,杜甫当然就不是一个能在闲暇中赏月吟诗的文人,而是时时预言政治形势的专栏评论员①。清人吴雷发《说诗管蒯》有一段话说得很好:

> 诗贵寓意之说,人多不得其解,其为庸钝人无论已,即名士论古人诗,往往考其为何年所作,居何地之作,遂搜索其年其地之事,穿凿附会,谓某句指某人,某句指某事……②

可是,这却是中国古代诗歌批评的一大传统,在这些信赖"背景"便是"意义"的钥匙的批评家看来,只有这样才能"明诗人所指,才是贾胡辨宝",否则就是"一昧率执己见,未免有吠日之诮"③。当然,"读诗心须细,密察作者用意如何"④,可是,这种把批评家自己信赖的背景硬塞给诗人与诗歌却毫不考虑这也是"一昧率执己见"的做法,是不是也会歪曲了古人而遭致"吠日之诮"?把诗人复杂的写作心理简化为背景到意义的机械过程,把诗歌广泛的表现领域缩小为政治或时事的专门栏目,这对诗人与诗歌是"充分的理解与尊重"还是画地为牢对他们的贬抑?

再次,即使我们再退一步承认这些背景批评的准确性,这些批评又能给我们带来什么?诗歌本来是要给人们以艺术美感享受的,而这种精确到有些残酷的背景批评却常常破坏这种乐趣,好像用 X 光透视机把美人看成骨骼,用化学分析把一朵花分解为碳、氢、氧,诗歌在背景批评中常常成了历史事件的美文采访,而

---

① (清)王嗣奭《杜臆》卷二,上海古籍出版社,1983年,第74页;参见(清)李调元《雨村诗话》卷下,《清诗话续编》,上海古籍出版社,1983年,第1528页。

② 《说诗管蒯》,见丁福保编《清诗话》,上海古籍出版社,1978年,第903页。

③ (清)薛雪《一瓢诗话》,《原诗·一瓢诗话·说诗晬语》合编本,人民文学出版社,1979年,第100页。

④ (清)吴乔《围炉诗话》卷四,《清诗话续编》,第591页。

历史的"相斫书"倒在背景批评下成了诗歌的内在主题,读着这种经"背景"过滤后的诗歌,人们非但不曾领略到美感,倒仿佛读到了一份报急的时事报纸让人心忧。不妨举两个例子。唐代宋之问诗《渡汉江》"近乡情更怯,不敢问来人",无须解释,人们能感受到久离家乡的归乡者的惴惴不安,这惴惴不安里有对家乡故人生死存亡的惦念,有对故乡是否拥抱游子的忧虑,还有若惊若喜的回乡之情,这是一种人人心中都有的普遍情感,读到它就勾起人对故乡的一分眷念。可是,当精确的考据家们认定这是宋之问神龙二年(706)从流放地逃往洛阳,途经汉江所作时,那份美好的情感就顿时烟消云散,在这个铁案如山的背景下,"近乡情更怯"成了被通缉的逃犯潜逃时的心理报告,"不敢问来人"则成了逃犯昼伏夜行鬼鬼祟祟的自我坦白,一首诗就这样被"背景"勾销了它作为"诗"的资格。同样,唐代王昌龄《芙蓉楼送辛渐》"洛阳亲友如相问,一片冰心在玉壶",末句晶莹透彻,写得很美,可是不少考据家根据《河岳英灵集》卷中关于王昌龄"晚节不护细行,谤议沸腾"等记载,断定这首诗的背景是王昌龄受到人格攻击,所以要辛渐到洛阳为他表白心迹,这当然很可能,但是,这首诗的意义被背景框架限定后,"一片冰心在玉壶"不仅成了不太谦虚的自我标榜,还可能成了强词夺理的自我辩白,这首诗便不成为"诗"却成了押韵的"申诉状"或"上告书",未免大煞风景令人不快。

三、批评的传统:以历史的背景曲解诗歌的意义

据说,诗歌是经过乔装打扮的演员的一出戏,你在前排就座观剧看到的只是假相,若要想识出演员真面目,就只有绕到后台直闯布景背后的化妆室去窥探卸装后演员的模样,"背景批评"就常常起这样的作用,所以"真面目"与"煞风景"兼而有之,"实在"与"谬误"同样可能。不过,也有一种"背景批评"却是从前台一直

窥入布景的,据说它同样可以揭开前台演员的面纱和背后导演的内幕。如果说前一种方式是从背景到意义,这一方式则是从意义到背景,它之所以能与前一方式并行不悖具有同样的效力,同样是因为人们相信"背景"与"意义"之间有割不断撕不开的因果关系,仿佛从源头可以顺流而下从下游也可以溯源而上一样,"背景"与"意义"之间可以通航。

这种方式更古老,它也许可以追溯到古代的一个制度。《礼记·王制》:"天子五年一巡守……命太师陈诗以观民风"。孔子的一句话大概是这一方式的权威概括,《论语·阳货》中说:"诗……可以观"①。这一方式的最早实践也许是《左传》襄公二十九年的"季札观乐"②,但在诗歌批评里大规模地付诸实用则要算《诗序》。在古代中国,几乎每一个诗人都遭受过这种剔肉剥皮式的透视,大量的诗歌都遇到过这种刨根究底的索隐。举两个例,像陶渊明,《述酒》一诗被人读出了哀悼晋恭帝被弑的意味,所以"流泪抱中叹,倾耳听司晨"的莫名悲哀就是晋恭帝等死的实录,《停云》一诗被人看出了不事二朝的遗民气节,于是"竟用新好,以招余情"就是对变节者"相招以事新朝"的讽刺。由于陶渊明"所著文章皆题其年月,义熙以前则书晋代年号,自永初以来唯书甲子而已",从这条并不太可靠的线索,宋人在陶诗里看到的满眼皆是晋、宋禅代的背景,在这个背景中一个眷念田园、追寻存在的诗人成了东晋王朝的不贰忠臣,一首首温馨的田园诗成了易代之际坚

---

① "观"字后面的宾语被很多注释者补出,像何晏《论语集解》引郑玄说是"观风俗之盛衰",邢昺《论语疏》说是"可以观者,诗有诸国之风俗、盛衰可以观览知之也",朱熹《论语集注》的说法好像与他们略有差别,不在观察风俗而在观察政治,所以说是"考见得失"。

② 方孝岳《中国文学批评》第三节已指出它是以诗观史的开端,"后来人评论诗文,从这里得到了许多法门"。世界书局,1936年,第18—20页。

贞绝毅的效忠信①。又如李白，他的《古风五十九首》所作并非一时，所咏并非一事，有实写有抒怀，有隐逸学道，有入世匡时，但在清人陈仅眼里，却被统统划入李白放逐后专讲政治的作品，并从中读出了"蒿目时事，洞烛乱源，而忧谗畏讥，不敢显指"的背景，于是，本来零乱的诗篇顿时集体升格，成了"国风小雅之遗"，本来好幻想爱吹牛的李白也顿时形象一变，与杜甫并肩成了"忠爱"的楷模②。至于挑出单篇断句来穿凿附会的例子就更多了，谢灵运《登池上楼》的名句"池塘生春草，园柳变鸣禽"，前句因"池塘潴溉之地而生春草"被看出背景是"王泽竭也"，后句因"一虫鸣则一候"，所以被认定是政治"时候变也"③；王维《终南山》"太乙近天都，连山接海隅"是指"势位蟠据朝野"的当权者一手遮天，"白云回望合，青霭入看无"是指当权者"有表无里"，"分野中峰变，阴晴众壑殊"是指当权者滥用职权收买人心"恩泽遍及"，"欲投何处宿，隔水问樵夫"则是哀叹自己"托足无地"，八句则是交代了一个政治暗昧、分配不公的背景，清人吴乔明明知道这是"商度隐语"的穿凿附会，却又说"看唐诗常须作此想方有入处"④；韩翃《寒食》一诗以"春城无处不飞花"四句写长安寒食习俗，但因"五侯"二字被诗论家一眼觑定，一口咬住这首诗的背景是"唐之亡国由于宦官握兵，实代宗授之以柄，此诗在德宗建中初，只'五侯'二字见意，唐诗之通于《春秋》者也"，轻轻"五侯"二字，泛泛一通议论，便把这首淡淡的风情小诗变成了浓浓的庄严历史⑤；韩偓《落花》一诗只是哀怜落花，至多只是林黛玉葬花似地因花伤情感时思人，

---

① 参见(宋)汤汉《陶靖节诗注》，清拜经楼丛书本；(明)何孟春《陶渊明集注》，清刻本。
② (清)陈仅《竹林答问》，《清诗话续编》，上海古籍出版社，1983年，第2260页。
③ 参见(清)潘德舆《养一斋诗话》卷二，《清诗话续编》，第2028页。
④ 参见《围炉诗话》卷三，《清诗话续编》，第556页。
⑤ 参见《围炉诗话》卷一，《清诗话续编》，第498页。

但清人却说:"'眼寻片片随流去',言昭宗之出幸也,'恨满枝枝被雨侵',言诸王之被杀也,'纵得苔遮犹慰意',望李克用、王师范之勤王也,'若教泥污更伤心',恨韩建之为贼臣弱帝室也,'临阶一盏悲春酒,明日池塘是绿荫',悲朱温之将篡弑也。"这一背景的建立,虽然顿时把韩偓那种伤感惆怅的文人情调改造成了大义凛然的忠贞胸怀,但也把一首精致工巧的抒情小诗变成了干瘪刻板的政治谶语①。当然,被剥扯最甚的是杜甫,批评家看到他"每饭不忘君"的忠爱,便把他所有的休息时间都一概取消,不让他有半刻喘息偷懒,时时把他粘贴在"安史之乱"的历史背景下拷掠,于是每一句话都被挤榨出"背景"来,"沙上凫雏伴母眠"的恬静小景被说成是安禄山与杨玉环的私情写照②,"谁怜一片影,相失万重云"的孤雁独飞被说成是"君子凄凉零落","独鹤归何晚,昏鸦已满林"的林间暮景被说成是"小人噂沓喧竞"③。在这种锐利的手术刀下活人被当成了尸体,失去了他复杂微妙的情感和灵动活泼的生命,每一个诗人都仿佛只是历史书页上的符号,标示着背景的方向,在这种洞察幽微的透视中诗歌仿佛只是显微镜透明的镜片,它放大了背景而自身却在视界中消失。

古代诗歌批评家这样诠释自有他们的依据。其中一小半来自他们对某些诗歌语词象征意义的习惯性联想,中国古代诗歌里有一些语词像"香草"、"美人"经一个诗人之手有了特定的政治隐义,于是这些语词便仿佛普遍被赋予了隐喻的专利权,诗人写诗如果不绕开它们或偶尔不慎用了它们,批评家就有权把他的诗视

---

① 吴乔《答万季野诗问》,参见《围炉诗话》卷一,《清诗话续编》,第 496—497 页;又清末震钧《香奁集发微》更是认为"一部《香奁》,全属旧君故国之思",并且一口咬定《香奁集序》里说的年代都是"迷谬其词以求自全"即瞒人耳目的,所以他干脆另起炉灶,自己给这些诗编了年代安了背景,以便吻合讽刺黄巢、朱温的意义。

② 参见王夫之《姜斋诗话》,《清诗话》,上海古籍出版社,1978 年,第 17 页。

③ (宋)罗大经《鹤林玉露》甲编卷四《孤雁独鹤》,又卷五《浦鸥》,中华书局,1983 年,第 61、87 页。

为"背景"的讽喻。"汉武"一词曾被用在唐代天子身上,于是,凡"汉武"一词或与汉武帝有关的典故都可以被读成唐代史事,李白《妾薄命》一诗借汉武时事写红颜薄命,萧士赟《分类补注李太白诗文集》卷四就说背景"在于明皇王后也",尽管唐玄宗废王皇后事在这首诗写作的二十年前;"牵牛织女"曾被用在李隆基、杨玉环身上,所以仿佛一写"牛女"都可以扯到天宝年间,杜诗"牛女年年渡,何曾风浪生"两句就成了"刺明皇幸贵妃以致乱",清李调元《雨村诗话》卷下还说"因有七夕牵牛事,故不嫌穿凿"①,尽管七夕长生殿李、杨密语的传闻产生在数十年之后。由于这种习惯性联想,诗歌意义和历史背景之间就好像有了一条畅通便利的溜索,批评家一见到那类语词就可以很方便地沿着那条捷径,让"背景"一一对号入座。当然,对号入座更大一半来自他们对"背景"的预先调查与了解,像上面所举的那几例,批评家事先已经知道陶渊明生活在晋宋禅代、政权更迭之时,李白创作于安史之乱世事淆乱之际,谢灵运《登池上楼》写作时正是"王泽竭"、"时候变",王维《终南山》写作时正值权臣弄权,韩翃《寒食》问世的时代宦官已经握有兵权,韩偓《落花》问世的时代唐王朝已经气息奄奄,所以,在那些似曾相识,仿佛藏有隐喻的语词的启发下,他们好像一眼看破了内幕,识透了这些诗歌中埋藏的隐衷,甚至忘记了"内幕"和"隐衷"只不过是他们借助"背景"的知识和"语词"的引导自己安放在诗里的,还以为是自己凭着智慧"密查诗人用意"从诗歌里挖掘出来的。这些批评家就好像丢失了斧头的那个疑神疑鬼的主人,心里先存了个"邻人窃斧"的念头,便把邻人看得处处鬼鬼祟祟,背景先横亘心中,便把诗歌看得句句都包含了背景,尽管有人认为这种背景与本文的循环论证乃是"一种诠释循环的例证而不

---

① 《雨村诗话》卷下,《清诗话续编》,上海古籍出版社,1983年,第1527页。

是一种不负责的批评"①,尽管解释学认定"理解的主体不可避免地受到语境预先的影响"使"前理解成为主题"②,但这种凿空虚造的循环诠释总让人觉得不那么可信。这让人想起瑞恰兹(I. A. Richards)《实用批评》里介绍的那个实验③,十三首隐去作者、题目、日期的诗在剑桥大学受过良好训练的学生眼里全乱了套,赝品被当作珍品,佳作被视为劣作,如果同样选十三首中国古典诗歌隐去作者、题目给这些批评家去评判,他们能从单纯的诗歌本文里看出"王泽竭"、"时候变"或"宦官握兵"、"朱温篡弑"么?钱玄同《随感录》曾讲过一个故事,他读一首词中,有"故国颓阳,坏宫芳草"二句,便觉得"有点像遗老的口吻",读到"何年翠辇重归"一句,似乎又感到"有希望复辟的意思",他与几个朋友谈过,大家都说没有猜错,便怀疑为遗老遗少所作,可是最后一查,这个作者恰恰是一个"老革命党"④,这个被"语词象征意义的习惯性联想"和"背景的事先了解"引向错谬的诠释事例,倒可以说明不少问题。

四、诗歌:是自给自足的文学文本,还是依赖背景支撑的历史文本

看来,对"背景批评"的讨论仿佛要把我们引入"视界融合"(horizontverschmelzung)的理论争辩,"背景"与"意义"之间好像

---

① 参见霍埃(David Couzens Hoy)《批评的循环》(中译本),兰金仁译,辽宁人民出版社,1987年。
② 哈贝马斯《解释学要求普遍适用》,高地译,载《哲学译丛》1986年第3期。
③ 瑞恰兹《实用批评》,载《北平晨报》"诗与批评"22—23期,1934年5月3日、14日。
④ 《随感录》(五五),见《钱玄同文集》(中国人民大学出版社,1999年)第二册,第22页。又见于《中国新文学大系·文学论争集》,上海良友图书印刷公司,1935年,第265页。

真的有伽达默尔(H. G. Gadamer)所说的"解释循环",似乎只要你一涉及背景与意义,你就必须身兼历史学家与诗歌批评家二者于一身。一方面用历史背景知识参与"对本文所谈及的主题进行了解",一方面又用本文去"探明本文以外的某些事情"[1],不得不陷入一场自己嘴巴咬自己尾巴的兜圈游戏。其实,问题并不在这里,背景与意义之间的这种尴尬局面是由一个"决定论"即背景决定意义的错误造成的,由于人们相信背景与意义之间有一种铁链般的因果关系,才使得人们苦苦地寻找背景穿凿本文,但是,如果我们取消或淡化这条因果之链,嘴巴与尾巴之间的互相追逐又有什么必要?因为所谓"背景"只不过是另一些称作历史学家的人们对历史记忆的追忆,层层的转化早已使它不成为真实事件本身,而只是对事实的解释,正像 M·海德格尔所说的它只是"历史解释"并早已向"理解的方面转化"[2],客观早已成了主观。相反,本文的延续却使诗人的创作成了实实在在的存在,可以说主观早已成了客观。所以,二者之间并没有谁决定谁的因果链条,"背景"只是阐释者借以理解诗歌的途径之一,意义的历史和语言的历史、审美的历史一样,并非是当时的真实而是现时的理解。所以我们应当再次追问的只是:诗歌的意义是不是由背景限定的或离开了背景诗歌是不是就不能理解?或者说,诗歌是一个自给自足的文学文本还是不得不依赖背景支撑的历史文本?

显然,首先我们应当承认诗歌本身是一个自给自足的文本,它是由诗歌的特殊语言构成的传情达意的艺术品,尽管语言的"指涉性"使文本"像许多引文的镶嵌品,任何文本都是其他文本

---

[1] 霍埃《批评的循环》,兰金仁译,辽宁人民出版社,1987年,第187、190页。
[2] M·海德格尔《存在与时间》五章三十二节《领会与解释》里说"解释一向奠基在一种先行具有(vorhabe)之中",这种"先行具有"当然是主观世界早已决定的观念,生活·读书·新知三联书店,1987年,第183页。

的吸收和转化"①,但背景历史却只是"其他文本"之一,相当多的诗歌并不需要背景的支撑为靠山就可以拥有完足的意义。特别是那些历久弥新、传诵不绝的抒情诗歌,它并不传达某一历史事件、某一时代风尚,而只是传递一种人类共有的情感,像自由、像生存、像自然、像爱情等等,它的语言文本只须涉及种种情感与故事便可为人领会,一旦背景羼入,它的共通情感被个人情感所替代,反而破坏了意义理解的可能,正像尼采在《历史的使用与滥用》(The Use and Abuse of History)里说的,有时人们不得不学会忘却,因为有时过多的记忆损害了人的自身创造力②,而在文学里,过多的背景记忆正妨碍了诗歌欣赏的自由,使阅读者在历史专制下不得不被背景耳提面命。像李商隐《无题》,当批评家用窥探王茂元家婢女或窥探入道女冠的"背景"参与解释时,诗歌就失去了永恒的魅力而只成了隐私的实录③,"美"作为代价偿付了"真",而"善"也有可能在"真"的道德尺度下被无情勾销;又像王维《鸟鸣涧》、《辛夷坞》,当批评家用王维安史之乱后被贬的"背景"参与理解时,那种恬静淡泊又充满生机的诗境,就被忧谗畏讥消极逃避的衰颓心境取代,人们只好承认王维的暗淡情绪,而把诗看成是他心理隐患的诊断书或自供状。可是,人们读诗是为了读诗而不是为了通晓历史,既然诗歌是一种文学文本,充其量有一些虚构的历史痕迹,那么,我们为什么一定要让"历史"来取代它呢?

其次,既然诗歌是"特殊语言构成的一个传情达意的艺术品",那么,它在写作时就包容了极其复杂的心理活动,这种心理

---

① 朱丽娅·克利斯蒂瓦(Julia Kristeva)《符号学:意义分析研究》,1969 年,第 146 页。

② 尼采《历史的使用与滥用》(中译本),陈涛等译,上海人民出版社,2005 年。

③ 参见冯浩《玉谿生诗集笺注》,上海古籍出版社,1979 年,第 135—136 页;刘学锴、余恕诚《李商隐诗歌集解》,中华书局,1988 年,第 392—400 页。

当然受到历史环境、个人经历的种种影响,政治形势、学术思潮、地理民俗、民族心态、经济环境,换句话说整个文化都会在诗人心里留下痕迹,但是,这一切都必须经由一连串的"移位"(displacement)才能渗入创作,并受到诗人个人的禀赋、气质、性格这一磁场的扭曲,受到具体创作时极微妙的心境变形,往往迂回曲折,才在本文中留下极其含糊的"印迹"(trace),很难想象像陆机《文赋》说的"来不可遏,去不可止,藏若景灭,行犹响起"的灵感和"精骛八极,心游万仞"的构思,只出自对"背景"的细细审视和对处境的反躬自问,也很难想象刘勰《文心雕龙·神思》说的"神居胸臆而志气统其关键,物沿耳目而辞令管其机枢"式的创作只是外部世界的单纯反射,就连极重视文学与社会关联的批评家也不会同意背景批评的这种简化方式,像宣称"生活是根,作品是果"的保尔·贝舒尼在与托多洛夫对话中就说:"我从来不是一个原来意义上的——即以法则的存在为前提,主张因果自然连接的——决定论者。"① 诗史上显而易见的一个事实是,一个盛世的诗人未必总写快乐爽利的颂诗,一个衰世的诗人未必总写愁苦哀怨的讽刺诗,没有谁能规定陶渊明只写田园诗和隐逸诗而不写《咏荆轲》或《闲情赋》,也没有谁能规定杜甫一天到晚盯着政治而不能稍事休息,把"背景"看成是一种必然性规定性的"势力"或"靠山",至少犯了两种毛病,一是把复杂的诗歌活动简化为一种"刺激-反应"模式,仿佛把活生生的诗人都当成了牵线木偶,把一出灵动万变的人生大舞台看成了死样呆气的牵线傀儡戏;二是把文学降格为历史学的附庸而根本忽略了文学的个性存在,只有历史赋予的意义,而没有语言技巧与审美经验赋予的意义。

再次,既然诗歌创作包容了"极其复杂的心理活动",那么,作为诠释手段之一的"背景"就不必指望独揽意义的解释权。毫无

---

① 托多洛夫《批评的批评》(中译本),王东亮等译,三联书店,1988年,第142页。

疑问,背景批评应当允许存在并作为探寻意义的一个途径,尤其是诗歌主题与历史背景相关密切的时候。但是,意义毕竟是由诗歌本身的语言文本提供的,我们不应让背景替代人们的阅读与理解,更不应让背景越俎代庖地取代审美主体的感悟,换句话说,"背景"不应当成为"压倒"(crushing)的力量成为解读诗歌的唯一钥匙,诗歌是一个开放的国度,这里没有大门,没有关闭大门的锁,更没有手持武器检查通行证的卫兵,克莱曼(Wolfgang Glemen)在《莎剧意象之发展》(*Development of Shakespeare's Imagery*)里说,"把诗歌与历史现象划分为一个个鸽笼般的系统,再把每一首诗上贴个标签,这样仿佛我们的理解便达到了最终目的,这是一个很奇怪的错误。这一刻板的分解的分类破坏了有活力的感悟,使我们领会不到诗歌的整体魅力和多彩的丰富性",同样,背景之于意义也不是标签,而只是参考性的"提示"——还必须是焦距对准时才是——在这里切忌犯"决定论"的毛病,把一种垄断的专制的权力轻易地交给了"背景",却阻塞了其他通向"意义"的途径,以享有特权的历史学家的外在权威取代了诗人及作品的内在权威,在面对诗歌的时候,批评家还不如先行承认那句虽然令人尴尬但也令人轻松的古老箴言:"诗无达诂。"

第二章 语言与印象

——中国古典诗歌语言批评中的一个难题

一、难题：语言与印象的纠缠

我在一篇书评里曾谈到诗歌批评中语言分析与印象感受的互相纠缠①，这种纠缠给试图建立"纯粹"的诗歌语言学批评的人出了一个难题，即诗歌语言学批评能不能摆脱主观印象的渗透而成为真正客观的文本研究。

正像大多数学者公认的那样，中国诗歌批评历来是重印象而轻语言的，这种传统不仅来历久远并拥有"言不尽意"这样深奥的哲学背景，而且受到诗人与批评家两方面的共同拥戴。宋人陈与义《春日二首》之一"朝来庭树有鸣禽，红绿扶春上远林。忽有好诗生眼底，安排句法已难寻"，后两句把"安排句法"说得仿佛是写诗时煞风景的罪魁祸首；龚相《学诗诗》之二"学诗浑似学参禅，语可安排意莫传。会意即超声律界，不须炼石补青天"，后两句把"声律"贬抑为尘世俗累，诗人仿佛真的可以"得鱼忘筌"抛开语言直上"意"的境界。而诗论家几乎众口一词的"含不尽之意，见于言外"②、"词必不能生意"③，则几乎把诗歌与语言剥离开来，仿佛真的可以"不着一字，尽得风流"。即使他们承认字句的存在，也不过如王夫之、袁枚那样，把字句视为帅下小卒或主之奴婢，谁要是认真对这批兵卒或奴婢进行点名操练，就马上会被视为乡塾腐儒，而绝不会被看作用兵如神的孙武④。于是，传统的诗歌批评常

---

① 《语言学批评的前景与困境——读〈唐诗的魅力〉》，原载《读书》1990年第12期。现已收入本书"附录"。
② 欧阳修《六一诗话》引梅尧臣语，《历代诗话》，中华书局，1981年，第267页。薛雪《一瓢诗话》称，"此诗家半夜传衣语"，人民文学出版社，1979年，第131页。
③ （清）张谦宜《絸斋诗谈》卷三，《清诗话续编》，上海古籍出版社，1983年，第810页。
④ 王夫之《姜斋诗话》卷下，袁枚《续诗品·崇意》，见《清诗话》，上海古籍出版社，1978年，第8、1029页。

常听任印象——包括批评家的体验感受与知识储备——横冲直撞以至于语言被冷落一旁,批评的表述也常常是来自印象的象征式语词,即使是评论纯粹语言问题,像宋人魏泰《临汉隐居诗话》对两个不同版本中王维诗"种松皆作老龙鳞"和"种松皆老作龙鳞"的差异进行比较,也绝口不提语序而只说后者"尤佳"①,清人冯班评王安石《登大茅山顶》全然不合构词习惯的"疑隔尘沙道里千"和"纷纷流俗尚师仙",也绝不多加分析而只是很省力地用了个形容词"不浑成"②,让人搞不清楚为什么前者的颠倒"尤佳",而后者的颠倒却"不浑成"。当然,作为读者的批评家无疑有权拥有自己的印象,问题是,作为批评的读者却有权要求批评家说明这种印象有几分来自诗歌语言文本之内、有几分来自语言文本可容许的诠释范围之外。

按清人钱谦益《香观说书徐元叹诗后》引述一个隐者的说法,"观诗之法,用目观,不若用鼻观"③,按黄子云《野鸿诗的》的说法,读诗要"以我之心求无象于窅冥惚恍之间",那么这种来自"鼻"、"心"的印象常常已经超越了诗歌语言文本所提供的限度。同样一个问题是,这种印象的表述有几分可以得到诗歌语言文本的印证有几分可以拥有理解上的共性,像清人纪昀评朱庆余《和刘补阙秋园五首》之五"虫丝交影细,藤子坠声幽"时说"三四细致",我们根本无法知道他说的是语词、语法上的"细致精致"还是意境内蕴上的"细致入微"④,而施补华《岘佣说诗》批评"石压笋斜出,岩重花倒开"时,则干脆只引了另两句杜诗放在一边说它"近纤小",读者几乎没法了解这两句在"炼字着色"上为什么就不如"绿垂风折笋,红绽雨肥梅"。

---

① 《历代诗话》,中华书局,1981年,第336页。
② 参看《瀛奎律髓汇评》卷一,上海古籍出版社,1986年,第30—31页。
③ 《牧斋有学集》卷四十八,上海古籍出版社,1996年,第1567页。
④ 《瀛奎律髓汇评》卷十二,第431页。

显然,诗歌要求语言学来矫正这种过分印象化的批评,因为这种批评很容易随随便便地望文生义把语义理解引入歧途,也更容易夹带私货以假乱真,把对时代背景、诗人人格和作者意图等的"印象"带入诗歌却不必负任何责任。不过,诗歌的语言学批评并不是学院里纯粹的语言学研究,现在中国的语言学与文学之间,常常像睦邻一样友好互不侵犯,也像陌生人一样隔膜互不越界。按照通常的惯例,语言学家只管语义、语音、语法以及修辞,于是对诗歌的语言学研究便总是对格律、句法、语词和修辞技巧的归纳类比,从王力《汉语诗律学》到近年出版的蒋绍愚《唐诗语言研究》就是这么做的①。但是,这种语言研究至今仍只是"语言的研究"而不是"诗歌语言的研究",至少现在没有人把它们列入文学批评专著,如果我们认为这就是诗歌语言批评,那么它们就全然违背了"诗关别材"、"诗另有法"的原则。在他们面前,诗歌和其他体裁文字一样只是语言学手术刀解剖的对象,他们面对诗歌犹如医学院教授面对病理解剖的尸体,尸体没有性格、心理、情感的不同只有肢体与器官的一致,解剖刀下只有精确的分类切割而没有情感体验与印象参与,尽管他们如高明的解牛庖丁只见牛肉不见全牛,但毕竟这种语言学研究没有给读者提供任何诗歌的生命与活力。当然,这倒很吻合 W·K·维姆萨特和 M·C·比尔兹利在《感受谬见》里一再强调的把诗歌文本与诗歌阅读结果严格区分以避免"印象主义和相对主义"的原则②,但是,且不说这不算诗歌批评,就算它是诗歌批评,它告诉了我们什么?难道能指着一幢楼房说这是一堆砖与一堆木料的组合吗?但当他一旦试图告诉我们一首诗的意蕴时,他就渗入了他的理解并瓦解了自

---

① 王力《汉语诗律学》,上海教育出版社,1979 年,新 2 版;蒋绍愚《唐诗语言研究》,中州古籍出版社,1990 年,第 1 版。

② 参见赵毅衡编《"新批评"文集》,中国社会科学出版社,1988 年,第 227—249 页。

己捍卫的纯语言学立场,比如李商隐《无题》"春蚕到死丝方尽"一句,显然不能因为它的字面意义就认定它讲的是桑蚕之事,即使在语言学家可以允许的范围内可以说它是修辞学中的比喻与双关,但它比喻的是什么、双关的又是什么呢?只要你一说是爱情,这里就立刻渗入了理解,如果你又说是绝望的爱情,这里就马上羼进了印象,你对诗人身世的知识,对诗人情感的体验及对爱情的理解一古脑儿都跟着印象卷入诗中,这是没有办法的,因为你把它当诗歌来阅读了,难道你能把它和下一句"蜡炬成灰泪始干"拆开分别塞进动物学教程及物理学课本?极力把文本语言与读者印象分离以保持语言分析客观性,其实忘记了批评家也是一个读者,当他介入诗歌语言之初,他就无计躲避印象与语言的纠缠。

其实,只要是诗歌批评,无论是重"印象"的古代中国诗论家还是重"语言"的现代西方新批评,都无法否认语言与印象的纠缠。《诗友诗传续录》里王士禛既说诗歌是"意为主"而"辞辅之",又说"炼意"就是"安顿章法惨淡经营处"[1],《砚斋诗谈》卷三里张谦宜虽然断定"词必不能生意",但又承认"炼句琢字虽近迹象,神明即寓其中"[2],这就背面敷粉似地证明那些重视印象的古人也意识到读诗时印象感受与语言无法分离;尽管从俄国形式主义到英美新批评一再强调文学研究的"科学性"和"客观性"而批评"19世纪批评家所创立的这些方法:印象主义的欣赏、历史学的解释和现实主义的比较"[3],但在实际批评中却无法实现"把诗歌从象征主义那里夺回来"的抱负,完全避开一切"印象"[4]。如埃尔德·奥尔森分析 W·B·叶芝诗时虽然尖刻地批评"通常诗歌批评仅注

---

[1] 见《清诗话》,上海古籍出版社,1978年,第151、158页。
[2] 见《清诗话续编》,上海古籍出版社,1983年,第810—811页。
[3] 韦勒克《二十世纪文学批评的主要趋势》,金言译,载《当代西方文艺批评主潮》,湖南人民出版社,1987年,第1页。
[4] 霍克斯《结构主义与符号学》,瞿铁鹏译,上海译文出版社,1987年,第157页。

意个别语词所引发的读者的心理联想",但新批评派大将C·布鲁克斯在分析约翰·多恩《圣谥》诗时却仍告诫阅读者或批评家不要轻易放弃情感体验的印象,因为"仅仅把灰倒进倒出、称来称去或化验其化学成分",诗里真正的美感就"仍然留在灰烬之中,人们得到的最终只是灰烬,却白花费了这许多气力"①。

阅读也罢,批评也罢,都是通过文本语言与诗人对话。毫无疑问,在大多数情况下阅读者无法将诗人唤来对簿公堂让他一一招供,因此只能通过文本语言的显现与指示去重构诗人心灵话语,在这场跨越时空的对话中,文本的语言是唯一的凭据,所以批评家应当捍卫语言批评的合理性并划出诗歌批评的限度,尽管大多数诗人不能出庭抗辩,但也决不允许越俎代庖地由批评家替诗人当代言人任意招供或辩护。可是,文本语言又是一个开放的符号系统,不仅对诗人来说是一个隐藏全部情感与理智活动的载体,而且对阅读者来说也像是一个没有上锁的无主货舱,只要有人愿意,它就能携带任何读者的个人私货,万一读者形诸笔墨成了批评者,它又能使批评成为夹带私货者的一面之词,由于无人起诉而永远有理。因此,我们实际上很难建立一个纯粹客观的语言批评体系来限定诗歌语言批评应有的范围与限度。

所以我们只好再退一步提问题:诗歌语言批评能在多大程度上容忍主观印象的侵入?让我们看一些实例。

二、实例分析:从语义到语音

清人王应奎《柳南随笔》卷三讲了这么一个故事:"古之咏雪者多矣……近日湖上某禅师亦有一绝云:'朔风阵阵寒,天公大吐

---

① 布鲁克斯《精制的瓮——诗的结构研究》(*The Well-Wrought Urn: Studies in the Structure of Poetry*,1947)。p. 47。

痰。明朝红日出,便是化痰丸。'读之尤堪绝倒。"①按照语言学的说法,"大吐痰"、"化痰丸"都是比喻,以痰喻雪、以丸比日,这首诗的比喻并没有错,即使依照俄国形式主义文论家什克洛夫斯基(Viktor Shklovsky)关于文学语言即"陌生化"(defamiliarization)语言的理论,这种粗鄙滑稽却前无古人的比喻也是一个"陌生"(ostranenie)的语词,可是大多数阅读者却批评它"鄙俗"而觉得它不像诗;民国初年王敬轩批评白话诗时,曾举了胡适一首诗为例说:"两个黄蝴蝶"应改成"双飞","天上尽孤单"的"天上"应改成"凌霄","不知为什么"应改成"底事"。从语言学角度看,语词只是标示事物的符号,标示同一事物的不同符号之间并没有多大差别,可是王敬轩觉得改后的"双飞凌霄底事"才"辞气雅洁远乎鄙俗",而刘半农却相反,觉得一改之后却成了"乌龟大翻身的模样"②。

　　旧的语言学中有比喻、夸张、沿袭、点化等等关于诗歌语词技巧的研究,新的语言批评中又增添了张力(tension)、反讽(irony)、含混(ambiguity)等等有关诗歌语词的术语,旧的加上新的再加上来自形式逻辑的内涵(intension)与外延(extension),却仍然对这些"雅"、"俗"无能为力。可是,这些语词在人们心目中还是存在着感觉上的雅俗差异。古代诗论家在语词分析中常常就谈到"雅"和"俗",像苏轼《新城道中》著名的两句"岭上晴云披絮帽,树头初日挂铜钲",清代纪昀就说,"絮帽、铜钲究非雅字",并毫不客气地说这两句不好③;现代诗论家在语词分析中也没有忘掉雅俗

---

① 《柳南随笔》卷三,中华书局,1983年,第48页。
② 王敬轩(实际上是钱玄同之化名)《文学革命之反响》,《新青年》四卷三号,1918年3月。刘复《复王敬轩书》,同上。胡适原诗作于1916年8月,全文如下:"两个黄蝴蝶,双双飞上天,不知为什么,一个忽飞还,剩下那一个,孤单怪可怜,也无心上天,天上尽孤单。"按:钱玄同化名王敬轩写这篇文章,实际上是与刘复一唱一和,为文学革命张目,并不是反对白话文。
③ 《瀛奎律髓汇评》卷十四,上海古籍出版社,1986年,第523页。

之别，像徐志摩《俘虏颂》用"玫瑰"、"牡丹"形容"血"，《别拧我，疼》标题四字以情人软语来形容亲昵，有人就批评他前者不分"惨"与"美"的分别，后者是"肉麻当有趣"，并下一断语曰"俗"①。这些雅或俗无疑和比喻、夸张、反讽、张力都沾不上边，那么是不是诗歌语词中天生就有"雅"与"俗"的分别可以列入语义学范畴中去呢？显然不是，杜甫诗用"乌鬼"、用"黄鱼"、用"个"、用"吃"，在当时分明是贩夫走卒口中的俗词，但宋张戒《岁寒堂诗话》卷上却说"非粗俗，乃高古之极也"，另一个卢仝同样以民俗口语写了"不唧熘钝汉"、"七碗吃不得"，张戒却大骂他是"信口乱道，不足言诗"②，但同样是"乌鬼"、"黄鱼"等词，虽然在张戒那里"高古之极"，在清人施补华《岘佣说诗》里又成了被讥讽的对象，施补华不仅说它们"粗俗"，而且特意说明"虽出自少陵，不可学也"③，同样，"绿垂风折笋，红绽雨肥梅"两句中的"红"、"肥"，在王士禛看来是"纤俗"，觉得不可以因为它是杜甫的名句而轻易模仿④，可翁方纲却激烈反驳道："'绿'不闻其俗，而'红'独俗乎？'折'不闻其俗，而'肥'独俗乎？"并挖苦王士禛好用"清隽之字"成了嗜痂之癖⑤。显而易见，语词除了它属于语义学领地中那些可触可摸可分析的确定意义外，还有一些隐藏在语义背后因人而异的东西在。清人冒春荣《葚园诗说》论"用字宜雅不宜俗"时云"四十个贤人，着一个屠沽儿不得"，仿佛语词本身有雅有俗⑥；但王士禛《然灯记闻》曾以女人比喻语词说"譬如女子，靓妆明服固雅，粗服乱头亦雅，其俗者，假使用尽妆点，满面脂粉，总是俗物"，则表明雅俗应在语

---

① 周良沛《徐志摩诗集·编后》，载《新文学论丛》1980年第4期。
② 《历代诗话续编》，中华书局，1983年，第450—451页。
③ 《清诗话》，上海古籍出版社，1978年，第975—976页。
④ 《诗友传录》，《清诗话》，第138页。
⑤ 《石洲诗话》卷六，《清诗话续编》，上海古籍出版社，1983年，第1487—1488页。
⑥ 《葚园诗说》卷一，《清诗话续编》，第1582页。

词之外,就仿佛女人的内在气质一样不在头面服饰之中。那么,批评家靠什么来分辨这种语词的雅俗呢?

　　语词的这类差异不仅存在于一国语言中不同的词与词之间,而且存在于一国语言与另一国语言相同的词之间,乔治·桑塔耶纳在《美感》中曾指出英语 bread 译不出西班牙语 pan(面包)的人情味的强度,希腊语 Dios 又传达不了英语 God(上帝)那种庄严神秘的意义①;米·康·阿克曼也曾提到德语里 sinnlich 和 erotisch 这两个形容词在《德汉词典》里的汉语释文都不能传达它们的微妙感觉甚至弄反了它们的褒贬②。同样,中国古代诗人陶渊明笔下的"园田"和英语里的 countryside 甚至 homestead 意味都不大一样,homestead 由 home 和 stead 合成,home 当然是"家",stead 源于古英语的 stede,相当于 place(地方),home＋place 即农庄与村落,虽然也有"家园"之意,但它在中国读者心中有陶渊明"园田"一词的温馨感与归宿感吗?当我们读潘恩(J. H. Payne)的《家,可爱的家》(Home, Sweet home)中末节时,总不觉得它有"守拙归园田"的味道,因为英语中无论是 return 还是 go back to,都不曾有中国古诗里"归"字那种摄人心魄的召唤力,前者仿佛只是单纯的"返回",而后者蕴含了《老子》"夫物芸芸,各复归其根"的宇宙哲理,"复得返自然"的人生情趣与对"举世少复真"的失望之心。因此,"归园田居"就不像今人说"回乡村住"或 C. Budd 和 A. Waley 译的 On Returning to a Country Live 或 Returning to the Fields 那么淡如白水,汉字中这个"归"字,不仅包含了《说文》中所说的"女嫁也",不仅包含了《诗经》中"牛羊下来,鸡栖于埘"时的回家,甚至不仅包含了"土反其宅"的安顿,而且是带有寻找精神

---

　　① 乔治·桑塔耶纳《美感》,缪灵珠译,中国社会科学出版社,1982年,第113页注文。

　　② 《赫·黑塞作品翻译竞赛研讨会开幕词》,载《世界文学》1990年第4期,第120页。

家园和灵魂归宿的意味。宋人周紫芝《乱后并得陶杜二集》诗里说,陶令无诗不说"归",而后人对这个让人感触良多的"归"字的领悟里实际上已经隐含了来历久远内涵丰富却只可意会的印象。

H·S·坎比(H.S.Canby)在《论英文写作》里代表作者们说了一句话,"感情上的千头万绪,思想上的痛苦挣扎,均与修辞学无关",这种斩钉截铁地谢绝语言学帮忙的话仿佛常常也会出自诗歌批评家的口,这并不是说诗歌批评家天生就蔑视语言学方法,而是语言学方法的力不从心常常使诗歌批评家有苦难言,语言学无能为力之处不仅有上述的"语词",还有下面将要提及的"语句"。我们将会看到,古代诗论家句法理论中讲到的反插、实接、错综、颠倒,现代语法学中开列的主谓宾定状补,以及当代西方语言学批评中常常提到的各类"语码的组合"都有鞭长莫及的遗憾,人们可以把"香稻啄余鹦鹉粒"算在"颠倒错综"一类句法中,也可以把"海日生残夜,江春入旧年"算在"特异反插"一类句法中,拆开来重新组合。可是语言学方法是否对这一类句法有些力不从心[①]?因为语句一旦成为"诗歌的"语句,它就不再限于它自己的字面意义。以前面提到的李商隐《无题》两句为例:

> 春蚕到死丝方尽,蜡炬成灰泪始干。

这两句语法很平凡,但我们不能把它看成是简单陈述句,当然,我们可以进一步视其为比喻,就像约翰·多恩《圣谥》中的"由你骂吧/是爱情把我们变得如此/你可以称她和我是两只飞蛾/我们也是蜡烛,自焚于火"。但李商隐《无题》中并没有明确的"爱情"、"她与我"等字样,所以或许应该说这是"隐喻",而当我们称之为"隐喻"时,阅读者便开始成了一个没有提示也没有谜底的"谜语"

---

① 冒春荣《葚园诗说》卷一说"句法有倒装横插,明暗呼应,藏头歇后诸法",但这些句法就已经不是语言学可以解释的了。《清诗话续编》,上海古籍出版社,1983年,第1579页。

的猜谜者。没有提示迫使阅读者不得不动用自己的"知识储备"寻绎谜面的思路,没有谜底则迫使阅读者不得不凭借自己的印象与感受为自己来评判是非。你凭什么说它是对"爱"的隐喻?当然是阅读者在诗歌语言文本之外得到的启示,这种启示动用了阅读者的知识,包括对李商隐身世的了解,也包括对语句"来历"的知晓,当人们读这两句诗时,就在印象荧屏上预先放置了诗人恋爱的底片作为背景,并在诗句出现的同时引入了"春蚕不应老,昼夜常怀丝,何惜微躯尽,缠绵自有时"①,与"唯烛之自焚以致用,亦犹杀身以成仁"②,来参与阐释,而当你说这谜底是一种"绝望的爱情"时,也许你已经把"投身汤水中,贵得共成匹"的坚毅决绝③、"百丝缠中心,悴憔为所欢"(《那呵滩》)的缠绵悱恻,"忆啼流膝上,烛焰落花中"(梁简文帝《和古意咏烛》)的伤感哀婉、"蜡烛有心还惜别,替人垂泪到天明"(杜牧《赠别》)的依依别情,都化入了阅读之中,于是对蚕与烛的隐喻内涵、对"思"与"丝"的双关暗示、对"到死"与"成灰"、"干"与"尽"的对称互涉就有了刻骨铭心的感受,而这种感受已远远超出了"纯粹"与"客观"的语言学阐释限度。

也许,这个实例还可以勉强用"语境"(context)来解释,瑞恰兹(I. A. Richards)认为,一个语词的理解不仅要涉及上下文,还要涉及它出现时"有关的一切事情或与此词有关的全部历史"④——请注意,即使如此也并不是纯粹语言学的"客观立场"——那么,我们再来看一个与"语境"全然无关的实例。现代

---

① 梁乐府《作蚕丝》,载《乐府诗集》卷四十九,中华书局,1979 年,第 720 页。

② (晋)傅咸《烛赋》,《全晋文》卷五十一,《全上古三代秦汉六朝文》,中华书局,1958 年,第 1753 页。

③ 梁乐府《作蚕丝》,中华书局,1979 年,第 720 页。

④ I. A. Richards: The Philosophy of Rhetoric; p. 128(1936)。转引自赵毅衡《新批评》,中国社会科学出版社,1986 年,第 125 页。

诗人王独清有一首《苍白的钟声》：

　　苍白的　钟声　衰腐的　朦胧
　　疏散　玲珑　荒凉的　朦胧的　谷中
　　——衰草　千重　万重
　　听　永远的　荒唐的　古钟
　　听　千声　万声

这里的中心词是"钟声"，诗人用了很多话来描述钟声，我们完全可以把这些修饰的定语和表述的谓语进行分别解剖与安排，从语句中剔理出钟声的节奏、音量、距离，按照一般修辞学的理论来理解钟声的暗示意味甚至情感色彩。但是，事实上阅读者不仅得到了上述"语言"所显示的成分，还感受到了一种"语言"之外的萧疏渺茫，仿佛这钟声在阅读者心中引起一种异样的涟漪，苍茫的感觉弥漫开来，按王独清《谭诗》的说法，这才是诗的真正境界，"在人们神经上振动的可见而不可见、可感而不可感的旋律的波，浓雾中若听见若听不见的远远的声音"中包含着"若讲出若讲不出来的情肠"。可是，这种"若讲出若讲不出"的印象是怎么传递到阅读者心中的呢？若讲不出，人们如何领悟，正如一句古话"子非鱼安知鱼之乐"？若讲出，那么它又在哪一句话里？显然它是在语言之内又在语言之外，比如中国人听钟声铃声一贯不愿把自己与声音置在一处而一定要远远地隔开，近处的钟声聒耳仿佛瓦釜雷鸣只能令人震惊烦躁，而远处的钟声却悠渺苍茫可以令人想入云外，像"溪上遥闻精舍钟"（郎士元）、"却听疏钟忆翠微"（赵嘏）、"钟声隔浦微"（姚鹄）、"远寺听钟寻"（秘演）、"隔坞闻钟觉寺深"（蔡肇）、"疏钟隔坞闻"（陆游），人们在遥远渺茫的钟声中得到静谧感受，而这种感受积存在人们心灵深处从古到今，所以戴望舒《印象》一诗，头一句就写到"是飘落深谷去的／幽微的铃声"，这种感受虽然由诗人在字句中隐藏但必须由读者在字句外领悟。同样，人们对于诗歌中一枝伸出墙外的春枝也常有异样感受，像杜甫《送韦郎司直归成都》"为问南溪竹,抽梢合过墙"、《严郑公同咏竹得香字》"绿竹丰含箨,新梢才出墙"、吴融《途中见杏花》"一枝红杏出墙头"、曾布妻《菩萨蛮》"隔岸两三家,出墙红杏花"、李建勋《梅花寄所亲》"玉鞭谁指出墙枝"、林逋《梅花》之二"屋檐斜入一枝低",为什么一枝出墙的竹、杏、梅能触动人的心灵而许多就在墙外满满的花枝却不能拥有同样的印象引起同样的感受?这恐怕就不是语言分析能解决的,而必须动用阅读者积淀在心中的审美习惯与人生体验来参与感受了。

自然,诗歌语言批评还要涉及一个看来很"纯粹"的语言学领地,这就是包含了节拍、韵脚和语音对称在内的格律。W·P·莱曼《描写语言学引论》甚至认为从语言学的观点看来,文学的定义就是"选择一些语言成分并加以限制而组成的一些篇章",而所谓"限制"即语音结构——"根据韵律原则选择材料"[①]——西方的抑扬、轻重、长短律及中国古诗的平仄相间对称形式,都是"一首诗的图案"[②],这个图案虽然由语音构成却并不是为了显示语音本身甚至不仅仅是为了显示节奏的抑扬顿挫回旋缭绕,而是在暗示语音之外的意义和情感,锡德尼《为诗辩护》中说音节的抑扬"适合于生动地表达各种热情",罗曼·雅各布森也说"相同的格律、头韵,对仗的周期再现,相同的音或相反的音,长音或短音的再现"等等能凸出符号的"可感知性",于是,这种本属听觉管辖的语言特征便转换成了心灵或视觉的对象,这种转换不是一种天生的"通感"可以一言蔽之的,即使是"通感",难道它不曾羼入阅读者的主观印象吗?在所有语言成分中语音是最抽象最不具备意义与情感的,如同音乐,有谁能在不羼入体验与印象的情况下看出

[①] 《描写语言学引论》(中译本),金兆骧、陈秀珠译,上海外语教育出版社,1986年,第352页。

[②] 参见凯塞尔《语言的艺术作品》(中译本),陈铨译,上海译文出版社,1984年,第313—330页。

"豆芽菜"或阿拉伯数字构成的乐谱中的田园牧歌、英雄史诗、呢喃私语？可偏偏稍具感觉的人却总能在聆听音乐时浮想联翩,这难道说只是标志音量大小音高音低节奏快慢的符号给予听众的？如果音声可以单独存在并实现其自身意义,那么为什么在听一首乐曲时每个听众感觉不同？同样,中国诗的格律中,"双声宜避,叠韵宜更,轻重不可逾也,浊清不可淆也,若夫平头上尾蜂腰鹤膝之类,尤当谆谆考辨"①,这也并不仅仅是为了作茧自缚在声韵谱系上嵌字填空,也并不仅仅是为了炫耀在镣铐中跳舞的本领去玩语音游戏,因为中国文字四声平仄各类字音在中国诗人看来潜含了某种情感指向或意义内涵。"清轻者上为天,重浊者下为地"②,平声清扬而纡缓,可以暗示平和的感觉,仄者重浊急促,常常象征了凄迫的心情,所以冒春荣《葚园诗说》卷一说"仄起者其声峭急,平起者其声和缓"。《尔雅·释乐》称宫、商、角、徵、羽各有其义,郝懿行《义疏》也说宫声"厚重"、商声"敏疾"、角声"圆长"、徵声"抑扬递续"、羽声"低平掩映",都不仅仅局限于语音的范围。《悉昙轮略图抄》说"平声者哀而安,上声厉而举,去声清而远,入声直而促",但这哀厉清直、安举远促却并非语音的术语而是一种印象的象征,所以,明人谢榛《四溟诗话》卷三说:"非悟何以造其(四声)极,非喻无以得其(四声)状。"③"悟"、"喻"二字正好说明"声韵"与"印象"的关系并不能一刀两断,阅读者必须运用感觉的悟性去参与体验,批评者必须借用象征的语词来表述印象。至于近人谢云飞《文学与音律》第四章所说的"佳哈"韵的字开口大适于发泄而有悲哀情感、"微灰"韵的字有气馁抑郁感觉、"萧肴豪"韵的字有轻佻妖娆意思,这虽然不免有"右文说"的嫌疑,但证之以刘师培《正名隅论》与王力《汉语史稿》中发现的一些韵字与意义

---

① (清)王应奎《柳南续笔》卷三,《柳南随笔·续笔》,中华书局,1983 年,第 186 页。
② 《列子·天瑞》,《列子集释》卷一,中华书局,1979 年,第 8 页。
③ 《四溟诗话》卷三,《历代诗话续编》,中华书局,1983 年,第 1186 页。

相关的"通例",至少也证明了看似纯粹语音学的韵律与看似来自主观印象的体验之间总是有那么一点微妙的关联。就以孟郊《秋怀》之二中极能显示他风格的两句为例:

> 冷露滴梦破,峭风梳骨寒。

第一句五字连续仄声,中间的"滴"字又是入声,就显示了一种冷露敲击急促令人惊悸的感觉,第二句中用"峭"形容风,用"梳"比拟风吹在身上的感觉,这两个声母分属"清"(ts')"山"(s),从齿间艰涩流出的字就在音、义两方面蕴含了一种类似瓷片刮碗底的感觉,与"寒风""刺骨"一比,"峭风""梳骨"更让人感到难受,而下一句以平声为主的较缓节奏与上一句以仄声为主的较促节奏又形成对比,仿佛秋梦惊破令人惊悸只是几滴秋露的清响,而峭风梳骨的难受感觉却停滞了很久(同样的例子还有李贺《金铜仙人辞汉歌》里的"东关酸风射眸子"的"酸"与"射")。当然,这是阅读者融合了语义、语音而得出的印象,可是试想,如果仅仅从纯粹语音范围归纳出"仄仄仄仄仄,平平平仄平"来,阅读者能得到什么?假若阅读者在分析语句的声韵中添加了"印象",那么语音又增加了什么?

三、还是难题:诗歌语言批评怎么办

　　显然,以上的分析并不是怂恿人们凭着印象任意说诗,真正的诗歌语言批评既不能把诗歌语言本文中没有的东西硬塞进去,听任批评者疑神疑鬼胡乱猜度或天马行空驰骋想象,也不能对诗歌语言本文任意诠释,指鹿为马地把语言变成一套自行设计的密码,弄成没有共通性的古怪符号,语言批评必须确立语言的中心地位,依照一种有凭据的、为人共同承认的阐释手段来解读诗歌。

　　通观诗歌批评的历史,至少有三种"印象"必须剔除在语言批评门外以免它们横生枝节把阅读者引入歧途。

——穿凿的背景印象。这是一种来头颇大又来源久远的批评方式,自从孟子的"知人论世"说以来,中国传统诗歌批评就习惯于"自历史找根源及结论",当人们习惯于用这个套路对付诗歌以后,诗歌就成了背景的附庸或者在背景下改变了本意,最粗糙最简单的历史教科书常常成了开启诗歌精义大门的"万能钥匙",而最精细的历史考据则往往成了解读诗歌本义的"必经通道",乱世之诗是讽刺政治,香草美人是比喻君臣,"池塘生春草"是"王泽竭也","园柳变鸣禽"是"时候变也"[1],刘长卿的"闲花落地听无声"是指贬官[2],韩偓《落花》的"眼寻片片随流去"则是指"昭宗出幸"[3],王昌龄《青楼曲》明明"写富贵景色绝无贬词",却有人硬从"言外"看出它是讽刺"奢淫之失、武事之轻",而另一首写祝捷的《塞下曲》明明是"雄快之凯歌",却也被挖掘出"讥主将"的深意[4]。也许,这种背景印象能给解释诗歌提供一些"言外之意"而不至于"泥于字句",但它常常带来理解的失误或造成诗意的消失,像李白《蜀道难》,有人就凭着对唐史的印象断定它是讽刺唐玄宗逃往四川,结果把作于安史之乱以前的写景诗说成了写安史之乱的政治讽喻诗,把一个诗人变成了未卜先知的预言家,而宋之问《渡汉江》,则有人根据精审的历史考证断定它写的是宋之问从流放地逃回家乡之事,可是这样一来却把"近乡情更怯,不敢问来人"读成了潜逃的罪犯的心理报告。

——迂腐的人格印象。《周易·系词下》的一段话似乎是这种"印象"的先声,"将叛者其辞惭,中心疑者其辞枝,吉人之辞寡,躁人之辞多",中国古代诗歌批评里经由语言去揣摩诗人人格,也

---

[1] (清)潘德舆《养一斋诗话》卷二,《清诗话续编》,上海古籍出版社,1983 年,第 2028 页。
[2] (清)汪师韩《诗学纂闻》,《清诗话》,上海古籍出版社,1978 年,第 462 页。
[3] (清)吴乔《答万季野诗问》,《清诗话》,第 31 页。
[4] (清)潘德舆《养一斋诗话》卷二,《清诗话续编》,第 2025 页。

凭着对诗人的印象去解释语言,前者如对李商隐的不公正批评,后者像对《燕子笺》过分苛刻的讥讽。似乎人们特别相信"言,心声也"①,于是杜甫的每首诗似乎都能看出"忠君"、陶渊明的每首诗似乎都能读出"隐逸"。反过来,则"蔡京书法,荆公文章,直不可寓目",不管好不好,反正"高阁从来不一看"②,即使看也只是看出其"恶"。按照这个标准,"人高则诗亦高,人俗则诗亦俗"③,白居易为人"和平乐易",所以诗歌"无一句不自在",王安石为人"拗强乖张",所以诗歌"无一句自在"④,仿佛血缘遗传决定阶级成分一样,对诗人人格的印象成了判决诗歌的法律依据。其实,清人潘德舆《养一斋诗话》卷一已经说过,"人与诗有宜分别观者,人品小小缪戾,诗固不妨节取耳"⑤,这才是通达的见解。

——偏执的意图印象。清薛雪《一瓢诗话》有句名言,"看诗须知作者所指",吴乔《围炉诗话》卷四也有同样说法:"读诗心须细,密察作者用意如何。"这种推断作者意图来确定诗歌意蕴的做法即《文心雕龙·知音》里赞许的"世远莫见其面,觇文辄见其心"和新批评派讽刺的"从写诗的心理原因中推导批评标准"。这种来自"印象"的批评常常忘了批评家并不能越俎代庖说出诗人的内心想法,于是常常把"意图"和"意义"混为一谈,"意图"实际上是批评家想当然的理解,"意义"则是批评家理解的结果,可是他们却用"意图"来发掘"意义",又用"意义"来证明"意图",最终陷入自己证明自己的怪圈,稍一不慎,就落入谬误。举一个最荒谬的例子,王嗣奭《杜臆》是最能"揣摩老杜之心"的,可卷三论《石壕

---

① (汉)扬雄《法言》卷六《问神》,《二十二子》本,上海古籍出版社,1986年,第815页。
② (清)李调元《雨村诗话》卷下,《清诗话续编》,第1535页。
③ (清)徐增《而庵诗话》,《清诗话》,上海古籍出版社,1978年,第430页。
④ (清)袁枚《随园诗话》卷一,人民文学出版社,1960年,第21页。
⑤ 《养一斋诗话》卷一,《清诗话续编》,上海古籍出版社,1983年,第2008页。

吏》却说这首诗的意图是表彰"女中丈夫",那位老妪沉痛的诉说是"胸中已有成算","一半妆假",于是杜甫笔下的沉痛哀婉就在想入非非中变成了狡猾机智,把生离死别的悲剧想成了《沙家浜》里"智斗"的谐谑。而钱玄同读到"故国颓阳"、"何年翠辇重归",便猜度"有希望复辟的意思",因而怀疑此词是遗老遗少所作,可是偏偏谜底揭穿后,却是一个"老革命党"的作品①,于是"意图"和"意义"就成了以子之矛攻子之盾。

然而,唯有诗歌语言本身引发的印象却不能剔除在外,佛教把语词唤作"名",《俱舍论》卷五说"名谓作'想'",意思正是说语言引起了人的想象与回忆,所以《同光记》卷五说"名"有"想",便有"随义、归义、赴义、召义",人们常"随音声归赴于境,呼召色等",就好像读到"糖"觉口甘生津,听到"梅"便腮酸齿软。诗歌语言的理解比这种直接反应更微妙复杂:一方面含蓄的语词、断裂的句法使每个阅读者可以读出不同的意义,即如《华严经疏抄》卷十六"朗月流影"一喻所说:"澄江一月,三舟共观,一舟停住,二舟南北,南者见月千里随南,北者见月千里随北,停住之者见月不移";另一方面时代的变迁使今人失去了诗人时代的话语(discourse),他们的话语中隐藏了那个已经消失的时代的感受密码和表现密码,对诗歌的批评虽然也试图解读这一密码系统重建这种"语境",但毕竟新的解读也总是添加了新的感受。钟惺《诗论》说的"诗,活物也……说诗者盈天下,屡变屡迁……后之视今,亦犹今之视昔,何不能新之有",正表明诗歌语言在解读中可以不断产生新的意义。因此,完全恪守语言的自身意义而排除主观想象和体验是不可能的,无论按照《文心雕龙·知音》"观文者披文以入情"的古训还是按照福科(Michel Foucault)"知识考古学中

---

① 《随感录》,载《中国新文学大系·文学论争集》,良友图书公司,1935年,第265页。

寻找话语编成密码的知识"①,我们都必须体会诗歌语言中所蕴含的情感与哲理,用我们的感受去扪摸诗人的感受,用我们的印象去领略诗人的印象;我们也都必须追寻诗歌语言中的"历史"和"暗示",因为诗人大多已逝去,他们的感觉与印象只凝聚在语言之中,我们只有凭借我们的感受与体验才能把它们从语言的"历史"和"暗示"中寻觅出来。

还是那句老话:诗歌的语言批评必须确立语言的中心地位。但是,当剔除了语言之外那些容易将我们的理解引向歧途的"印象"之后,我们仍将容许语言引发的"印象"的存在,我们的诗歌语言批评不应当死守旧的语言学教条,而应当对语言兼有注释与阐释的双重功能,前者是 explanation,应当指出语言在它被使用于诗歌那个时代的意义范围,使我们阅读者了解它的语义变化,"训诂"这个词的本来意义就表明了这个企图;后者却是 hermeneutic,则应当通过消失了的时间寻找那个时代普遍的文化精神与审美感受在语言中的痕迹,通过阅读者对这些语言的"印象"来确立那种文化精神与审美感受在现代人心目中的反应,前者或许传统意义上的语言学可以胜任,后者却不可避免地要引入印象。因此,当我们试图建立一套既有别于纯粹学院式语言学又有别于传统印象鉴赏的"诗歌语言批评"方法时,应当谨记罗曼·雅各布森(Roman Jakobson)的一段话,他认为:

> 对语言的诗歌功能充耳不闻的语言学家和对语言学毫无兴趣、对其方法一无所知的阅读者,均为不合格的诗歌批评者。②

---

① 《文心雕龙注译》,人民文学出版社,1981 年,第 518 页。Michel Foucault: Archéologie du savoir(1969);中村雄二郎日文译本《知の考古学》,序论,河出书房新社,东京,1981 年。

② 《语言学与诗学》,转引自罗伯特·休斯《文学结构主义》(中译本),刘豫译,生活·读书·新知三联书店,1988 年,第 34 页。

第三章 意脉与语序

——中国古典诗歌中思维与语言的分合

第三章 意脉与语序

"语序"不须解释,而"意脉"却有必要说明。"意脉"并不是杜撰而是一种来头颇早的诗歌概念,从刘勰《文心雕龙》以来,就有过"义脉"、"血脉"、"语脉"、"筋脉"、"气脉"等等不同的称呼,但中国古人不屑于对概念作精确界定的老毛病,却使得这一概念始终缺乏一个确定的意义范围。人们有时凭借汉字"望文生义"的陋习总是把它用得超过了它本身可能有的最大限度,在诗歌评价领域里横冲直撞,越俎代庖,有时又由于"顾名思义"而过分小心翼翼地把它局限在"意指内容"的圈子里,不肯越雷池半步,生怕被扣上"偷越国境"的帽子而遭致误解。那些把人体解剖学的名词用到诗论里的评论家们所谓的"诗有肌肤,有血脉,有骨骼,有精神","大凡诗自有气象,体面,血脉,韵度",听起来好像指的是诗的"血管",似乎缺了它,诗就面色苍白;而那些颇有三家村夫子气味的诗论家们所谓"从首至尾,语脉既属,如有理词状",听起来好像指的又是诗的逻辑,似乎没有它,诗就一团浮肿,反正,总让人觉得有那么点儿夹缠不清①。中国诗论里的名词总是"道可道非常道"似地含含糊糊,以至于古往今来爱偷懒的评论家和沉湎于玄妙感受的评点家总可以顺手牵羊地用来用去而不犯一点错误。且不说"气"、"道"、"韵"之类形而上的词眼,就连"含蓄"、"放荡"、"冲淡"、"自然"之类的形容词,也搞得人们不敢限制它们的领地,于是很宽容地放纵它们在各类诗论里抢地盘争座次,还害得不少研究家写了洋洋大文来"论"、"辩"它们各自本来的界限和意义。

所以,在使用"意脉"一词时,我们不得不"委屈"它进入我们可以"言传"的范围,把它定义为:

诗歌意义的展开过程,或者换句话说,是诗歌在人们感觉中所呈现的内容的动态连续过程。

---

① (宋)吴沆《环溪诗话》卷上,清刻本;(宋)姜夔《白石道人诗说》,《历代诗话》,中华书局,1981年,第680页;(宋)魏庆之《诗人玉屑》卷六,上海古籍出版社,1978年。

而我们要讨论的,是它——意脉——与语序的关系,即在中国古典诗歌里,思维之流与语言之流的分离错综与同步和谐问题。

一、诗的语序:老话题的新诠释

从古老的格言"言为心声"到现代的理论"语言是思维的表述",大概都会使人产生一种误解,即除了有意伪饰或故为谎言外,人都是"怎么想怎么说"的,因此,语言之流应当和思维之流有一种基本的对称关系,换句话说,就是语言之流的顺序与思维之流的顺序应该是平行而同步的。尤其是汉语,一位中文名叫戴浩一的外国语言学家曾断言,在所有的语言中,汉语的——

> 语序并不是联系语义和句法的任意的抽象性质的机制……它的语序跟思维之流完全自然地合拍。①

也就是说,比起诺姆·乔姆斯基为西方语言所总结的"世界语法"来,汉语的语序更自然,更吻合说话人感觉世界中的"事实程序",这位语言学家称之为"时间顺序原则"(the principle of temporal sequence),而另外一些语言学家则从汉语并不非得遵循西方语言主语句的"主、谓、宾"顺序不可,而可以把主体感觉中最紧要的主题放置在句首加以提示这一点上感到,汉语的语序在相当大的程度上受说话人的意识中对所要强调对象的关注左右,所以他们又称汉语为"主题化"(topicalization)语言,就像 W·P·莱曼在《描写语言学引论》里所提到的:

> 直到最近,我们……才清楚,主语(句)不过是(西方)几种语言的特征,在许多别的语言里,例如汉语,居突出地位的

---

① 戴浩一《时间顺序与汉语的语序》,黄河译,载《国外语言学》1988 年第 1 期,第 11 页。

是主题而不是主语。①

无论是戴浩一氏的"时间顺序原则",还是W·P·莱曼的"主题化",都是在解释一种日常汉语,正确与否我们可以把它交给语言学家日后去辨别。但是,语言学家煞费苦心为汉语寻找的这些原则,在中国古典诗歌中却失去了它的一般通用性。当人们审视中国古典诗歌并试图也为它寻找一些"语言通则"时,人们发现,所有语言学家所提供的钥匙都捅不开这把古老的锁,就好像一个手持"世界通用银行"的信用卡却闯进了以物易物的原始部落一样,尽管卡上明白无误地印着"世界"与"通用"字样,却偏偏兑不出一文钞票,因为中国古典诗歌的语序既不是按时间顺序原则展开的思维流动来安排的,也不是有意强调的主题前置。比如刘长卿《秋杪江亭有作》:

寒渚/一孤雁/,夕阳/千万山。

和人们所熟知的"枯藤/老树/昏鸦"一样,十个字四个平列的意象,有什么主题化?又比如杜甫《陪郑广文游何将军山林》"绿垂风折笋,红绽雨肥梅",诗句错综,有什么时间顺序?难道说是诗人先看到绿色、下垂,然后感到风,看到折,最后才看清楚笋么?显然,用"通用"的语序来讨论诗歌无疑是圆凿方枘。

但是,语法通则毕竟是从语言现象中抽象出来的一种"程序",人们总是凭借这种"程序"来领会语言的意义与表达思维的结果的,按理说,不遵循这种既定"程序",对谈有可能就变成了"两股道跑车"或"三岔口打架",就像面对一盘剪得寸寸断裂又拼得乱七八糟的磁带,无论你有多高的音乐修养也还是七荤八素地听了个莫名其妙,不知所云。然而,为什么像"客病留因药,春深买为花"(杜甫《小园》)、"日照虹霓似,天清风雨闻"(张九龄《湖口

---

① 莱曼《描写语言学引论》,金兆骧等译,上海外语教育出版社,1982年,第240页。

望庐山瀑布水》)、"柳色春山映,梨花夕鸟藏"(王维《春日上方》)这样语序颠倒的句子出现在诗里并不会引起人的误解?为什么"细草/微风/岸,危樯/独夜/舟"(杜甫《旅夜书怀》)、"白花/檐外/朵,青柳/槛前/梢"(杜甫《题新津》)这样省略错综的句子出现在诗里并不会让人感到别扭?同样,杜甫《秋兴八首》那一联"香稻啄余鹦鹉粒,碧梧栖老凤凰枝",实在不成句子,而王嗣奭却觉得它"非故颠倒其语,文势自应如此"①,所谓"文势自应如此",就是说这两句诗的语序完全正常,读起来就像"坂上走丸"或"水到渠成"那样顺溜。可是,按照鲁道夫·阿恩海姆的研究,"语言是语词在一个维度上(直线性的)的连续排列,因为它被理性思维用来标示各种概念出现的前后次序",所以它和能够同时显示各种意象的共时性状态的绘画或能够混融伴生的"二重唱"或"四重唱"不一样,写在纸面上的诗句文字只能"一个接一个地按顺序结合在一起"②,既然如此,那么像这种错综颠倒得不成文句的诗歌本来应当像一堆撒落地面的铅字一样,无从寻绎它的肌理和意脉,可是,为什么在宋代,沈括却能毫不费力地把它排列成合符语法的"鹦鹉啄余(之)香稻粒,凤凰栖老(于)碧梧枝",而赵次公又能自信地把它想象成"香稻(则)鹦鹉啄余(之)粒,碧梧(乃)凤凰栖老(之)枝"的"倒装法"呢?似乎他们都觉得正常语序的破坏并不妨碍他们与诗人的对谈,这是因为"文势自应如此",诗自有诗的"错综句法"呢,还是因为美学上的考虑,有意地"语反而意奇"呢?

古往今来的许多人都试图解释这种现象,语言学家特意开辟"颠倒"和"省略"专节来收容这一溢出了语法规则的句式,文学鉴赏家千方百计用玄虚的赞词含糊地称颂这一奇特的诗歌语句。

---

① 《杜臆》卷八,上海古籍出版社,1983年,第277页。
② 鲁道夫·阿恩海姆(Rudolf Arnheim)《视觉思维》(*Visual Thinking*),滕守尧译,第十三章《语言应有的位置》,光明日报出版社,1987年,第361页。

前者企图把语法规范的领地再拓宽一路,给它一个容身之处,借承认它的合法"身份"来维持自己语法"家族"的大团圆;后者则在无法解释的窘境下,承认它"违反"语法却说它"意奇",就好像俗话说"啄木鸟打筋斗卖弄花丽屁股",反是反了,但很好看,显然前者的宽容只是搪塞而后者的搪塞近乎是哄骗。因此,为了避免旧诠释的缺憾,我们不得不扯远些,从"思维-语言"本源上来寻找新的诠释途径。

如果我们承认乔姆斯基"表达意指的深层结构是所有语言共有的……它是各种思维方式的一种简单反映,使深层结构向表层结构转变的转换规则则会因语言而异"这样一种理论①,那么,首先我们应当指出,所谓"深层结构"(deep structure)乃是思维最初刹那所印在脑海中的一组具象事物及动态印象,人生活在一个由时间、空间共同构成的四维世界里,而世界又"是以万花筒般的'印象'展示出来的",因此"思维-语言"最初捕捉到的只是若干个共时性也就是在时间上平行呈列的组合印象,美国所谓"垮掉的一代"代表诗人艾伦·金斯堡说的"从乳腺癌病毒到摇摆舞影视这样一些压根儿毫不相干的事会突然反射在大脑屏幕上……谁也不明白,下一瞬间,什么闪念会在头脑中浮现,或许与廷巴克图有关,或许是热狗、夹鼻眼镜或照相机"②,也许近乎痴人说梦,但赫尔德(Herder)在那部《论语言的起源》中所描述的视觉世界的复杂混乱微妙与心灵世界的狭仄单一整齐,却告诉我们那个"共时性世界"的确存在③,当然经过焦点的调整与选择,它只剩下了若干个被感觉到"有意味的"印象,这些印象就是"思维-语言"深

---

① 转引自《哲学与语言》,见《哲学译丛》1987年第1期。
② 《诗人的追求》,中译文载《文艺报》1989年2月4日。这种感觉早在40年代中国诗人那里已经有所表现,参见郑思《秩序——向北方的诗人们写的一篇报告》,载《希望》1946年10月,第2集第4期。
③ 赫尔德《论语言的起源》,姚小平译,商务印书馆,1998年。

层结构的本相(true features)。尽管这些共时性的"块状"印象是经过思维的"打包"、"捆绑"才整理出意义过程的,尽管这些单个词汇是经过思维的"转换"才表述为句子的——就像鲁道夫·阿恩海姆所说的,思维-语言的理性机制迫使被陈述的事物按照语法式样变成"一种线性的序列"——但依然是那些印象决定意义,因为它们才是说话的"内容",它们才限定了句子的"意指范围",所以乔姆斯基说:

> 隐藏在实际表述之中的深层结构……才传达了句子的语义内容。

从不合语序的"深层结构"向符合语序的"表层结构"的转换,一方面是一个历时性问题,尽管乔姆斯基只愿意用儿童能无师自通地把握语序规范的"先天语言习得机制"(language acquisition device)来解释"转换"的由来,但事实上这种能力并非仅仅由DNA基因的"遗传",而是由于历史的积淀,在人类学与历史语言学所提供的资料中可以看到,沿着"思维-语言"演化历程越往上回溯,语法越简略、破碎,这一点,残存的古埃及象形文字与古中国甲骨文均可以作证,而当代原始部落语言的调查也可以作证;另一方面则是一个共时性问题,从思维转换为语言也就是从深层结构转换为表层结构的过程,在人们脑海中实际上是理性对"印象"的"编码"过程,正像B·沃尔夫所说的,世界像万花筒,"因此需要我们的意识加以组织——这就是说,需要我们的语言系统去编码",在这一编码过程中,共时呈现的印象被迫改编为线性呈现的。一串名词、动词、形容词,这些词又被迫按照一定顺序依次排列,可是,理性要求这些印象又不能不交代它们的时、空、因、果关系,因此,越是需要清晰而准确地表达,就越要加进"如果、因为、像、虽然、就、在、的、是"等等连词、介词、副词等表示"逻辑链"的成分来参与演示①,由于这些并不表示任何实存印象的虚词的参与和语序的整理,思维才"转换"成语言,平行的"印象"才编码为直线的句子。但是,正像乔姆斯基所说的"转换规则会因语言而异",各民族"思维-语言"天然不同,所以或精密准确,或朦胧含糊,或连贯,或跳跃,尽管语序完整而繁琐,或语序简略而利落,但应当指出,这并不妨碍对谈的进行,因为一方面深层结构中决定语义内容的基本因子已经限定了意指范围,一方面每个人对母语都能凭借习惯与语感来理解对谈的内容。

于是我们有了三点结论。

第一,"思维-语言"并不是先天就存在一套语序规则的,所谓"语法",只不过是人们思维和语言理性化精密化的产物和语言学家煞费苦心地抽象归纳的结果,它并不能削足适履地将语言现象截长补短,更不能硬性宣判什么句式和语序属于"非正常",像原始"思维-语言"就很难纳入这种后天的框架——而诗的思维恰恰与原始思维相近而拒斥理性思维。

第二,当作为"深层结构"中"块状"因子的印象以实词的形态直接呈现时,句子的意指在一个宽泛的范围内已经显现,当然由于语法的不完整与语序的不整饬,时空、因果、主客等逻辑关系不明确、意义比较含糊朦胧——而诗歌语言追求的正是这种效果。

第三,语言使共时的平行的世界转换成一种直线性的词汇系列,越是准确精密的、语法完整的语言越使世界的本相"变形",相反,那种语序省略错综的语言却表现的是深层结构即思维本初的原貌——而诗人希望的正是恢复这一体验世界。

据说,中国古代的思维方式是一种原始思维孑遗极浓重的思维方式——这样说绝没有贬低中国人的意味,因为各种不同思维

---

① 关于这一点,语言学家对失语症的调查也许有助于我们理解,患失语症的人能够说出词汇,但不能构成句子,这就是逻辑思维障碍,参见《语言与文字的生理基础》,《语言学论丛》,第十一辑。

方式之间并非线性的历时性关系——这在两件趣事上可以得到说明：列维-布留尔那部大名鼎鼎的《原始思维》竟是在看了《史记》后受启发而写的；C·G·荣格则从《周易》中发现了思维的"因果性原则"（西方的）、"同步性原则"（中国的）[①]。而这种思维方式投射在中国古典语言文字上，又使中国古典语言尤其是书面文字呈映出以下特征，一是它保存了原始文字的图画性，文字直接表示事物，就像 L·R·帕默尔所说的"汉字不过是一种程式化了的简化了的图画的系统"，或者像 E·庞德所惊诧的，汉字就像一幅幅连缀起来的画面，它无须经由语音便达成意义——而西洋文字却总是"隔"了一层——并保留着鲜明的视觉印象；二是由于它的图画性，每个汉字都是独立完足的，并不需要上下文来确定它的"所指"，因此，它无论安放在句子的任何位置，那种直接呈现意义的视觉印象总使人不至于误解；三是因为图画式的文字已经决定了语句的意指，限定了话语的语义范围，而传统的"以意逆志"式的阅读习惯又自动组合了这些"块状"的文字，使它们不言自明地呈现着意义，因此它保存了原始"思维-语言"的那种简略性。正如中西两位语言学大师不约而同所说的那样：

　　"在汉语的句子里，每个字排在哪儿要你斟酌，要你从各种不同的关系去考虑，然后才能往下读。由于思想联系是由这些关系产生的，因此这一纯粹的默想就代替了一部分语法。"（洪堡德语）

　　"国语底用词组句，偏重心理，略于形式，词句底形式既不像西文那么完备，若非多用图解法，那心理的表象定多'疑莫能明'。""只要伦理（逻辑）的关系保持清楚，任凭文学方面（修辞）怎样移动变更，可以毫无限制。"（黎锦熙语）

[①] 参看《原始思维》，中译本《译后记》，丁由译，商务印书馆，1981年，第498页。荣格《心理学与文学》，冯川等译，生活·读书·新知三联书店，1987年，第248—250页。

因此,汉语词汇不定位,能任意转换它在句中的位置,语法简略而松散,伸缩舒卷的随意性强,这正表明中国古典语言文字比西洋表音文字更多地残留了思维的深层结构原貌,而这又正是中国古典语言文字的特色所在。

汉语的优劣且交给语言学家去评判。这里应该指出的是,恰恰因为汉语与汉字的这一特色,却使它非常地适用于诗歌。诗人面对着的是一个五彩缤纷、众相杂陈的生动世界,而不是一个由冷冰冰的逻辑链条缀合起来的抽象世界,所以汉字的充分视觉性、图画性和汉语非直线性组合的特征使它正好成为诗人直接触摸与描述世界的天然质料;诗人的思绪有如儿童——正如维柯所说的原始民族和儿童天然地是诗人一样,因为他们的思维都淡化了逻辑性而富于跳跃性——所以汉字块状地拼合与语法的简略松散恰好在诗人那里是诗思的直接呈现;诗人的体验乃是一个朦胧混沌的境界,所以汉字语法的省略错综恰好在他试图表现这种境界时是一种避免确定与限制的极佳工具;最后,诗人希望于读者的正是追求多义性即多向的意会,所以汉字构成的诗句由于词汇间的"脱节"、"颠倒"所引起的歧义,恰好是启发读者"纯粹默想"以神游诗境的手段。以温庭筠那一联著名的"鸡鸣茅店月,人迹板桥霜"为例,如果我们采取简单的方式,可以把它分为六个名词性词汇,它们都是平行陈列的听觉意象和视觉意象,互相之间并无关联:

鸡鸣／茅店／月／人迹／板桥／霜

除了第一个"鸡鸣"之外,平列的五个视觉意象构成了一个"全景图",使读者似乎在瞬间就领略了诗境。但是,如果我们按照现代人的习惯来表述的话,那么就不得不添加若干成分,使它"转换"为:

〔我听见〕鸡鸣,〔知道天将破晓〕〔我抬头看见〕茅店〔上空〔的〕月,〔我低头看见〕人迹〔在〕板桥〔上〕,〔因为桥上有〕霜。

此外,恐怕还得补上一句潜台词:"行人何等辛苦。"可是,在诗人直接呈现思维深层结构的诗句中,只有那些看见的与听见的意象,但你能说它没有规定语义范围么?你能说它的意脉没有贯穿这些孤立呈现的意象并使它们流动起来么?可是,语法所必须的那些粘连成分,却都隐没不见,正如《麓堂诗话》所说,它"不用一二闲字,止提缀出紧关物色字样"①,而"意象具足",因为它以深层的本相直接呈现,待读者"以意逆志",把它们再度转换组构成形。

因此,语序的话题如果追寻它的"思维-语言"本源的话,那么,它乃是中国传统思维及其赖以表述的汉字所决定的,这语序无论如何"省略"与"颠倒"都"毫无限制",并且人们都能接受,乃是由于中国人的思维及阅读习惯所决定的。因此这汉字,好像是天然的诗歌质料,它可以由诗的建筑师随心所欲地挪来移去地建造诗境,而这思维,乃是天然的"诗性思维",它那似乎漫无统绪的"积木"尽可等待诗的设计师天马行空地任意设计"八宝楼台"——因为诗的欣赏者与它的创造者一样,有着同样建构的大脑,有把握这种质料与成果的天然能力。宋人范温在《潜溪诗眼》中说:

古人律诗亦是一片文章,似语无伦次,而意若贯珠。②

这"意"既是诗人之"意",也是读者之"意",他们凭借如丝如缕的"意脉"以意逆志似地把意象的珍珠串成一条项链,无论它如何"大珠小珠落玉盘"般地散乱无序也无妨。因为这"美丽的混乱"正是诗歌——

"艺术的象征。"

---

① (明)李东阳《麓堂诗话》,《历代诗话续编》,中华书局,1983年,第1372页。
② 郭绍虞《宋诗话辑佚》,中华书局,1980年,第318页。

二、陌生化:意脉与语序的分离及诗歌语言的形成

当然,中国古人讲话并非全是七颠八倒,让人自己去猜去想的;中国古人写文章也并不是完全没有语法,让人如读天书般地丈二金刚摸不着头脑的;同样,中国古代诗人一开始也并不是那么自觉地利用语序来制造诗歌的。至少,在古人心目中尚未有自觉的诗歌语言观念,在诗歌还没有完全脱离应用性质而成为纯文学形式之前,诗歌语言还是与散文语言相似的:意脉清晰流贯,让人一读之下便理解了诗人的思路;语序正常平直,使人读来毫不感到别扭难过,诗与文之间的区别只在于文无韵而诗有韵,文多虚字而诗少虚字,文句不齐而诗句齐,只不过人们在读诗时先存了个"诗"的念头,所以便在心里把它读出了诗歌节奏而已。

我们不妨随意看一些例子。《诗经》多用"之"、"乎"、"焉"、"也"、"者"、"云"、"矣"、"兮"、"而"之类"语助之字"的特点,虽然刘勰《文心雕龙·章句》一再回护它是"据事似闲,在用实巧",而宋人洪迈《容斋五笔》卷四却已看出了它与散文的相通,说"至今作文者亦然"①,费衮《梁谿漫志》卷六虽然指出"(诗)用语助太多或令文气卑弱"②,可是他并不曾明确意识到当时诗歌与散文在语言上并没有分家,如:

关关雎鸠,在河之洲。窈窕淑女,君子好逑。

诗人的思维之流很自然地从鸣叫的雎鸠站立河洲这样一个外在视境流向窈窕淑女匹配君子这样一个内在视境,而语序也同样很

---

① (宋)洪迈《容斋随笔》,上海古籍出版社,1996年,第847页。
② (宋)费衮《梁谿漫志》卷六,上海古籍出版社,1985年,第63页。

自然地吻合人的习惯,"关关雎鸠,在河之洲"是一句完整的句子,定语在前,补语在后,"窈窕淑女,君子好逑",虽然缺少系词,但同样吻合先秦人语言习惯,如果直译为白话,就是:

> 关关(叫)(的)雎鸠在河之洲,窈窕(的)淑女(是)君子(的)好配偶。

除了现代汉语必不可少的系词"是"、连词"的"外,几乎没有什么变化。又如汉乐府《长歌行》末四句"百川东到海,何时复西归?少壮不努力,老大乃伤悲",如果加上少许虚词,就成了散文句:

> 百川东到海,何时复西归耶?少壮若不努力,老大乃伤悲矣。

意脉依旧,语序依旧,显然当时诗文之间语序相差无几;至于被钟嵘誉为"古诗第一",被皎然称为标准"东汉文体"的《古诗十九首》,就像《文镜秘府论》南卷《论文意》说的那样,"语近而意远……不以力制,故皆合于语而生自然"①。我们只要借用明代谢榛《四溟诗话》卷三的一段评语就可以明白它的语序也和散文相似——

> 平平道去,且无用工字面,若秀才对朋友说家常话,略不作意。②

然而古诗语言与散文语言的难分难舍造成了它自身的窘境,它的语序由于过分吻合人们的"约定俗成"而使意脉过分清晰,它的语序由于过分完整正常而使意义过分明确,虽然这种符合人的思维与语言习惯的诗句容易让人感到自然、质朴、亲切、熟悉,但是它也使诗歌的独立品格受到损伤。当人们习惯了这种平直流畅的

---

① 《文镜秘府论》,人民文学出版社,1980年,第141—142页。
② 《四溟诗话》卷三,《历代诗话续编》,中华书局,1983年,第1178页。

诗句之后,不免又会由习惯变为淡漠。它吻合人的思维之流,因而听了顺耳看了顺眼,并没有什么特异惊人之处;它符合人的理解顺序,因而听得明白看得清晰,并没有什么扞格陌生之处。可是,顺耳顺眼未免会令人倦怠而忽略,明白清晰未免会让人觉得"不过如此",就像玩腻了的玩具让儿童讨厌甚至像"杰米扬的汤"令人倒胃口。那么,怎样才能使诗歌变得更像诗歌,怎样才能更好地构造一种与散文全然不同的诗歌语言世界呢?

从谢灵运、齐梁永明诗人的探索到唐初近体诗律的形成,令人想起俄国形式主义诗论家 V·什克洛夫斯基(Viktor Shklovsky)的"陌生化"(defamiliarization)理论。谢灵运诗的"典丽新声"已经开始对古代诗歌质直、自然语言习惯的有意矫正,虽然苛刻的严羽曾经用翻了个儿的标准批评他不及建安诗人那么"全在气象,不可寻枝摘叶",但这种"寻枝摘叶"的诗歌语言正好是对过于凸现意义而埋没语言本身的日常语言的刻意违反——关于这一点我们将在后面详细论述——他的诗里越来越少用虚字,多用对语,讲究韵律,善镶丽字等趋向,及与他同时的颜延之、谢庄等人对"直寻"式的诗歌语言的违背,使诗歌语言大大变形,并影响了一代诗风;沈约、谢朓、周颙、刘绘等人"务为精密"的努力与"八病"说的提出,更进一步使诗歌语言与散文语言分道扬镳,逐渐完成了对日常语言与散文语言的"陌生化"过程。什克洛夫斯基认为,诗歌语言是"歪斜"、"别扭"、"弯曲"了的语言,"诗歌的目的就是要颠倒习惯化的过程……'创造性地损坏'习以为常的、标准的东西,以便把一种新的、童稚的、生机盎然的前景灌输给我们"①,因此,当古诗经过漫长岁月仍以它一成不变的、与散文语言相近而不能引起人们新奇感的语序讲述着各种内容时,人们

---

① 特伦斯·霍克斯《结构主义和符号学》(中译本),瞿铁鹏译,上海译文出版社,1987年,第61页。

就感到了变革诗歌语言习惯的意义。同时,正如韦勒克和沃沦在《文学理论》中所说的那样,"多数诗歌的理性内容往往被夸大了,如果我们对许多以哲理著称的诗歌作点分析,就常常会发现,其内容不外是讲人的道德或者是命运无常之类的老生常谈"[①]。中国古诗的主题确实多集中在人与社会(道德与功业)、人与自然(死亡与永恒)、人与人(爱情与仇恨)这些"老生常谈"里,如果意象与形式再重复而陈旧,诗歌便将衰亡。因此,从谢灵运以来的诗人们在意象更新(自然山水中的生命意识与人生情感)的同时,也开始了对语言形式的开拓。谢榛《四溟诗话》卷三在称赞了《古诗十九首》"平平道出,且无用工字面"之后,曾用极不屑的口吻调侃说"魏晋诗家常话与官话相半,迨齐梁开口,俱是官话。官话使力,家常话省力,官话勉然,家常话自然"[②]。如果我们抛开明代诗论家这种对陈年老窖的偏爱和对自然的误解而从历史主义角度来理解诗歌语言的话,那么,我们应当追问:"使力"与"勉然"不正是诗歌创作的一种"陌生化"追求么?如果都图省力,诗人何必苦思,如果都图自然,诗人何不作打油钉铰诗?家常话固然亲切,听多了却令人生腻,就好比说车辘轳话成天唠叨令人讨厌一样。六朝以来诗人正是意识到了这一现象,因此,他们不断对习惯了的语言形式进行改造,他们追求意象的密集化,尽可能少用虚字,他们追求字词的错综,尽可能地使句式变化,他们追求音韵的杂错,在句内、句间甚至双句间寻求对称而参差的声韵效果……逐渐把诗歌语言与散文语言的距离拉开,形成了一整套独立的诗歌美学形式,而语序的省略与错综正是构成这一形式的重要内容之一。

诗人的思维之流是没有变的,变的只是语言形式。而语言形式的变化中,首先是省略(如古诗中常见的"我"、"汝"等主语代

[①] 《文学理论》(中译本),刘象愚等译,三联书店,1984年,第113页。
[②] 《四溟诗话》卷三,《历代诗话续编》,中华书局,1983年,第1178页。

词、"于"等时空位置介词、"乃"等判断系词、"之"等助词、"乎"、"也"、"焉"等句尾虚词）①，由于中国传统思维方式常常使人能以意逆志似地补足句子的省略部分，使意脉在若干跳动的点之间潜存，由于汉字自我完足地具有意义与形象，可以脱离句法结构显示意指内容，所以使省略成为可能。而省略不仅使诗句词汇整齐化与意象化，具备了音步整饬与节奏有序的前提条件，而且使诗歌意蕴复杂化。副词、介词在诗中的逐渐消失，使时空位置模糊了，因而"直线的过程"还原为"平列的组合"，时间空间一下子变得无限广阔；主语性代词的逐渐消失，使诗句的视觉角度模糊了，读者可以从这边看那边，可以从那边看这边，这种"视角转换"即视点游移构成了电影蒙太奇的奇异效果，使诗境处于一种不断的叠变之中。其次是词序，省略使诗句结构关系松散，关联词逐渐消失，就像本来环环相扣的链条一下子松散开来一样，词汇与词汇之间的关系松动了，因而词汇可以互相易位，这种词序的错综，更使得本来就朦胧的诗境变得更加曲折多变，意蕴复杂，包容了多种组合的可能性与意义的互摄性。以比较早的两联诗为例：

百年／积／死树，千尺／挂／寒藤。（何逊《渡连圻》二首之一）
风／窗／穿／石窦，月／牖／拂／霜松。（江总《入龙丘岩精舍》）

你能说清楚是"百年（间）积（的）死树，千尺（崖上）挂（的）寒藤"还是"死树积（了）百年，寒藤挂（下）千尺"吗？你能说得清是"风穿（过如）窗（的）石窦，月（光）（透过）牖拂（照）松（如）霜"呢，还是"风穿（过）窗（如穿过）石窦，牖（外）月（光）拂霜松"呢？这种被重新排列组合得错综颠倒的诗句整个儿地改变了人们的阅读习惯，

---

① 清人徐文靖《志宁堂稿·序》中就说过："世称语助者七字：之乎也者矣焉哉，诗家所罕用，尤律诗所禁用也。盖自汉魏以来，树帜骚坛，驰骋艺苑以自命不朽者，初未尝假途七字……"见《徐位山六种》，清代志宁堂刻本。又，参见本书《论虚字》一章。

使原来依次呈现的直线过程变成了平行呈列的叠加印象,而怎样叠加,怎样组合,则全可凭读者的审美经验。这样的诗句在唐代近体诗中就更多,如:

> 惯看宾客儿童喜,得食阶除鸟兽驯。(杜甫《南邻》)
> 声早鸡先知夜短,色浓柳最占春多。(白居易《早春忆微之》)

特别是杜甫《旅夜书怀》中的:

> 细草/微风/岸,危樯/独夜/舟。

诗人的所思所见,依照日常语序,应是——

> 微风(吹动)岸(上)细草,
> 舟(上的)危樯(在)夜(中)独(自矗立)。

或者是——

> 微风(吹动着)细草(之)岸,
> 独(立)夜(中的)危樯(之)舟。

或者是——

> 岸(上的)细草(在)微风(中摆动),
> 舟(上的)危樯(在)夜(中)独(立)。

这里,省略的成分不仅有表示处所的介词"在",表示方位的"上"、"中",表示从属关系的"的(之)";还有谓语动词"吹动"、"矗立",这样,诗境便"还原"为物象平列杂陈的这种"生成转换"为语言之前的视觉印象,并由此发生了理解的歧义,平列错陈的视觉印象使读者更贴近诗句中的自然境界,理解的歧义则给读者留下了艺术想象的"空白",而诗的魅力不就在于这种真切的境界与朦胧的意味么?没有必要担心读者对"意脉"的误解,欧阳修《六一诗话》引梅圣俞评"鸡鸣茅店月,人迹板桥霜"时云:

作者得于心,览者会以意,殆难指陈以言也。①

既然能"会以意",显然就不至于误解,纵然误解,那么也是在那幅已经"给定"了的视境中的误解。既然视境已经"给定",意义范围就有了限制,那么,在这个范围中能多出若干种理解与体验,恰恰是诗歌语言所追求的艺术效果,正像特伦斯·霍克斯所说:

> 诗人意在瓦解"常规的反应",创造一种升华了的意识:重新构造我们对'现实'的普通感觉。②

三、埋没意绪:意脉与语序分离的意义

中国古典诗论对意脉与语序的错综有过种种说法。刘勰所谓"外文绮交,内义脉注"似乎比较简切,一个"交"字和一个"注"字把语序的错综和意脉的流贯形容得很清楚;而相传为司空图的所谓"似往已回,如幽如藏",把人体的"脉"改为大地的路,用人的行走来表示语序的流动,却不如姜夔"血脉欲其贯穿,其失也露"那么来得干脆,姜夔的意思就是说,意脉既要连贯畅通得像人身上的血管,又不能像剥了皮的猪羊一样血管暴露在外③;用清人方东树《昭昧詹言》的话来说,就是"草蛇灰线,神化不测,不令人见",如何不令人见?就得把意脉像埋自来水管一样埋在地下,用错综的语序当花斑草皮,一块块地盖上,方东树还告诉人们,语序的错综并不妨碍意脉的流动,"苟寻绎而通之,无不血脉贯注生气,天成如铸,不容分毫移动,昔人谓之'无缝天衣'",只不过在错

---

① 《六一诗话》,《历代诗话》,中华书局,1981年,第267页。
② 《结构主义和符号学》(中译本),瞿铁鹏译,上海译文出版社,1987年,第61页。
③ 以上分见周振甫《文心雕龙注释》,人民文学出版社,1983年,第375页;署名司空图《二十四诗品》,《历代诗话》,中华书局,1981年,第42页;《白石道人诗说》,《历代诗话》,第680页。

综的语序掩护下,"意"隐藏得很深,不容易轻易地让人摸着"脉",他还挺风趣地用了两句诗来形容:

> 美人细意熨帖平,缝裁灭尽针线迹。①

这和皎然《诗式·明作用》里"抛针掷线,似断而复续"差不多,似乎省略和错综的语言就好像游击队埋地雷时的大竹扫帚,尽管地雷和长长的引火线埋下了地,但两扫帚一扫,地上挖的土痕与人的脚印就全没了。

这些说法实在是太玄乎太微妙,古代诗论经常使用的这些象征语言和印象词汇虽总能"意会"到它有那么点味儿,却也让人费了大力仍琢磨不出准确"边界",我们举个具体例子,宋人陈善《扪虱新话》卷八记载:王安石读杜荀鹤《雪诗》"江湖不见飞禽影,岩谷惟闻折竹声"后,认为两句后三字应该颠倒次序为"禽飞影"和"竹折声",又读王仲至《试馆职诗》"日斜奏罢《长杨赋》,闲拂尘埃看画墙"后说,前一句后五字应该改为"奏赋长杨罢"。为什么呢?王安石只说了四个字:"如此语健。"又《麓堂诗话》曾举杜甫诗中"风"字倒用的几句"风帘自上钩"、"风窗展书卷"、"风鸳藏近渚"为"诗用倒字倒句法",称赞道"乃觉劲健",而"风江飒飒乱帆秋"则是极致,评语也只有四个字:"尤为警策。"②究竟什么叫"语健"、"劲健"或"警策"? 实在很难说清楚,从上面第一例来看,"飞禽影"改为"禽飞影"似乎不违背正常语序,而"折竹声"改为"竹折声"则未免不那么通,第二例"奏赋长杨罢"就更不符合语言习惯,至于杜甫那句"风江飒飒乱帆秋",就干脆无法分辨它的主谓宾定状补次序,简直是一团乱麻了,但是,为什么这样就"劲健"、"警策",而不这样就不"劲健"不"警策"呢? 是不是语序与意脉的分

---

① (清)方东树《昭昧詹言》,人民文学出版社,1961年,第27页。
② (明)李东阳《麓堂诗话》,《历代诗话续编》,中华书局,1983年,第1393—1394页。

离就能造成所谓的"劲健"、"警策"效果呢？显然，躺在古人现成评语上搪塞不是办法，而乞灵于现代"鉴赏家"们内心独白式的印象主义或象征主义也不是办法，我们毋宁老老实实地从意脉与语序的关系说起。

第一，由于省略简化和错综颠倒所造成的意脉与语序的分离，引起了诗歌意象的密集化。

沃尔夫冈·伊塞尔曾说过：

> 读者是以一种游动的视点在"文本"之内进行阅读的。①

他之所以用"游动的视点"这个词，大概是指阅读诗歌时人们脑荧屏上依字词的次序复制视境，在人们对习惯对象的阅读过程中，视点确实以一种吻合心理秩序的顺序流动的，人们阅读时都有一种"心理期待"，读上一个词时，心里就在预期下一个词，读上一句诗时，心里就在预期下一句诗，而期待的范围常常来自自己的阅读经验，正如英伽登所说的"一旦沉浸于思想的流动，我们在完成句子的意思之后，就在期待'延续部分'"②，如果期待到了，与经验相符，那就顺畅而轻松，反之，则别扭而难受。通常，人们习惯于日常的普通语言，古诗的自然语序当然使人感到舒服，比如：

> 客从远方来，寄我双鲤鱼。呼童烹鲤鱼，中有尺素书。

正像《四溟诗话》卷三说的"若秀才对朋友说家常话"，人们读它时可以感到，语序像"家常话"那么完整而顺畅，视点也从"客来"、"鲤鱼"、"烹鲤鱼"到"尺素书"这样一个正常顺序流动，确实没有凸出的"字面"造成思维之流的障碍。可是，正如法国诗人 P·瓦

---

① W·伊塞尔《阅读活动：审美反应理论》(W. Iser: *The Act of Reading: A Theory of Aesthetic Response*. P. 48; London, Routledge and Kegan Paul, 1978.)。

② R·英伽登《对文学作品的认识》(R. Ingarden: *The Cognition of the Literary Work of Art*. P. 32; Evanston: Northwestern University Dress, 1973.)。

莱里(P. Vaiéry)在《诗与抽象思维》中所说的那样①,熟悉而普通的话语"往往使语言完全失其本身意义",因为"如果你懂了,这些词语就已经从你心中消失,而由它们对应的事物取代",一首诗太自然地"流",于是就"流"过去了,语词即意象便消融在整体结构之中而不再被人注目。可是,当省略与错综的语言使意脉这条本来流得很顺畅的小溪突然梗阻曲折的时候,小溪便流得似乎涩滞起来,省略了连词、介词甚至动词的意象的错综组合,使本来很顺畅的心理小溪曲折回环,不像一座通往"意义"彼岸的平直桥梁却像散乱铺设在河中的石块,使你不觉得此岸与彼岸来去那么便当,却无可奈何地要去注视那错杂的石块中哪些可以通往对岸。于是,意象被凸现了,而凸现的意象又显得密集了。像杜甫《重经昭陵》的"风尘三尺剑,社稷一戎衣"分明是从庾信《周祀宗庙歌》"终封三尺剑,长卷一戎衣"中脱化而来,可是,当"终"、"长"这种状语和"封"、"卷"这种谓语从诗中剔出,两组意象密集地出现在你眼前的时候,你就不得不同时注视着四个平列的意象,力图从中找出意脉的关联来;而《复斋漫录》说,吕吉甫的"鱼出清波庖脍玉,菊含寒露酒浮金"比苏舜钦"笠泽鲈肥人脍玉,洞庭桔熟客分金"好,就在于"人、客两字虽无亦可"②,也是因为"人"、"客"二字充当了下半分句的明确主语,使意脉和语序都吻合了人的习惯,因而意象变得疏落;《诗人玉屑》卷八里记韩子苍把曾吉甫"白玉堂中曾草诏,水晶宫里近题诗"改为"白玉堂深曾草诏,水晶宫冷近题诗",于是"迥然与前不侔"③。乃是因为曾诗中的"中"、"里"二字把"白玉堂"、"水晶宫"当作了方位而失去了意象的独立品

---

① 瓦莱里《诗与抽象思维》,见《二十世纪文学评论》上册,郑敏译,上海译文出版社,1987年,第429—443页。

② (宋)胡仔《苕溪渔隐丛话》后集卷二十四,人民文学出版社,1981年,第176页。

③ (宋)魏庆之《诗人玉屑》卷八,上海古籍出版社,1978年,第173页。

格,变成了"草诏"、"题诗"的方位,于是人们只注目了草诏、题诗而显得意象单薄,而韩子苍的改动则使每句各有两个平行呈列的意象,便显得绵密繁富起来。《四溟诗话》卷三记载一则故事说,有王氏父子向谢榛请教作诗方法,谢榛便让父子二人改写李建勋"未有一夜梦,不归千里家",父子二人便先后写成了:

"归梦无虚夜。"
"夜夜乡山梦寐中。"

当父子二人向谢榛请教为什么要改李建勋诗时,谢榛就说:"建勋两句一意,则流于议论,乃书生讲章:'未'尝'有一夜'之'梦',而'不归'乎'千里'之'家'也。"在引号外的字固然是散文所有,就连那十个引号内原有的字也显得啰嗦而不像诗歌语言。因此,诗人不能不痛加删除,使意象真正地密集凸现。谢榛很得意地称这种诗法为"缩银法"①。是否这意味着诗人把非具象词语像丹士炼银时排除杂质一样剔理出去,只剩下密集而脱节的组合意象供人涵咏体验? 仇兆鳌在注杜甫《衡州送李大夫七丈赴广州》"日月笼中鸟,乾坤水上萍"时说:

须添字注释,句义方明……不如"乾坤万里眼,时序百年心""身世双蓬鬓,乾坤一草亭"语意明爽也。②

那么添什么字呢? 王嗣奭《杜臆》是这样分解的,"日月(照临之下),(身如)笼中(之)鸟,乾坤(覆载之中),(迹若)水上(浮萍),(此垂老飘零之状)",添了括号中的字,意脉便流动通畅,意义也确实"明爽"起来,可是,去掉括号中的字之后呢? 便只剩下四个挤得紧紧的意象,它们平行地呈列在读者眼前,让人不得不专注

---

① (明)谢榛《四溟诗话》卷三,《历代诗话续编》,中华书局,1983年,第1197页。
② 《杜诗详注》卷二十二,中华书局,1985年,第1942页。

地盯着它们去寻绎意蕴所在①。

意象密集化在中国古典诗歌史上是伴随着诗歌语言的独立过程而来的。钟嵘《诗品》所谓"颜延、谢庄,尤为繁密","(颜延之)体裁绮密"、"(谢灵运)颇以繁芜为累",其实都是以"皆由直寻"的古诗为比较基准的批评,在这种姑且不论是非的批评背后,我们也能看出颜、谢诗歌中业已显露的意象密集化特征,至于谢朓"微伤细密",任昉、王融"句无虚语,语无虚字",沈约"词密于范",其实已经蔚为风气,语序与意脉的分裂已经成了大势之趋。省略简化的结构与错综颠倒的语序把意脉切割成似乎互不关联的几组意象而把意义的"链"埋藏起来,并把意象一古脑儿呈列在读者面前,使读者在这拼接砌合的"八宝楼台"前目不暇接,就像快速转换的蒙太奇镜头一样在脑荧屏上映出一幅(而不是如连环画似的若干幅)重重叠叠的(而不是一个接一个的)画境,至于这画面应该如何结构布局,由于省略和颠倒的语序既没有标志从属关系、方位关系,也没有给定时间顺序,密集而鲜明的意象便只有挤在一起互相碰撞,像魔方一样,任读者自行组合。

第二,意脉与语序的分裂显然拓宽了诗歌阅读与理解的空间,使诗歌语言赢得了日常语言所没有的"张力"(tension)。

诗人生活在一种与科学论证的世界或日常活动的世界全然不同的情感世界里,正如兰色姆(John Crowe Ransom)所说的那样,科学的世界是"简化的,经过删削的、易于处理的世界",而日常活动的世界则往往又被种种实用性意义变得非常庸俗,因此,诗歌"旨在恢复我们通过自己的感觉和记忆淡淡地了解那个复杂而难以复制的世界"②。可是,如果诗人把他所见所闻所思用日常语言描述出来的话,那么,读者所能领略的只不过是经过诗人"理

---

① 《杜臆》卷十,上海古籍出版社,1983年,第375页。
② 《新批评》,中译文引自《新批评文集》,中国社会科学出版社,1988年,第74页。

性语言"之网筛过或滤过的清晰意义。

就像结巴终于说出了"张三找李四"一样,中国古人"言不尽意"的慨叹,在诗歌语言中也可以理解为诗能表达得太少而心里想得却太多。因此,要想使诗歌传递更多甚至超过诗人自身的思绪,除了靠大音希声式的"默然无语"或不立文字的"以心传心",只有采取这种破坏日常语言习惯的形式,前者在意义交流中不过是幻想,而后者在传播中却是可行的方式。禅宗那颠三倒四的公案机锋之所以有诱人的魅力,似乎可以移来解释中国古典诗歌何以要使意脉与语序分家。因为当诗人省去了表明视角出发点的主语时,诗歌的视境便如毕加索笔下变形的图画一样,"横看成岭侧成峰",不仅有了摇曳变换的视角转移,而且有了视境重合式的叠加,诗人那种固定的视点就在阅读中被消解为读者想象的游动视点。当诗人省去了标志时间空间因果的虚字时,诗歌意象就不再是被限制的图案而是读者任意构造组合的世界。"八宝楼台,拆碎下来不成片段"是贬语恰好也是赞语,在读者可以比较自由地以诗歌意象组织画面时,他就不再是那个语言世界的被动接受者而是那个真实世界的主动参与者,就好像不再从电视屏幕上"看世界"而身历其境地"游世界"一样。当诗人把语序颠倒错综,埋没了诗人自己的意绪时,诗人给读者外加的那一道语言之堤也瓦解了,读者可以任从自己的思路去重建诗歌的境界。例如:

　　日照虹霓似,天清风雨闻。(张九龄《从湖口望庐山瀑布水》)

如果不看诗题,你既可以理解为"日照似虹霓,天清闻风雨",又可以理解为"虹霓(红得)似日照,风雨(小得)闻(起来像)天清",或"日照虹霓似(什么),天清风雨闻(起来像什么)"。又比如:

　　竹喧归浣女,莲动下渔舟。(王维《山居秋暝》)

虽然大多数人都理解为"(因)浣女归(而)竹喧,(因)下渔舟(而)

莲动"这样的因果句,但是否也可以看成是"(闻)竹喧(而知)浣女归,(见)莲动(而知)渔舟下"呢?表面上似乎并没有区别,但前者是纯客观的冷静叙述,后者是发自主体内心的热切期待,不仅视角不同,情感的力度也不同。再如:

柳色春山映,梨花夕鸟藏。(王维《春日上方》)

后一句如果写成"梨花(中)藏夕鸟"就没有什么好说的了,可是"梨花夕鸟藏",却可以想象为白色的梨花丛中点缀着黄昏的鸟影,也可以想象为黄昏鸟儿飞入了白色的梨花中去,还可以想象为白色的梨花显现在黄昏鸟群的暗影中,由于没有处所位置的限定,梨花夕鸟如何"藏",便全凭读者想象,由于没有单数复数的指明,夕鸟梨花构成的图像大小便可以任意设计,而语序的错综更使梨花夕鸟究竟何为主何为宾何为背景何为焦点的关系完全自由。于是,视境得到解放,而诗歌也就赢得了更广袤的空间,语言也获得了超出"字典意义"的更大的"张力"。

如果我们仅仅从诗歌语言技巧角度来思考这种语言现象的话,那么,也许分析可以就此结束。但是如果我们进一步从诗歌的本质来理解诗歌语言的话,那么还应该指出——

第三,语序省略简化、错综颠倒的诗歌拆除了人与世界之间的一堵高墙——语言之墙,使人们通过诗歌更直接地投入活生生的世界。

人们曾惊异于 M·海德格尔这样一位哲学家对荷尔德林诗歌的热心研究。为什么哲学家会对诗歌发生兴趣?在《荷尔德林与诗的本质》一文中,海德格尔指出了奥秘所在。原来,诗的语言与日常语言不同,后者威胁着存在,因为自从人类理性觉醒以来,过分的理性制造了一个天衣无缝的逻辑世界,同时又把这个世界用语言显示出来,当人们通过语言去思考、去认知、去表达周围一切的时候,语言便使人们落入了一个精心编织的陷阱而忘记了自己与世界之间并没有任何障碍,也忽略了自己是可以用心灵与感官去感受和触接世界的。于是,人们常常匍匐在语言之下,语言给万物命名却使万物隐去而只以名称显示,语言告诉我们"是",我们就"是",语言告诉我们"不是",我们就信以为真地当作"不是",所谓"甄士隐去,贾雨村言",正使人丧失了对世界的直接感受力,于是概念代替事物就像广告取代商品,使人们在未见真货时便从腰包掏钱,而逻辑代替感受就像指路牌取代眼睛,使人们尽管南辕北辙仍坚定不移。所以,哲学家们试图在摆脱了逻辑的另一种语言——诗的语言——中为人们寻找一种与世界发生直接关联的工具,因为——

> 写诗是一种游戏,一无羁绊的,诗人发明了他自己的那个意象(images)世界,而又沉浸在一个想象国度中,这种游戏因而逃避了决断的严肃性。

也正如施太格缪勒所说的那样,一个"超越世界"(des Transzendieren über die Welt)只有通过"逻辑上的矛盾,循环论证,以及取消[范畴]"等等"失败的思想活动",才能"在一瞬间出现在面前"①,所谓"失败的思想活动"其中就包括诗歌,因为它不受人的逻辑理性摆布,不被因果、时空、主客等因果束缚,而是以"原初直观"——即先于理性的直觉感受——面对世界,因此在它这里,人才不会被语言"魔圈"套住。当我们读到"阶前/短草/泥/不乱,院中/长条/风/乍稀"(杜甫《雨不绝》)、"卷帘/残月影,高枕/远江声"(杜甫《客夜》)、"双双/归/蛰燕,一一/叫/猿群"(韩愈《晚泊江村》)、"渔浦/南陵郭,人家/春谷溪"(王维《送张五諲归宣城》)等诗句的时候,我们确实能感到诗人并没有在我们的视境外加上边框,当我们看到"雨中/黄叶树,灯下/白头人"(司空曙《喜外弟卢纶见访》)、"寒渚/一孤雁,夕阳/千万山"(刘长卿《秋杪江

---

① 《当代哲学主流》第五章(中译本),王炳文等译,商务印书馆,1986年,第234页。

亭有作》》及"楼船/夜雪/瓜洲渡,铁马/秋风/大散关"(陆游《书愤》)时,我们也能感到这诗中没有束缚我们的时空、因果等逻辑链条,似乎在那诗句中呈现的是一幅平面的开阔的印象画,而这画面究竟该如何"经营位置",这意脉又究竟该如何贯通印象,却完全听凭自己的心灵,没有"理性"在那里指手画脚地指挥我们,甚至诗人也隐没不见,因而我们是自由的。我们脑荧屏里出现的那个世界是我们自己想象的产物而不是别人通过语言一一指示的结果,所以它"逃避了决断的严肃性"而以"游戏"的轻松赋予自我一个"想象的国度",一个活生生的世界,在某种意义上说,它是一个比语言所构造的世界更"真实"的世界。

乔治·斯坦纳在《通天塔》一书中介绍说,"在近代释义学中,荷尔德林的诗作、书信和译作具有特殊地位,海德格尔的语言本体论在一定程度上就是以荷尔德林的这些材料为依据的"。因为——

> (荷尔德林)使用颠倒语序,把谓语与宾语分开,把名词与前面或后面的定语分开,打破谓语和定语的对称等修辞手段,制造了一种讲德语的人能懂的"德语——希腊语"。[①]

遗憾的是,海德格尔没有读到中国古典诗歌,在中国的古典诗歌尤其是近体诗中,语序的省略简化和错综颠倒,意脉——诗人的思维之流——的潜藏埋没与屈曲变形,使得诗人与读者都摆脱了语言的牢笼,造成了一种既"能懂"又不能毫无孑遗地穷尽意义的语言效果,它使"意象"不加限定地平行呈列在人们眼前,让读者透过这汉字直接触摸到诗人思维的原初本相,把语言"世界"直接还原为印象"世界",在没有任何"理念"——包括诗人的理念——的干预下自我完足地在脑荧屏上制造着属于自己的意象世界。

---

① 《通天塔——文学翻译理论研究》,庄绎传译,中国对外翻译出版公司,1989年,第83—84页。

这不正是 20 世纪哲学家们所期望的那个"超越世界"么？也许，这也是 20 世纪诗人们所追求的那个世界呢！因为艾略特曾说到过：

> 我们现存的这样一个文明包含了巨大的多变性和复杂性，而这种复杂性通过细致的感受，自然会产生复杂的结果，因此诗人必须更具有暗示性，以迫使——必要时甚至错乱——语言来达到意义。①

---

① 艾略特《玄学派诗人》(1921)，中译文还可以参考《艾略特文学论文集》，李赋宁译，百花文艺出版社，1994 年，第 24 页；《新批评文集》，裘小龙译，中国社会科学出版社，1989 年，第 43 页。

第四章 论格律

——中国古典诗歌语言结构的分析

说到格律，不免让人想到三个比喻。一是刑律，清人王应奎《柳南续笔》卷三引冯氏语说，"律"如"法律之律，则必贯首尾，句必栉字，对偶不可舛也，层次不可紊也"①。写诗的人仿佛被关在一间狭小的牢房，头上安枷脚下锁镣，行为受到限制，所以宋人叶梦得《石林诗话》卷中便不无苦涩地说："自唐以后，既变以律体，固不能无拘窘。"②也让本世纪的新诗人常常联想起"镣铐"一词，说写诗是"带着脚镣跳舞"③；二是图案，"图案"（pattern）似乎是舶来品，沃尔夫冈·凯塞尔《语言的艺术作品》里就有"韵律的意义是一首诗的图案"之语④，不过古代中国并非没有类似的说法，陆机《文赋》所谓"暨音声之迭代，若五色之相宣"，就用视觉上的色彩错综来比喻听觉上的音声铿锵，而欧阳修《新唐书》卷二〇二《宋之问传》总结近体诗律，也用了"锦绣成文"四字来比拟"回忌声病，约句准篇"⑤。比起陆机的说法，"锦绣成文"似乎更具有格律是精致的人工编织图案的暗示意味；三是建筑，用"建筑"二字说诗，似乎是闻一多《诗的格律》一文最先提出，而这意思却早已被古人道着，如果说，刘勰《文心雕龙·熔裁》中"绳墨之外，美材既斫，故能首尾圆合，条贯统序"这段话还不能算数，那么宋人范温《潜溪诗眼》评杜诗所谓"盖布置最得正体，如官府甲第厅堂房室，各有定处，不可乱来"⑥，大概可以首获专利。所以，此后论画论曲论戏乃至论小说者，无不借用这一比喻来引申，如明人王骥德《曲律》卷二以"造宫室……必先定规式"来比喻"作曲章法"，《红楼梦》第四十二回薛宝钗论画大观园，也把远近疏密、主宾高

---

① 《柳南随笔·续笔》，中华书局，1983年，第186页。
② 《石林诗话》卷中，《历代诗话》，中华书局，1981年，第426页。
③ 《诗的格律》，《闻一多全集》第三册，三联书店，1982年，第113页。
④ 沃尔夫冈·凯塞尔（Wolfgang Kayser）《语言的艺术作品》，陈铨译，上海译文出版社，1984年，第315页。
⑤ 《新唐书》，中华书局，1975年，第5751页。
⑥ 郭绍虞《宋诗话辑佚》上册，中华书局，1980年，第325页。

低用于论画,居然头头是道。李渔《闲情偶寄·词曲部·结构》则从"何方建厅何方开户"说到"必俟成局了然,始可挥斤运斧",以告诫作传奇者"不宜卒急拈毫",而佚名评《儒林外史》第三十三回时也说:"凡作一部大书,如匠石之营室,必先结构于胸中,孰为厅堂,孰为卧室,孰为书斋灶厩,一一布置停当,然后可以兴工。"至于清代那个很出名的诗论家叶燮,在《原诗》一书中至少三四次反复使用了这个比喻,如汉魏诗"如初架屋",六朝诗"始有窗棂槛槛",唐诗则"于屋中设帐帏床榻器用",又如作诗者应当"得工师大匠指挥之,材乃不枉,为栋为梁,为柱为楹"等等①。

不过,诗歌——我指的是以近体为代表的中国古典诗歌——与曲、画、传奇、小说毕竟不同,与西洋讲求韵律的诗歌也不同,它自齐梁以来迄于唐宋,已经形成了一整套精致周密的结构,即五言四句、七言四句的绝句和五言八句、七言八句的律体②。这并不仅仅是字数和句数的外形,在这结构中,包括了音(韵律)、义(意义)、形(结构)三者的规范,这规范如此严格、精巧、整饬,的确有如"刑律"、"图案"与"建筑",而它的范围又如此广泛,以至于近体诗歌的基本技巧差不多毫无孑遗地被它笼罩,显出井然有序的"程式化",使诗人别无选择地就范。在一千多年中,诗人都要按照它严格的"刑律"来撰写诗歌,按照它现成的"图案"来编织语言,在它固定的"建筑"中布置意义,而不需要重新"筹划"和"设计",那么,这是否说明它已经是一个完美的图案,就像中国古代宫室到明清紫禁城总是沿用依中轴线两翼展开、左右对称、前后整齐的图式来象征权威一样?这种沿用了千年的格律,是否就是古代诗歌语言自然选择与淘汰的结果?如果不是,那么如何解释心灵深处崇尚"自然"美学原则的中国古代文人总是采用它的格

---

① 叶燮《原诗》,《原诗·一瓢诗话·说诗晬语》合刊本,人民文学出版社,1979年,第62、18页。

② 比较特殊的排律和数量较少的六言律暂时不在我们分析的范围。

式写诗？如果是，那么它是否确实是一个具有合理的美学原则与有效的美感效应的完美的诗歌语言形式？

一、语音序列：从永明体到律绝体

一首由文字所表达的意义构成的诗歌也是一个由文字所显示的声音构成的序列，而文字的声音序列究竟是散乱缓慢还是整齐铿锵，既是这首诗能否产生美感的因素之一，也是它的文字意义能否感染并深入人心的因素之一。中国古典诗歌虽然从先秦以来就是押韵的，但是，作为一首诗即一个声音序列的节奏构成，押韵的韵脚一般只能起到"句间"节律的作用——由于韵字在句末有规律地重复出现，诗歌就有了回环重叠的声音节奏——人们读诗时，要到一句终了，韵脚出现，才能在心理及生理上感觉到一次节奏的搏动，如一首四句的诗歌，那么读来只能感觉到四次间顿和重叠，而在句内却由于声音缺乏规律的组合而显得漫漶。因此，六朝诗人尤其是永明诗人为了追求诗歌的音乐效果，经过长期探索，汲取了汉魏以来审音与审美的两方面经验，也从随佛教而传来的梵文声韵规律中得到了启发，对中国诗歌的整体音声序列进行了巧妙的设计，他们把握住了汉字的特性，通过诗歌的字与字之间、句与句之间、两句与两句之间的语音（包括声与韵）变化，设想了一整套声律样式，试图由此形成诗歌语音的错综和谐，这一设想就是所谓的"四声八病"说。

有关"四声八病"，下面的两段话也许是最重要的。其中沈约《宋书·谢灵运传论》的一段话可以说是这一声律格式构想的概括叙述：

夫五色相宣，八音协畅，由乎玄黄律吕，各适物宜。欲使宫羽相变，低昂舛节，若前有浮声，则后须切响。一简之内，音韵尽殊,两句之中,轻重悉异,达此妙旨,始可言文。①

而《南史·陆厥传》中的另一段话则具体地指明了"宫羽相变,低昂舛节"的方法,就是:

> 为文皆用宫商,以平上去入为四声,以此制韵,有平头、上尾、蜂腰、鹤膝。五字之中,音韵悉异,两句之间。角徵不同。②

据说,这就是齐永明年代沈约、王融、谢朓、周颙等诗人所提出的诗歌声律样式的基本构想。但是应当指出的是,这个基本构想虽然包括了"四声"和"八病"两个部分,但是,"四声"即中国古代汉语中所有的平、上、去、入四种声调是人们语言行为中本来存在的事实,沈约等人指出了这一汉语声调的通则,只是使诗歌用字在声调上有更清晰的分类标准,这在语言学上应该说是一个很重大的发现,但是,它在诗学上却还只是声律问题的一个基础。而"平头"、"上尾"、"蜂腰"、"鹤膝"以及"大韵"、"小韵"、"正纽"、"旁纽"等八病说,才是在诗歌语言的声、韵、调各方面,以提出避免缺陷的规则的方式,为诗歌创作建立的一个范式,就像砖瓦木石本来就堆放在那里,看见它并不等于建筑了厅堂楼阁,而建筑师的"设计"才决定了它们变成如何的厅堂楼阁一样,"八病"说就是诗人的"设计",它具体而微地规定了诗歌中几乎每一个字的声韵调的范围,并试图用这样的规定,使诗歌显出铿锵抑扬、变化和谐的节奏效果来。

当然,"四声"的发现,对于诗歌声律样式的建立是有极其重要的意义的。我们知道,汉代以来审音能力的提高使人们对于汉语声音构成的认识逐渐精细,但是,相比较而言,人们对声、韵的

---

① 《宋书》卷六十七,中华书局,1974年,第1778页。
② 《南史》卷四十八,中华书局,1975年,第1195页。

认识由于反切的普遍使用而较早成熟,而对于"调"的认识却相对比较模糊,史料中常见的用音乐中五音——如宫商角徵羽——的借喻与来自实际感受体验——如飞沉、放杀、浮切——的形容,虽然都可以表明人们对声调的注目,但对声调的实际分别却是隔了一层,因为宫商角徵羽毕竟是音高而不是声调①,五音与四声毕竟也不能完全对应,所以尽管李登以"五声命字"而作《声类》,吕静以"宫商角徵羽各为一篇"作《韵集》,诗人们用音乐术语来说明诗歌语言必须和谐中律,都不免失之粗疏,对实际的声调分类无法作出准确的概括,所以沈约《答甄公论》才会有"经典史籍,唯有五声,而无四声"这样的自负②。而佛教徒们在梵呗中的"起掷荡举"、"游飞却转"、"反叠娇弄"以及"平折放杀",与诗人们平时读诗时感受到的"飞沉"、"浮声"、"切响"、"疾徐"等等,虽然在感觉上已经触及声调变化对诵读效果的影响,但这种感觉毕竟只是感觉,并不能对诗歌语言如何引发美感起一种规范作用,所以沈约才会有"灵运以来……此秘未睹"这样的夸耀。的确,由于四声的发现,使过去对于声调的模糊感受有了一个准确的分类基础,使"累万"之"文字"有了一个精确的归属原则,正如刘善经《四声论》中所说的:

夫四声者,无响不到,无言不摄。③

至此,人们对用于汉诗的汉字声、韵、调,才有了明晰而准确的辨识和划分,而对汉字声、韵、调的辨识与划分,又为"五字之中,音韵悉异,两句之间,角徵不同"、"一简之内,音韵尽殊,两句之中,轻重悉异"的声律节奏构成提供了基础。

---

① 四声之间当然也有音高的区别,但是四声之间的根本区别却不在音高,这一点,语言学界也有不同看法。
② 遍照金刚《文镜秘府论》天卷《四声论》引,人民文学出版社,1980年,第32页。
③ 《文镜秘府论》天卷《四声论》,第25页。

"八病"说正是在"四声"基础上建立的诗律规范。我们知道，五言诗每句五字，两句十字，诗人希望在两句内造成参差变化、抑扬顿挫的效果，于是，他们构想这样的一种句式，即每句中的每个字声音都有差异，而两句之间每一对字也都有差异，通过这样前后、上下的差异，使句中与句间的声音形成参差对应的和谐变化，编织出一种类似于图案的声律样式来。所谓"平头"、"上尾"、"蜂腰"、"鹤膝"、"大韵"、"小韵"、"正纽"、"旁纽"，就是以消极避免的方法，从反面提出的诗歌声律样式构想。根据《文镜秘府论》的记载，我们可以知道，贯穿"八病"的一个基本原则就是尽量避免声、韵、调的重复雷同，其中尤其应当避免的就是声调上的单调重复。

首先，五言诗一句是五个字。在诗人看来，这五个字不应当是单调呆滞的声调连缀，而应当是"五色相宣"、"音声迭代"的声音序列，高低缓急、平折放杀的声音配置在一起，才能够引起心理上的节奏感应，造成诵读时的抑扬顿挫。在齐梁诗人看来，"五言之中，分为两句，上二下三"，因此，如果一句之中，第二字与第五字声调相同，就造成"同分句之末"的声音重复，像"窃独（入声）自雕饰（入声）"、"徐步（去声）金门旦（去声）"，人们在诵读时注意力往往被两个重复声调的字所吸引，其余的字则显得很轻，所以叫"蜂腰"。显然，"蜂腰"的规定，是为了在一句中造成"音韵悉异"的效果。

其次，五言诗两句有十个字，前五个字与后五个字是两组互相对应的整齐结构。如果前一组头两字与后一组头两字声调相同，读来就必然单调，像"今（平声）日（入声）良宴会，欢（平声）乐（入声）具难陈"，"芳（平声）时（平声）淑气清，提（平声）壶（平声）台上倾"，这就叫"平头"。如果前一组的末字与后一组的末字——如果它们不是押韵字的话——声调相同，两句读来没有抑扬轻重的变化，如"西北有高楼（平声），上与浮云齐（平声）"，"衰草蔓长河（平声），寒木入云烟（平声）"，这就叫"上尾"。显然，"平头"与"上尾"的意义,就在于造成两句之中"轻重悉异"、"角徵不同"的对称变化。

再次,虽然齐梁诗人在概括性的叙述中经常谈到的只是"一简之内"、"两句之中",但实际上他们已经考虑到四句二十个字的音韵配置问题,所谓"鹤膝",按照沈约本人的说法,就是"第五字不得与第十五字同声"①,像"客从远方来(平声),遗我一书札。上言长相思(平声),下言久别离"中的"来"、"思"都是平声,"拨棹金陵渚(上声),遵流背城阙,浪蹙飞船影(上声),正挂垂月轮"中的"渚"、"影"均上声,齐梁诗人认为这样使读诗时会"喉舌塞难",就像"暗抚失调之琴,夜行坎廪之地"一样违背了"唇吻流易"的声律美感原则。因为第一句与第三句,实际上就转到了另一轮更宽范围内的两个对应结构了,所以它们之间——甚至于"第三句与第五句"、"第五句与第七句"之间——也不应当显出声调的单一重复来。

此外,除了声调,齐梁诗人对于诗歌用字的声、韵也作了规定,所谓"大韵"、"小韵"就是在两句十字中,尽可能避免重复使用既同调又同韵的字,所谓"旁纽"、"正纽",就是在一句或两句中尽可能避免重复使用双声字,当然,有意地使用双声叠韵词作对偶不在此列。

上面就是"四声八病"说的基本构想,关于这个声律构想的基本内容,从《文镜秘府论》到近现代文学史研究者的论著中都有许多详细而准确的阐述,这里只是一个简单的说明,我想强调的无非是这样一个事实:虽然这种基本构想在形式上不很简捷实用而

---

① 宋曾慥《类说》卷五十一引《诗苑类格》、《诗人玉屑》卷十一引,上海古籍出版社,1959、1978年,第234页。又,宋人《蔡宽夫诗话》引述一种说法说,"鹤膝"为"首尾皆清而中一字浊",但此说出现较晚,见郭绍虞《宋诗话辑佚》下册,中华书局,1980年,第380页。因为《文镜秘府论》引刘善经及传魏文帝《诗格》已指明"鹤膝"为第五字与第十五字之间的关系,所以我在这里采用较早的说法。

多少有些繁复琐细,在所持角度上不是正面的积极规定而是消极的病犯之说,但它的确把握了汉字在声、韵、调各方面的特征,指明了中国古典诗歌在声律上发展的方向,即在单音节的汉字所构成的、字数整齐的五言诗歌中,语音应当追求变化与和谐,避免单调与重复。这就是沈约《答甄公论》中所谓的:

> 作五言诗者,善用四声,则讽咏而流靡,能达八体,则陆离而华洁。①

然而,构想中的声律样式并不等于实用中的声律规范,就像一幅建筑设计图并不等于一幢大厦,一个文学剧本并不等于分镜头剧本一样,从构想到实用毕竟还有一段距离。沈约等人的设计没有达到"闭门造车,出门合辙"的水平,乃是由于他们犯了两个致命的错误:第一,人们对于语音的感受往往不像对音乐的感受那样细微,而是依赖一种"对称"的感觉来引发心理与生理快感的,因为一方面人们在读诗时要把一部分注意力"分配"给语义的辨认,不可能像对待音乐一样全力体验音声的高下低昂长短缓急。另一方面人们对于语音的感受也受到人们普遍的二元对立的思想习惯的制约,就如中国人古来就有"清轻者上为天,重浊者下为地"之类的想法,所以尽管也许早就有"平声哀而安,上声厉而举,去声清而远,入声直而促"的说法,但实际上人们还是习惯于语音的"二分"。无论是江洪《咏歌妓》中"浮声易伤叹,沉唱安而险"的欣赏感觉,还是刘勰《文心雕龙·声律》"声有飞沉,响有双叠"的理论陈述,都说明了以高低、长短、重轻分别的语音效果远比四声分别的语音效果来得明显,就连沈约自己在《谢灵运传论》的那段话里,也总是用"低昂舛节"、"浮声切响"、"轻重悉异"而不是用"平、折、放、杀"这样的形容词来表述自己的构想。第二,四声的分别与错综未免过分苛细,从唐代以来对永明声律说

---

① 《文镜秘府论》天卷《四声论》引,人民文学出版社,1980年,第32页。

的无数批评似乎都表明诗人对这一点的反感,殷璠《河岳英灵集》所说的"夫能文者,匪谓四声尽要流美,八病咸须避之,纵不拈缀,未为深缺"①,似乎口气还比较委婉,而皎然《诗式》所说的"沈氏酷裁八病,碎用四声,故风雅殆尽,后之才子,天机不高,为沈生弊法所媚,慒然随流,溺而不返"②,则以一"酷"一"碎"表示了直率的斥责。而后人更是以子之矛攻子之盾,胪列了沈约自己的《白马篇》《缓声歌》,来讽刺他是"萧何造律而自犯之",就连阴铿那首被胡应麟赞许为"平头上尾,八病咸除,切响浮声,五音并协,实百代近体之祖"的《安乐宫》诗,也被人们发现了问题,它的前四句"新宫实壮哉,云里望楼台。迢递翔鸥仰,联翩贺燕来",第一句与第四句的第二字与第五字"宫"、"哉"、"翩"、"来"都是平声,恰恰犯了"蜂腰"的毛病。

然而,成熟是从不成熟而来,完美也只是从不完美而生。当"沈侯、刘善之后,王、皎、崔、元之前,盛谈四声,争吐病犯,黄卷溢箧,缃帙满车"时,人们就会逐渐察觉"四声八病"说的弊病并设法弥补它。于是在唐代,苛细的"四声"便逐渐向宽泛的"平仄"转化,消极的"八病"便逐渐向积极的"格律"转化,就像把那些弄得人手足无措的无数繁琐"禁令"改成了简单明了的一条"准则"一样,四声的"二元化"使诗歌语音序列的设计一下子简化了,因此,枷锁变成项链,手铐变成了手镯。

我们现在不能准确地考证出平、上、去、入这种纯粹语言学意义上的四声是什么时候被改造成为诗歌语言学上的"平"、"仄"的。有人曾经根据梁代慧皎《高僧传》中有"侧调"、"飞声"③、《文

---

① 《河岳英灵集·集论》,《唐人选唐诗十种》,上海古籍出版社,1978年,第41页。
② 《诗式·明四声》,《历代诗话》,中华书局,1981年,第26—27页。
③ 《高僧传》卷十三"智欣善能侧调,慧光喜飞声",汤用彤校点本,中华书局,1992年,第502页。程毅中《唐代俗讲体制补说》中几次提到"平"、"侧"、"断",但均对其意义采取存疑的态度,是很明智的,见《敦煌语言文学研究》,北京大学出版社,1988年,第74页。

选》卷二十八谢灵运《会吟行》诗李善注引沈约《宋书》中有"第一平调"、"第五侧调"①,断定齐梁时代已经有"平"、"侧(仄)"的概念,这种按图索骥的查户口方式虽然有可能歪打正着,却未免有些胶柱鼓瑟,且不说这"平"、"侧"不一定是那"平"、"仄",就从时代上来说,也不能让人相信在沈约大倡"四声"的时候就另有"平侧"在一边受冷落,显然他们没有注意到音乐上的"调"是不能与语音上的"调"混为一谈的,否则"以宫商角徵羽"来分别声类的吕静和李登岂非早已是"四声"或"五声"的发明者,何必等着沈约、周颙等人来讽刺"自灵均(屈原)以来,此秘未睹,或暗与理合,匪由思致"呢?也有人据刘勰、沈约等人的"响有飞沉"、"低昂舛节"、"轻重悉异"、"浮声切响"等等说法,认为齐梁时代虽然没有"平"、"仄"之名,却已经有了"平"、"仄"之实,这种见解似乎比较公允,但有一点必须注意,"飞沉"、"低昂"、"轻重"、"浮切"的感觉,的确说明四声二元化趋向的潜在,但它们的精确内涵是否与"平"、"仄"相对应,却还是一个谜。感觉毕竟只是感觉,如果这种感觉可以成为语音分类的依据,那么汉代司马相如论赋时说的"一宫一商"以及《淮南子》高诱注说的"缓气"、"急气",《公羊传》何休注说的"长言"、"短言"都可以称为有"平"、"仄"之实了②。其实,真正可以相信为诗歌语言学上一直沿用至今的"平"、"仄"概念要在中唐才出现,当然这并不意味着"平仄"之分在中唐才用于诗歌,因为依"平仄"而不是依"四声"写诗的感觉与习惯,最迟在初盛唐之际就已经使后世所谓的律诗形成。再说得早些,就连南朝后期的庾信、江总以及唐初的唐太宗、李百药、上官仪等人的诗,也已经有意无意地依照平仄布置节奏,只是我们现在不知道他们是沈约说的"暗与理合,匪由思致",还是已经先知道平仄因

---

① 《文选》卷二十八,中华书局影印本,1977年,第401页。
② 参看《颜氏家训·音辞》,《颜氏家训集解》,中华书局,1993年,第529页。

而写来"合辙",也不能断定当时没有留下关于"平仄"的论述,是因为时代久远史料遗缺,还是他们认为"理当如此,不必细说"而不屑写下这种论述。因此我们现在能够看到的最早记载,只是中唐人殷璠的《河岳英灵集》及日本僧人遍照金刚《文镜秘府论》天卷《调声》中的两段话:

> 至如曹、刘,诗多直致,语少切对,或五字并侧,或十字俱平。①

> ……上去入声一管。上句平声,下句上去入;上句上去入,下句平声。以次平声,以次又上去入。以次上去入,以次又平声。如此轮回用之……②

如果说,殷璠的批评还不够明白,那么,这位日本僧人从唐人那里抄来的话就等于给初盛唐"律诗"的语音原则明确地作了描述。按照这段话的意思,我们至少明白了两个事情:一是"四声"被分成两组即"平"与"上去入"两类;二是这两类语音在诗句之间要"轮回用之"。

这才是"宫羽相变,低昂舛节,前有浮声,后须切响,一简之内,音韵尽殊,两句之中,轻重悉异"这一理论的正面规定,也是诗歌语音"错综与和谐"美学原则的实际落实,按照这一规定,诗歌的语音序列在理论上似乎应当是:

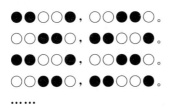

——

① 《河岳英灵集·叙》,《唐人选唐诗十种》,上海古籍出版社,1978年,第24页。
② 《文镜秘府论》天卷《调声》,人民文学出版社,1980年,第14页。

或者是：

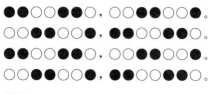
……

这样，"一简之内"便"平"、"仄"相间错出，而"两句之中"也"平"、"仄"两两相对，甚至每一联之间，也"平"、"仄"彼此不同，以四句为一个单元构成了对称而和谐的图案化语音序列①。

显然，这种"轮回用之"的平仄分配与律绝体尚有差异——律绝体由于考虑到八句或四句之内的节奏安排与韵脚位置必须另有一些调整。这一点可以参见王力《汉语诗律学》②——它只是理论上的设计，实际创作要灵活宽泛得多。但是，所谓律绝体"尽量使句中的平仄相间，并使上句的平仄与下句的平仄相对"的原则却已经在这里清晰地表述出来了。我们知道，古诗的节奏要靠押韵来显示，靠相似的尾韵来形成"中断-连续"这样的节律，但是，由于韵字只出现在个别音节上，譬如汉代诗多在句末才有韵，它的突出效果影响不到诗歌的全部音节，而相似语音押韵的作用主要又是使语音产生延绵回复的感觉，所以，韵字与韵字之间并不构成明显的紧张关系，诗歌的节奏效果往往是缓慢复沓的，比如这首汉代古诗：

回车驾言迈，悠悠涉长道。四顾何茫茫，东风摇百草。所遇无故物，焉得不速老。盛衰各有时，立身苦不早。人生非金石，岂能长寿考。奄忽随物化，荣名以为宝。

---

① 参见戴燕《关于六朝诗歌声律说形成的研究》，《文学遗产》1989 年第 6 期，《论六朝诗歌声律说的美感效应》，《文艺研究》1990 年第 1 期。

② 王力《汉语诗律学》第一章第六节，上海教育出版社，1985 年。

它的每句末都出现一个韵母相同的字"道"、"草"、"老"、"早"、"考"、"宝",从音律上看,只有这些韵字在一再重复中,才显出其音节效果,而其他字却留不下什么声响的痕迹,这就使有效音节的节拍控制范围加长。直到每一个韵字出现之后,诗歌语言又才仿佛回到韵字之前的那个部分语言旋律上,形成回旋之势,由于"旋律"的重现,滞留在人们记忆中的语言声响的相似性也使人对诗歌节律的感觉延长。六朝时,人们为了改变古诗的缓慢节奏,曾经试图用变化韵字读音,即转韵的方法,来加强韵字之间的紧张关系,据《南齐书·乐志》说,汉代歌篇,长短不一,但大多是八句然后转韵。有时有两三韵即转,但较少,直到"傅玄改韵颇数,更伤简节之美。近世王韶之、颜延之并四韵乃转,得赊促之中"①,从效果上来看,转韵能够使诗歌节奏有所变化,一韵到底的悠长语音旋律,当它被截成几小节旋律,就形成相对急促的感觉。不过,也有一个问题是,倘若一首诗转韵太多,必定会使韵在诗中的组织作用降低,造成诗歌语言的零碎杂乱,破坏了诗歌的和谐和往复回旋之美。更重要的是,再频繁的韵字更换,也不能使其韵律的节奏效应覆盖到每一个音节上,所以由它构成的语言紧张度依然有限。然而,按照唐代诗人的声律模式,对诗歌语音的处理,则是将平仄分配落实在每一个字上的,这就意味着,律绝体诗已不能仅仅靠某一个个别音节——韵——来组织诗歌语言,而是要把诗歌语音构成的责任分派到每一个音节单位,使每一个字都发挥出声律的美感效应来。这有两方面的意义:一方面,当每个字都以其清晰的音调凸显出它与邻字的差异来,诗歌就成为一群声音参差错综的语音集合,在字音的相互比照中,字与字之间产生的差异关系便突出起来,使诗歌节奏顿然分明。这好比一串同样大的珠子不易分出它们的单个特征,而一排高低不一的建筑却使

---

① 《南齐书》卷十一,中华书局,1972年,第179页。

人注意到它们的区别一样,不同的声音使字与字之间产生"间隙",并由此加强了节奏感。另一方面,正由于律绝体诗对每个字的发声要求是在声调错综的总体原则下提出的,错综音调又绝对强化了字的读音效果,使字音间的对比度提高,这样,在字音与字音之间又形成了更密集的紧张关系,诗歌在繁密声响中的节奏律动更为匆促而分明。以骆宾王那首著名的《在狱咏蝉》为例:

西陆蝉声唱,南冠客思侵。那堪玄鬓影,来对白头吟。
露重飞难进,风多响易沉。无人信高洁,谁为表予心。

虽然这首诗的声律并不十分标准,但它毕竟不像前面我们所引的汉代古诗那样,仅仅靠尾韵构成滞缓复沓的节奏,而是每个音步之间都有了变化的音响效果,由于它一抑一扬、一长一短、一重一轻的平仄相间,便使得整首诗都显出了既连绵不断又起伏不平的音乐感,每个有规律地"分配"了音调的字词,都负担起了诱发读者心理与生理节奏感的义务,使读者在诗歌面前就如置身于时涨时落的海潮中一样,心灵受到有节奏的冲击。

二、意义结构:对偶的空间效应

一首诗的语言结构,不仅由语音,也由意义组成,而在中国古典诗歌尤其是近体诗歌中,对偶或者叫对仗的句式,则是一首诗意义展开的普遍样式。

其实,我们说"对偶是近体诗中意义展开的普遍样式"并不是说对偶为律绝体诗的"专利"或"发明",事实上五四时代胡先骕《评尝试集》就举出《老子》、《庄子》证明"周秦之世说理之言亦尚排偶"[1],更早如明人徐师曾《诗体明辨》卷四也早已举出"《邶风》"

---

[1] 胡先骕《评尝试集》,《中国新文学大系·文学论争集》,良友图书公司,1935年,第 272 页。

有'觏闵既多,受侮不少'之句"来说明"其属对已工",就连早在南朝齐梁之间的刘勰,也在《文心雕龙·丽辞》里举出《皋陶谟》等来历久远的古籍证明过"造化赋形,支体必双"①。中国古人心目中由"阴阳"观念所构成的二元对立思维方式始终支配着人们的审美趋向与观物方式,也常常渗入人们的语言中,使人们有意无意之间会一对儿一对儿地说话、作文,而且还会觉得这一对儿上下对位左右对称的话语很有意思。诗的形式不仅是一个"可以用一定数目音节来填满的图案",而且是"某种生存在诗人心目中的东西",古人不自觉地写出这些"天然对偶"的句子,正是生存在他们心目中的二元对立感觉的触发结果,就好像《红楼梦》第三十一回《撕扇子作千金一笑,因麒麟伏白首双星》中史湘云的丫环翠缕虽没有读过古书却无师自通地能讲出一大篓子大体不差的阴阳论一样。不过,这里也许还用得上沈约评论古诗声律偶合的现象时说的那句话:"或理有暗合,匪由思致",先秦汉魏那些"自然成对"的文句诗行显然是一种不自觉的运作,虽然心中的感觉使他们作文写诗"自然成对",但并不曾有意识地利用对仗来营造诗文的美感效应。宋人叶梦得《石林诗话》卷下曾说"晋魏间诗,尚未知声律对偶,然陆云相谑之词,所谓'日下荀鸣鹤,云间陆士龙'者,乃指为的对,至'四海习凿齿,弥天释道安'之类不一,乃知此体出于自然,不待沈约而后能也"②,这话虽然不错,但毕竟偶然与必然不同,无意与有意相异,前者是无心得之,就好比守株待兔第一次捡到的便宜,后者却是有意营造,绝非碰运气而是张罗结网去捕获猎物,这自觉与不自觉之间常常是文学中一条极重要的分界线。所以我们看魏晋间的诗,曹丕《于玄武陂作诗》虽有"菱茨覆绿水,芙蓉发丹章"这样的秀句,全诗却不是奇偶相生的俳俪之形,王粲

---

① 《文心雕龙注释》,人民文学出版社,1981年,第384页。
② 《石林诗话》卷下,《历代诗话》,中华书局,1981年,第431页。

《从军诗》虽有"白日半西山,桑梓有余晖。蟋蟀夹岸鸣,孤鸟翩翩飞"这类意义对称的诗行,但仔细看去却非对仗,《四溟诗话》卷一曾举曹丕、曹植、阮籍、张华、左思、张协、潘岳、陆机这八个魏晋人诗句为例,说他们诗中虽有律句,但"全篇高古",直到谢灵运、谢朓才全然不同①。所以,《南齐书·文学传》所说的"缉事比类,非对不发",乃是"声色俱开"的南朝风尚②,比如:

"铜陵映碧涧/石磴泻红泉"(谢灵运);
"亭亭映江月/飗飗出谷飙"(谢惠连);
"绿叶迎露滋/朱苞待霜润"(沈约);
"远树暧阡阡/生烟纷漠漠"(谢朓);
"山翠余烟积/川平晚照收"(萧钧);
"急风乱还鸟/轻寒静暮蝉"(朱超道);
"八川奔巨壑/万顷溢澄波"(阴铿)。

这些诗句不仅字面流丽,声谐调美,显得流利精巧,而且两句之间语词对称工整,意义也两两相映,使人感到一开一阖、一上一下、一虚一实或一明一暗的变化。

按照古人的说法,对仗和声律是近体律绝成立的两个要素,"沈约庾信以音韵相婉附,属对精密,及(宋)之问沈佺期又加靡丽,回忌声病,约句准篇,如锦绣成文",这是欧阳修在《新唐书》卷二○二里对近体诗演变的描述③;"六朝之末……偶俪颇切,音响稍谐,一变而雄,遂为唐始,再加整励,便成沈、宋",这是王世贞在《艺苑卮言》卷四里对近体诗形成的概括④,大体都以对仗、音律对举,因此讨论中国古典诗歌语言中的对偶结构,当然应该首先看

---

① 《四溟诗话》卷一,《历代诗话续编》,中华书局,1983年,第1151页。
② 《南齐书》卷五十二,中华书局,1972年,第908页。
③ 《新唐书·宋之问传》,中华书局,1975年,第5751页。
④ 《艺苑卮言》卷四,《历代诗话续编》,第1007—1008页。

看创建律绝近体诗时代的说法,并以此为起点展开我们的分析。

然而,对资料的搜集与分析结果却使人失望,这并不是说史料遗阙,无从说起,而是因为那时人对"对偶"的理论说明实在繁芜与混乱。据《诗人玉屑》的记载,至少在初唐,一个叫上官仪的诗人就曾归纳出"六对"及"八对"①。其中,"六对"包括"正名对"、"同类对"、"连珠对"、"双声对"、"叠韵对"、"双拟对","八对"则包括"的名对"、"异类对"、"双声对"、"叠韵对"、"联绵对"、"双挺对"、"回文对"、"隔句对",但这大概还只是初唐的疏略说法,《文镜秘府论·东卷·二十九种对》则记载了二十九种名目不一的对仗方式,这大概才是中唐律绝体日益成熟、对仗愈分愈细的结果。这种分类归纳的本意也许是想把天下可称为对偶的样式按照他们的意见对号入座,以便后世律诗作者按图索骥,但由于他们搜罗的范围过分笼统宽泛而分类却又过分细碎杂乱,所以对实际创作反而没有什么指导意义,就好像发了座位票却没有座位一样,进场之后依然乱糟糟找不到头绪,特别是第二十九种"总不对对",把这对偶之"门"开得无比宽大,就好比入场凭证取消,任何人都可以一拥而入一样,"不对"也可以叫"对",反而"如此作者最为佳妙",这就更让人无所适从了②。因此,我们只好返身向更早的说法中寻找分析的出发点,我们发现还是《文心雕龙·丽辞》那段话说得清晰利落——

言对为易,事对为难;反对为优,正对为劣。③

在刘勰的本意,这当然无非是要人们在琢磨对仗时要从"难"从"优",前者是要求人们在对仗的语词之中套用典故,后者是要求人们在对仗的意义之间造成对映,前者就好比镂空象牙球,一层

---

① (宋)魏庆之《诗人玉屑》卷七,上海古籍出版社,1978年,第165页。
② 《文镜秘府论》,人民文学出版社,1980年,第97页。
③ 《文心雕龙注释》,人民文学出版社,1981年,第384页。

之中又套一层才显得"难",而唯其"难"才能显出"巧",后者则好比给门窗装合页,既能朝里开又能朝外开才显出它活动空间的广阔,只能单面开关则未免没趣。不过,刘勰的这种说法虽然有些胶柱鼓瑟,也不太近情理,但"正对"与"反对"却是对仗类型最好也是最基本的分别,我们不妨在这种分类的基础上讨论对偶在意义结构上的作用,至于双声叠韵之类的对仗样式属于声韵问题暂时不在我们的视野之内,而对偶用典的问题则请看《论典故》一章。

所谓"正对",按刘勰的说法是"事异义同",他举的例子是张载《七哀诗》中"汉祖想枌榆,光武思白水"。我们还可以举三个例子,"羁鸟恋旧林,池鱼思故渊"(陶渊明),这两句是从古诗"胡马依北风,越鸟巢南枝"中化出,它两句字面虽然不同,但无非说的都是离乡背井者对故园的依恋之情,这样,上句与下句的意义指向就重叠复沓了,读者在读这样的对句时心里并不能产生张弛抑扬的感觉,反而会产生一种视野被限制而重复单调的不快,就如清人管世铭《读雪山房唐诗序例》所比喻的"二句一意,无异车前驺仗"或禅家语录所谓"头上安头"①;又如"蝉噪林逾静,鸟鸣山更幽"(王籍),本是极好的句子,但两句意义完全相同,都为了说明山林中的寂静,于是两句离则两美合而二伤,宋人《蔡宽夫诗话》看出了这一点,就批评这种"上下句多出一意"的弊病,并具体批评这两句诗"非不工矣,终不免此病"②,王世贞《艺苑卮言》卷三也看出了这一点,就说后一句"虽逊古质,亦是隽语,第合上句'蝉噪林逾静'读之,遂不成章耳"③。为什么不成章?就是因为它们重复啰嗦,再如郎士元《盩厔县郑砈宅送钱大》首联"暮蝉不可听,落

---

① 《读雪山房唐诗序例》,《清诗话续编》,上海古籍出版社,1983年,第1557页。
② 《蔡宽夫诗话》,见《宋诗话辑佚》,中华书局,1980年,第379页。
③ 《艺苑卮言》卷三,《历代诗话续编》,中华书局,1983年,第997页。

叶岂堪闻",曾被高仲武《中兴间气集》卷下称赞为"工于发端"[①],可是明清人却看出了它的不"工",明王世懋就讽刺它"合掌可笑",清毛先舒也说"似不足效"[②],因为它不仅没有使十个字形成意义空间的张力,反而使十个字被局促在同一个焦点上显得单调乏味。

所谓"反对",按刘勰的说法是"理殊趣合",他举的例子是王粲《登楼赋》"钟仪幽而楚奏,庄舄显而越吟",这个例子也许不太合适,一来它是赋而不是诗,与我们讨论的诗歌对仗虽相近而不相同,二来它这两句虽然有一"幽"一"显"相对,但意义指向仍然都是怀念故乡,因此并不典型,我们不妨另举一些例子。如杜甫《不见》中有:

敏捷诗千首/飘零酒一杯。

"敏捷"是比喻才思飘逸的赞词,而"飘零"是描写处境落魄的叹语,"千首"是多,而"一杯"是少,两两相对映衬。在一个孤单的身影中隐约闪现着他过去意气洋洋的身影,而千首妙语连珠的诗篇则化为独酌的一杯苦酒,诗人的喟叹通过上下相反的对偶道出,而咏叹对象(李白)的生平变迁也通过这彼此不同的两句写尽,这样,两句对仗便赢得了意义时空的张力。

当然,我们不应该把"反对"限制得那么刻板狭隘,凡是上下两句能够形成视境转移、意味参差、情感起伏的,我们都应该把它们看作"反对"。例如"青菰临水拔/白鸟向山翻"(王维),青、白两色相映,菰、鸟两物不同,一临水,一向山,上下各异,形成视觉空间拓展;又如"蝉声静空馆/雨色隔秋原"(郎士元),一近一远,一内一外,而且前句写声,是听觉的静寂,后句写色,是视觉的朦胧,

---

① 《唐人选唐诗十种》,上海古籍出版社,1978年,第284页。
② 王世懋《艺圃撷余》,《历代诗话》,中华书局,1981年,第780页;毛先舒《诗辨坻》卷三,《清诗话续编》,上海古籍出版社,1983年,第53页。

两句之间构成了声色视听的感觉转换;又如"漠漠帆来重,冥冥鸟去迟"(韦应物),船帆渐渐来近,鸟影渐渐去远,帆在水面,鸟在天空,它不仅在读者视境中构成了位置的差异与对称,也构成了视觉对象运动轨迹的差异与对称;再如"万里悲秋常作客,百年多病独登台"(杜甫),则如《鹤林玉露》乙编卷五所说"十四字之间含八意而对偶又精确"①,这"八意"四四分立,则将时间与空间的错位,物候与人生的感应,复数与单数的比较等等全都编织在对仗的两句之中。

从上述例子中我们大概已经看到了,"反对"所造成的"意义空间的拓展"实在是多方面的,古人虽然不善于使用精确的概念对它描述,却很习惯地使用了印象式的词语对这种对仗作了归纳,清朱庭珍《筱园诗话》卷四说:"两句须有变幻,不可一律……或上句写远,下句写近,或上句写所闻,下句写所见。"冒春荣《葚原诗说》卷一说"一动必一静,一高必一下,一纵必一横,一多必一少"②。如果我们用现代术语勉强归纳,可以说包括了——

视觉空间的开阔与对称(如"白日依山尽/黄河入海流","大漠孤烟直/长河落日圆");

时间关系的移位与重叠(如"小楼一夜听春雨/深巷明朝卖杏花");

意义内涵的曲折与对比(如"身无彩凤双飞翼/心有灵犀一点通");

感觉体验的挪移与变化(如"疏枝横斜水清浅/暗香浮动月黄昏");

……

---

① (宋)罗大经《鹤林玉露》乙编卷五,中华书局,1983年,第215页。
② 《筱园诗话》卷四、《葚园诗说》卷一,见《清诗话续编》,上海古籍出版社,第2400、1577页。

就是在这种对称的句子里,本来不可能共同映入视野的相反方位的景象却共时性地构成了一幅开阔的视觉图像,不可能同时出现的不同时间的事件却共时性地变成了重叠的影像,听觉与视觉、嗅觉与味觉在交叉转换,意义与情感则在曲折地对比、递进、转换中滋生出更丰富的内涵与意味,像"白日依山尽/黄河入海流"(王之涣),一句向西勾勒了落日下行与山峦起伏,一句则东望描写了长河远去与荒原苍茫,两句合成了一个浩渺的苍穹;而"大漠孤烟直/长河落日圆"(王维)则一句铺开平坦浩瀚的平面,一句画出单线延伸的细线,一句立起一条袅袅的烟柱,一句勾出一条弯弯的日行轨迹,一句向上,一句向下,这种空间的移位使读者视觉空间在瞬间变得格外辽阔;像"小楼一夜听春雨/深巷明朝卖杏花"(陆游),尽管后句是想象中的虚景,但在读者心中却已经与已然的"夜雨"成了叠影,在春雨淅沥中仿佛听见了卖花人的喊声与犹带春雨的白杏花。

之所以"反对"比"正对"好,其间的缘故除了一变化相映一复沓单调外,主要就在于后者所拥有的意义空间狭窄而前者拥有的意义空间开阔。两相对称的诗句由于它们意义上的联系(即刘勰所谓的"趣合"而不是"义同"),尽管它们处于两个不同的空间——既指它们的意义空间也指它们自身所在的不同字行——但它们的距离却缩短了,在读者的阅读过程中,这两句外形相同而首尾相连的诗句呈现的意境就像蒙太奇的重叠一样叠印在他的脑荧屏上,迫使他去追寻两句意义上的连缀,像杜荀鹤《秋宿山馆》的"斜风吹败叶/寒烛照愁人"两句,就使得读者不由自主地要去思索涵泳——

  a. 斜风败叶——寒烛愁人;
  b. 室外景物——室内人物;
  c. 斜风——寒烛,败叶——愁人;

这意义、视境、隐喻这三方面的连缀关系。于是,越过行与行之间的阻隔,这对偶的诗句却拥有了同一或相关的意义空间,不仅是两句之中的意义产生了呼应关系,就连感觉上的音乐节奏也产生了呼应关系,它使两句之间增加了表达的密度而减少了语词的空隙,使意义产生了一种"向心力"或"合力"。但是,由于它们之间意义的差异、视境的错位与语词内涵的对立,又使这两句之间产生了一种"对抗"的力量,像贾岛《题李凝幽居》那联著名的"鸟宿池边树/僧敲月下门",一静一响,一暗一明,又迫使读者在印象中把它们区分开来再形成叠影,而贾岛《送无可上人》中另一联"独行潭底影/数息树边身",前一句写了茕茕孑立的孤独者在潭底的身影,后一句写了这孤独者依树暂憩人树相依,表面上看来只是空间位置的不同,一在潭边,一在树旁,但事实上时间关系也不同,前一句是无时间性的"独行",而后一句则是有时间性的"数息",运动方式也不同,一行一息一动一静,因此就不像"正对"的两句那样可以完全重叠,而必须在脑荧屏上把两句稍稍错开,前者是"象忧亦忧象喜亦喜",后者却是蒙太奇,在叠合中显出时空、意境、情感的移位来。就连上面我们所举的"斜风吹败叶/寒灯照愁人",读者也必然会把上句的意义、位置、视境与下句的意义、位置、视境分开,从外面季节的变幻(寒秋已至)、肃杀的景象(斜风落叶)切入屋内的孤灯与愁人,毕竟"斜风败叶"并不全等于"寒灯愁人"。因此,两句之间由于对仗又产生了一种彼此分离的"离心力"或"张力",在明暗、抑扬、上下、内外、情景等各种各样的对立中显示出彼此的差异,使读者在这种"差异"中不断感到视角的挪移、情感的起伏、意义的深入与感觉的变幻。

清人王应奎《柳南随笔》卷二曾批评冯武的"珠圆花上露,玉碎草头霜"说,"律诗对偶,固须铢两悉称,然必看了上句,使人想不出下句,方见变化不测"①。所谓看了上句想不出下句,其实也是

---

① 《柳南随笔》卷二,中华书局,1983年,第26页。

两句意义空间的错位与变化,否则上下句在近距离内在同一轨迹内重叠,就仿佛不是二重唱而成了两人合唱,从而失去了二重唱的意义。所以,如果说美是一种"有助于产生各种感觉平衡的东西",那么我们说,对偶之所以能使人产生美感,正是由于它在两句诗中形成的这种"向心力"与"离心力"、"合力"与"张力"的平衡,这种"错综与和谐"的意义结构正如《筱园诗话》卷四所说"两句迥然不同,却又呼吸相应"①,使得诗句不仅赢得了内在的密度,还赢得了广阔的空间。

当然,还有一道难题横亘在诗人面前。对仗作为人工编织的产物,它虽然精致工巧、富于美感,但毕竟不是"自然"的结果,在心灵深处始终以"自然"为最高准则的中国古代诗人那里,任何粉饰雕琢都有损天然,对仗也不例外,那么怎样才能在自然与形式之间架起一座桥梁,使它们彼此协调,至少在诗人心中不发生冲突呢?当然,你可以说"造化赋形,支体必双"②,抬出凌驾万象的造物主或阐释宇宙的"阴阳"论来为对仗"正名";你也可以"夫对者,如天尊地卑,盖天地自然之数……诗语二句相须,若鸟有翅"③,借物理世界的现象来给对仗申诉,把"自然"与"人工"硬扯在一块儿;你还可以列举"水流湿,火就燥,云从龙,风从虎"等来头颇早的典籍,以古人的赫赫名头来证明对仗"古已有之",并非今人生造,但是,从南朝到唐代的诗歌中那种着意编织五色锦绣之文,挖空心思搜索枯肠地"凑"成对仗的现象却始终使信奉"自然"的诗人感到苦恼;完全地转向"自然",写古朴质实的大白话吧,自然是自然,但并不美;完全地追求"形式",写俳俪精巧的诗歌吧,美是美,却又违背了"自然",这可真是个死结般的难题。

---

① (清)朱庭珍《筱园诗话》卷四,《清诗话续编》,上海古籍出版社,1983年,第2400页。
② 《文心雕龙·丽辞》,《文心雕龙注释》,人民文学出版社,1981年,第384页。
③ (唐)皎然《诗式》,《历代诗话》,中华书局,1981年,第33页。

于是，人们试图在自然与人工之间寻找一条小路。上引《诗式》全文是——

> 夫对者，如天尊地卑、君臣父子，盖天地自然之数，若斤斧迹存，不合自然，则非作者之意。

这话拆开来说，就是要写得巧妙，不露痕迹，既要对仗，又不能让人看破你在有意安排，就好像女人做针线，要不留针脚线头，这叫"美人细意熨帖平，裁缝灭尽针线迹"；又好像女子化妆，略施粉黛而不让人察觉，这是天然美加人工美，如果浓妆艳抹，画得红红白白黑黑绿绿，则成了京剧脸谱，所以《诗式》里极力强调既要"苦思"，又不要露出"苦思"的窘迫相，换句话说就是"在人工中追求自然"。

于是，对于对仗的要求便从形式上的"合辙"与制作上的"标准"逐渐转向了精神上的自然与气脉上的流畅。宋人吴可《藏海诗话》说的"凡诗切对求工，必气弱，宁对不正，不可使气弱"似乎有失偏颇，所以有人讽刺道："气自弱耳，何关切对求工耶？"[1]江西诗社中人害怕"偶对不切则失之粗，太切则失之俗"，因而不太敢写过于精致工巧的对仗句，因此《韵语阳秋》卷一就讽刺它是"一偏之见耳"[2]，这些议论总有些因噎废食的毛病，所以，倒是下面两段话搔着了痒处：

> 花必用柳对，是儿曹语，若其不切，亦病也。[3]
> 琢对：要宁粗毋弱，宁拙毋巧，宁朴毋华，忌俗野。[4]

前一段话的意思是避免落入俗套，想拣便宜靠挪用古人现成对偶写诗必然无趣；后一段话的意思是不要露出过多的雕饰痕迹，尽

---

[1] （宋）吴可《藏海诗话》，《历代诗话续编》，中华书局，1983年，第331页。
[2] （宋）葛立方《韵语阳秋》卷一，《历代诗话》，中华书局，1981年，第486页。
[3] （宋）姜夔《白石道人诗说》，《历代诗话》，第680页。
[4] （元）杨载《诗法家数》，《历代诗话》，第728页。

可能写得朴拙,好像一挥而就、信口而出的白话,《石林诗话》卷下也曾以杜甫"细雨鱼儿出/微风燕子斜"一联为例,说这一联"虽巧而不见刻削之痕",因为十个字体物细腻,"无一字虚设",而又"全似未尝用力",如果换了低劣的诗人,就要拼凑雕琢,刻意造作成"鱼跃练波抛玉尺,莺穿丝柳织金梭"这样了无生气的重拙对句①。这样人们就为对仗又设立了一条新的准则:自出机杼而又不失之生涩造作。显然这是对于对仗的更高要求。

究竟怎样才能满足这一要求?诗人们没有说,实际上也无法说,这是一个"只可意会不可言传",不可能设计出一二三条规定的非技巧性问题,我们只有通过诗人们自己的阅读经验来揣摩他们为自己所悬的鹄的,《石林诗话》卷上有这样三段议论:

> 王荆公晚年诗律尤精严,造语用字,间不容发,然意与言会,言随意遣,浑然天成,殆不见有牵率排比处。如"含风鸭绿鳞鳞起,弄日鹅黄袅袅垂",读之初不觉有对偶,至"细数落花因坐久,缓寻芳草得归迟",但见舒闲容与之态耳,而字字细考之,若经檃括权衡者,其用意亦深刻矣。②
>
> 欧阳文忠公诗始矫昆体,专以气格为主,故其言多平易疏畅,律诗意所到处,虽语有不伦,亦不复问……然公诗好处岂专在此?如《崇徽公主手痕诗》"玉颜自古为身累,肉食何人与国谋",此自是两段大议论,而抑扬曲折,发见于七字之中,婉丽雄胜,字字不失相对,虽昆体之工者亦未易比,言意所会,要当如是,乃为至到。③
>
> 诗之用事,不可牵强,必至于不得不用而后用之,则事词合一,莫见其安排斗凑之迹。苏子瞻尝为人作挽诗云"岂意

---

① (宋)叶梦得《石林诗话》卷下,《历代诗话》,中华书局,1981年,第431页。
② 见《历代诗话》,第406页。
③ 见《历代诗话》,第407页。

日斜庚子后,忽惊岁在己辰年",此乃天生作对,不假人力。温庭筠诗亦有用甲子相对者云"风卷蓬根屯戊巳,月移拙影守庚申",两语本不相类……此蔽于用事之弊也。①

第一段话里最要紧处是"意与言会,言随意遣",以"意"为主,则诗人须将平仄对偶巧辞丽字先放在脑后,以眼前景心中事为主脉一气呵成,以所要表述的意义情感为主线一脉贯穿,像"细数落花"一联本从王维诗意化出,对仗细致,乃经过"檃括权衡"者,但它语法自然,杂以虚字,平平淡淡道出,所以使读者并不感到平仄对仗的推敲而像"浑然天成"的口语;第二段话中最紧要的是"专以气格为主",正因为它以"气格"统领语言,所以语言不暇刻琢,而西昆诗人则为了凑韵字、造新词、镶嵌典故、安排丽辞,所以不免露出抉刻造作的痕迹,若要发偌大议论,必要搜尽枯肠翻遍典故,然后安排平仄对仗,语脉弄得支蔓断续,气脉搞得扞格阻绝,因此不如"玉颜自古"一联来得顺畅流利;第三段话的意思也在这里,温庭筠诗为了"庚申"二字硬凑"戊巳"二字,使得上句既没有意义又不很通畅,只是为"得此对而就为之题",所以清人贺裳《载酒园诗话》卷一也批评它"组织干支,真为工巧,但上下不贯,乍观触目"②,只是凑数而已,就像许浑为了"山雨欲来风满楼"而硬凑"溪云初起日沉阁"一样,因此温庭筠是"用意附会",而苏轼诗是"天生作对,不假人力",就像水到渠成、瓜熟蒂落那么自然。总而言之归结到一点,就是写对仗的诗句是"意"在前还是"言"在前,从"意"(或"气")角度出发,那么诗句必须服从意义或情感的表达,无须刻琢字词选用典故,往往一气贯穿,以"意"(或"境")的传递为归宿,那么诗句不应当为了俪词偶句而妨碍意义与视境的透明,因为以"意"为主、以"气"为主的诗句像在你眼前开玻璃窗,让你一眼就

---

① 见《历代诗话》,第413页。
② 《载酒园诗话》卷一,《清诗话续编》,上海古籍出版社,1983年,第235页。

看见了内里的景致,而以"言"为主雕琢造作的对仗则像在你眼前摆了一架描花屏风,使你不能不把目光滞留在它的花样纹饰上,以至于都看出了它的人工痕迹而还没看见内里究竟有什么东西。

不过,这实在很难,没有人能真正地做到"闭门造车,出门合辙"。以"意"为主,冲口而出,信笔而写,则很难照顾到平仄的错综、词性的对称与意义的和谐,而要考虑对仗的工整精当,就不免要苦思冥索、拼拼凑凑,牺牲一点"天然"的流丽爽洁,清人贺贻孙《诗筏》里说,"诗律对偶,圆如连珠,泻如合璧,连珠瓦映,自然走盘,合璧双关,一色无痕"①,多少只是悬的过高的想象之辞。就像园林里的假山尽管玲珑剔透、古怪清奇,毕竟不如乡村小山丘自有一番质朴风韵一样,对仗的句式终究是给了诗人一重束缚,只不过这捆绑可紧可松,善于"缩骨之术"的诗人可以把这捆人的绳子变成跳舞的道具而笨拙的诗人则总是手脚不那么灵活,以至于活动起来磕磕绊绊地走不成步子。皎然《诗式》里有这么一段话——

> 虽欲废巧尚直,而思致不得置;虽欲废词尚意,而典丽不得遗。

在巧妙而典丽的语词(包括对仗)与质直而流贯的意蕴之间,在苦思冥索与以意辖词之间,能有一条小道可走吗?很难。所以尽管诗论家可以两面兼顾地说"贵雕琢,又畏有斧凿痕,贵破的,又畏粘皮骨"②,可以貌似公允地说"雕刻伤气,敷衍露骨,若鄙而不精巧,是不雕刻之过,拙而无委曲,是不敷衍之过"③,可以苛刻地说"篇章以含蓄天成为上,破碎雕镂为下"④,但又何曾有几个诗人能冲口而出"细雨鱼儿出/微风燕子斜"这样"天然工巧"、平仄合律

---

① 《诗筏》,《清诗话续编》,上海古籍出版社,1983年,第144页。
② (宋)葛立方《韵语阳秋》卷三,《历代诗话》,中华书局,1981年,第504页。
③ (宋)姜夔《白石诗说》,《历代诗话》,第680页。
④ (宋)张表臣《珊瑚钩诗话》卷一,《历代诗话》,第455页。

又对仗工稳的句子呢？就是杜甫,又有多少"两个黄鹂鸣翠柳/一行白鹭上青天"这样质朴流畅的对仗句子呢？

三、句型规范:诗歌整体结构的选择

在关于声律与对偶的描述中,我们已经屡次涉及了近体律绝——中国古典诗歌的代表样式——的基本构成要素,即奇偶对称。平仄的轮回运用、对偶的精心设计,使诗歌的语音序列与意义结构都呈现了吻合人们生理与心理的"秩序",由抑扬、轻重或长短构成的语音节奏与由空间移位、时间叠合、意义偏差等构成的意义节奏,使诗句形成了对称的结构,引发了人们,尤其是中国古代诗人们的心灵律动。然而,这种均衡对称的结构毕竟还属于变化较少的平均节奏,虽然它吻合人的生理运动节律——如脉搏跳动——但它仍然缺乏一些剪裁和安排,因为诗歌节奏终究不应当仅仅迎和脉搏跳动这样的生理运动,而且还应当符合人类审美习惯与心理感受。所以,当始终重复、单调循环的节奏一旦超越了人们可以忍受的长度,就会让人厌倦,就像一首本来很美的抒情歌曲没完没了地反复啰唆,就变成了讨厌的催眠曲或噪音一样。于是句型,即诗歌整体的句式结构问题就凸显了。

南朝诗人的诗歌尽管在对偶与声律上都有了长足的进步,但是,有时他们那种缺乏节制、滥用对仗的习惯却使诗歌整体结构显出"繁密"的毛病:密不透风的对仗句式使人被挤压得喘不过气来,过长的诗歌又使人感到它的句式重叠复出得让人生腻。且不说那些末流诗人,就连一些一流诗人的一流作品,也不免有这种弊病的存在,我们以谢灵运著名的《石壁精舍还湖中作》、谢朓著名的《之宣城郡出新林浦向板桥诗》及庾信著名的《望野诗》为例:

> 昏旦变气候,山水含清晖。
> 清晖能娱人,游子憺忘归。

出谷日尚早,入舟阳已微。
林壑敛暝色,云霞收夕霏。
芰荷迭映蔚,蒲稗相因依。
披拂趋南径,愉悦偃东扉。
虑澹物自轻,意惬理无违。
寄言摄生客,试用此道推。

——以上谢灵运诗

江路西南永,归流东北鹜。
天际识归舟,云中辨江树。
旅思倦摇摇,孤游昔已屡。
既欢怀禄情,复协沧州趣。
嚣尘自兹隔,赏心从此遇。
虽无玄豹姿,终隐南山雾。

——以上谢朓诗

试策千金马,来登五丈原。
有城仍旧县,无树即新村。
水向兰池泊,日斜细柳园。
涧渚通沙路,寒渠塞水门。
但得风云赏,何须人事论。

——以上庾信诗

毋庸置疑,这些诗里不乏精彩的佳句,但读来为什么总有一点儿繁芜壅塞平滞单调的味道呢?原来,这些诗里的对句太密了,除了个别句,其余全是前句不入韵后句入韵的对仗;这些诗里的意义秩序太呆板了,都是一起首就写景,末了再以两句写理;这些诗的句数过多了,由于前面一长串句式都一样,因此显得反复的次数太频繁。由于对句过密,所以读来心理上总是处于一抑一扬的节奏中,有七组对句就有六次反复,有六组对句就有五次反复,有五组对句就有四次反复,因此,读者的心理被这些密集而单调的节奏潮汐簸弄得没有喘气的机会,也失去了涵泳品咂的时间。读者不得不紧紧随着诗人的感觉走,由景入情再入理。虽然诗人是以自己的视境与思路展开描述的——南朝诗人习惯以游览登临的视角移动为诗句的视角移动——但是,读者却未必能如此从容地追踪诗人登临的目光与感受的思路,缺乏"渐入佳境"的引子就如未备行囊的远足,缺少心理铺垫便一下子跌入至境让人不知所措。特别是一开首便是写景的对句,更是使人感到突兀,一连串"密集轰炸"的对句则叫人目眩五色,虽然末尾有两句突然出现的散行,则又如戏演得正热闹间猛地锣息鼓停、灯光熄灭一样令人惊讶。由于缺乏顿挫跌宕与疏密变化,诗歌就不免缺乏整体效果,就好像一场戏没看到开头或没看到结尾一样令人不快,由此我们想到钟嵘《诗品》指责谢灵运、颜延之、谢朓的诗歌"尤为繁密","颇以繁芜为累"、"微伤细密",并不是无稽之谈[1];而南朝皇帝批评谢灵运诗"放荡,作体不辨首尾",也不失为一种卓越洞见[2];至于清朝人黄子云《野鸿诗的》所说的"六朝中有不可学"的毛病,如"行文涣溢而漫无结束"、"对偶如夹道排衙,无本末轻重之别,可有可削",更是一针见血的批评[3]。

不过,从谢灵运、谢朓到庾信,换句话说是从南朝初期到后期,一种对于诗歌句型规范的不自觉感受使诗歌逐渐发生了变化,那些没完没了地以对句写景抒情的长诗似乎渐渐变得少了,不仅从上面三首诗中我们可以看到这一现象的端倪,就在统计数字中,我们也可以发现这一变化的轨迹。仍以他们三人的诗为例

---

[1] 见《诗品》序、卷上评谢灵运,卷中评谢朓,《历代诗话》,中华书局,1981年,第4、9、15页。

[2] 《南史》卷四十三引齐高帝语,中华书局,1975年,第1081页。梁简文帝《与湘东王书》曾经说到谢诗的缺点是"冗长"和"不拘",见《梁书》卷四十九《文学传》引,中华书局,1973年,第690页。

[3] 《野鸿诗的》,《清诗话》,中华书局,1978年,第852页。

(乐府诗不计在内)：

	谢灵运	谢朓	庾信
十六句以上	50首	28首	28首
十四句	5首	6首	15首
十二句	2首	1首	15首
十句	2首	16首	42首
八句	4首	36首	70首
六句	1首	/	3首
四句	/	/	53首
合计	64首	87首	226首

显而易见,在谢灵运的诗里,十六句以上的长诗占了绝大多数,谢朓的诗则长短均有,而庾信的诗中,十句以下的诗比重明显增加。

这当然不是偶然的,因为诗人对于诗歌整体美感效果的感受虽然并非理性的设计,却时时能够促使他不断地对句型进行调整,而这种来自心灵感受的调整就是一种"自然淘汰"与"自然选择"的过程,正是由于这种并不一定自觉的,但又是来源于人们审美直觉经验的感受的不断调整和选择,杂乱无序的句型终于向整饬有序的方向变化,从南朝后期到唐代前期,人们终于选定了四联八句为主的诗歌句型,形成了后世所谓的"律诗"①。

为什么是八句而不是六句或十句？这个问题看上去就像问"黄金分割律为什么是这个比例而不是那个比例"一样难以回答,因为人们心中的有些感受常常是"只可意会不可言传"的。不过,由于律诗在千年中有大量的创作实例,形成了一整套约定俗成的范式,而这些范式又有不少人进行过论述,所以我们可以尝试着在前人的论述基础上作一个粗略的分析,虽然这种分析中不免有

---

① 我同意"绝句"即"截句"的说法,绝句似乎是律诗的一半,而它本身又与音乐曲调有关(唐人绝句常入乐),所以这里以律诗为主进行分析。

一些推断的成分和生硬的味道。

如果从语音序列上来说,以平仄"轮回用之"的格式内,每两句为一组,彼此恰好是正反相对的一对,那么,由正反、反正两对四句,则恰好成为一个"轮回单元",前一组的语音序列正好与后一组的顺序相反,比如杜甫《春望》的前四句:

国破山河在,城春草木深。

感时花溅泪,恨别鸟惊心。(其中"感"字是平仄可以通融的)

前两句"仄仄平平仄,平平仄仄平"与后两句"平平平仄仄,仄仄仄平平"大体相对称。而王维《山居秋暝》的前四句:

空山新雨后,天气晚来秋。

明月松间照,清泉石上流。(其中"天"、"明"的平仄可以通融)

这是"平平平仄仄,仄仄仄平平"对"仄仄平平仄,平平仄仄平"。这两首诗除了个别可平可仄的字(如上面已经标出的"感"、"天"、"明")外,恰好成为对称的两组语音序列。而这两首诗的后四句也同样如此,后半部分的声律构成基本上就是前半部分的再现,如杜甫《春望》的后半,"烽火连三月,家书抵万金。白头搔更短,浑欲不胜簪",除了"烽"、"白"、"浑"是平仄通融的之外,整个后半就是"仄仄平平仄,平平仄仄平。平平平仄仄,仄仄仄平平",而王维《山居秋暝》的后半则是,"竹喧归浣女,莲动下渔舟。随意春芳歇,王孙自可留",除了"竹"、"莲"、"随"可平可仄之外,也是"平平平仄仄,仄仄仄平平。仄仄平平仄,平平仄仄平"。显然,绝句的四句是一正一反,又一反一正,即一轮语音的"循环",而律诗的八句,则基本上是正、反、反、正、正、反、反、正的两次语音"轮回",无论是五律还是七律,无论是仄起式还是平起式,无论是首句入韵还是首句不入韵,都是如此。

但是，为什么律诗要出现两次语音的轮回仍然要残存一次语音的重复呢？也许有人会提出这样的问题。的确，在律诗中确实存在一轮语音重复，这并不能简单地用"复调"来搪塞。可是，如果我们从"意义结构"来看的话，那么我们可以知道，这四组八句乃是"语音序列"和"意义结构"可以选择的一个"最小公倍数"。前面我们说到，密集排列的对仗句式是南朝诗歌的一种弊病，这种弊病在南朝已经逐渐被发觉，因此，除了压缩句数之外，削减与安排对仗句的现象也在南朝后期诗里出现。如阴铿《晚泊五洲》一诗中，首尾两联"客行逢日暮，结缆晚洲中"、"遥怜一柱观，欲轻千里风"都不能算对偶而只能属于散句，而中间两联"戍楼因嵁险，村路入江穷"、"水随云度黑，山带日归红"则是明显的对偶句子。又如江总《赋得携手上河梁应诏》一诗里，"云愁数处黑，木落几枝黄"、"鸟归犹识路，流去不知乡"两联是对偶，而首尾的"早秋天气凉，分手关山长"和"秦川心断绝，何悟是河梁"则是散行。再如隋代李巨川《赋得方塘含白水》诗：

　　　　白水溢方塘，森森素波扬。叠浪轻凫影，涟漪写雁行。
　　　　长堤柳色翠，夹岸荇花黄。观鱼自有乐，何必在濠梁。

很明显这是"散行"——"对仗"——"对仗"——"散行"的次序，也是一组对称而又错综的整齐句型，它是否与"语音序列"那种以平仄为基准的"正"——"反"——"反"——"正"的结构恰好同步？但是，这种句式的"轮回"或"循环"，却需要八句才能完成一个周期。

　　初盛唐的律诗大概还不是那么严格地遵循这种句型规范的，不过，毕竟这种"合理分配"是有它在节奏感上的优越性的，前两句散行以纡徐舒缓的节奏从容将读者引入诗境，三四句对仗以抑扬密集的节奏在读者脑荧屏上闪现变幻的视境，五六两句再接着以蒙太奇手法映出对仗的叠影，末两句则又一次缓下来引申道理或宕开一层，使读者有余音绕梁之感，这种缓急急缓的四个乐章

设计得既对称又有变化,既错综又和谐,因此渐渐被诗人接受,像初唐王绩著名的《野望》:

> 东皋薄暮望,徒倚欲何依。树树皆秋色,山山唯落晖。
> 牧人驱犊返,猎马带禽归。相顾无相识,长歌怀采薇。

又如杜审言著名的《和晋陵陆丞早春游望》:

> 独有宦游人,偏惊物候新。云霞出海曙,梅柳渡江春。
> 淑气催黄鸟,晴光转绿苹。忽闻歌古调,归思欲沾巾。

七言律诗也不例外,像沈佺期《古意》(卢家少妇)、苏颋《奉和春日幸望春宫应制》(东望望春)、储光羲《万岁楼》(江上巍巍)等,都是这种一联散行、一联对偶、一联对偶、一联散行的句型结构,它使读者以一种时而松弛、时而紧张、时而高昂、时而低沉的心理节奏来体验诗境,并从这种节奏中得到阅读的快感①。

这种诗歌句型设计虽然最初从不自觉的感受中来,但后世却被人们自觉地遵循并作出种种解释,元人杨载《诗法家数》称之为"起、承、转、合",说一二句是"破题"要突兀高远,三四句"颔联"要接破题像"骊龙之珠抱而不脱",五六句"颈联"要"与前联之意相应,相避,要变化",而七八句"结句"则需要宕开一层,"如剡溪之棹,自去自回,言有尽而意无穷"②,这话用的术语不免让人想到八股取士的酸腐,但大体的意思却并不错,只是他过分注重了诗歌内容的转承关系而没有注意到句型本身的变化而已,所以反不如下面"起句尤难……要高远","中间两联句法……须要血脉贯通,音韵相应,对偶相停,上下匀称","尾联要能开一步"等等话头来

---

① 这种句型规范在中晚唐最为发达与成熟,而且中晚唐诗人更在中间四句的声律与对仗上下了相当多的功夫,不仅使音句节形成"二二一,二二一。二一二,二一二"这样更细微的错综形式,而且常常注意使内容形成一联浓、一联淡、一联景、一联情的变化,使整首诗更加变化细腻。

② 《诗法家数》,《历代诗话》,中华书局,1981年,第729页。

得清楚。明人胡应麟《诗薮》卷四中说,"如五言律体,前起,后结,中四句,二言景,二言情,此通例也"①,话倒是说得很对,但仍然没有点到要害处,律诗的八句四联虽然在内容上可以是"起、景、情、结"或者叫做"起、承、转、合",但它的成型却并不仅仅为内容,也为了语言外形的对称与错落。因此,倒不如明王世贞《艺苑卮言》卷一论篇法时说得准确,王世贞说:

> 篇法有起有束,有放有敛,有唤有应,大抵一开则一合,一扬则一抑,一象则一意,无偏用者。
> 首尾开阖,繁简奇正,多极其度,篇法也。②

如果我们把前一段理解为对语言意义的描述而把后一段理解为对语言外形的分析,那么合起来就可以说明律诗的四联八句、两散两俳、起承转合这种句型规范形成的原因了,尽管他的话仍然说得含含糊糊,玄而又玄,但多少已经触及了要害,搔到了痒处。

正如四和八的最小公倍数是八一样,"语音序列"及"意义结构"所需要完成一次轮回的句数也是八,虽然诗人是凭借自己"对于形式与法则"的天然直觉选定的四联八句,但是,我们应该说,"律诗"乃是中国古典诗歌整体结构的最佳范式,因为它使语音与意义的节奏都显示了错综、对称与和谐。

四、小结:人心与天道的同律搏动

语音序列、意义结构与句型规范的逐渐演进,使中国古典诗歌形成了以"律绝体"为代表的近体形式,也使中国诗成就了它精致的图案化语言形式。

就像古代西洋哲人所说,"人们从天鹅和黄莺等唱歌的鸟那

---

① 《诗薮》卷四,上海古籍出版社,1979年,第63页。
② 《艺苑卮言》卷一,《历代诗话续编》,中华书局,1983年,第961、963页。

里学会了唱歌",中国古典诗歌语言的图案化结构中所表现出来的错综、对称与和谐的语音节奏并不是一种后天理性设计的产物,而是一种由对天道或宇宙的整体领悟、对生理与心理的内在体验以及对语言符号的外在把握综合形成的审美习惯自然选择的结果。《礼记·乐记》所谓"凡音之起,由人心生也"这种见解似乎与亚里士多德《诗学》第四章"音调感与节奏感出于我们的天性"如出一辙①,都说明了古人的一个固执观念,"音律所始,本于人声音也,声含宫商,肇自血气"②,在他们心目中,声调、节奏从来不是与自然、人性对立的东西,所以说:

> 乐由天作。③
> 夫乐者,天地之体,万物之性也。④
> 天地合德,万物滋生……章为五色,发为五音。⑤

而与天地万物最基本的构成为"阴"、"阳"一样,声调最基本的构成就是对立与和谐——与阴阳相匹配的轻重、高低、长短——的变化。

也许,这种节奏来自神秘的天启,《易·系辞上》说的"天尊地卑,乾坤定矣,卑高以陈,贵贱位矣,动静有常,刚柔断矣"⑥,就是一阴一阳的"道",《老子》说,"道生一,一生二,二生三,三生万物"⑦,这"道"中就涵盖了"气"之一和"阴阳"之二,就像《红楼梦》

---

① 《十三经注疏》,中华书局影印本,1980年,第1527页。亚里士多德《诗学》,罗念生译,人民文学出版社,1962年,第12页。
② 刘勰《文心雕龙·声律》,《文心雕龙注译》,人民文学出版社,1983年,第364页。
③ 《礼记·乐记》,《十三经注疏》,中华书局影印本,1980年,第1530页。
④ 阮籍《乐论》,陈伯君《阮籍集校注》,中华书局,1987年,第78页。
⑤ 嵇康《声无哀乐论》,《全三国文》卷四十九,《全上古三代秦汉三国六朝文》,中华书局影印本,1962年,第1329页。
⑥ 《十三经注疏》,第75—76页。
⑦ 《老子》第四十二章,《老子校释》,中华书局,1984年,第174页。

中史湘云与丫环那段有关阴阳的对话中所昭示的，这一阴一阳的"道"牢笼万事万物，无处不在，当然也就包括了声调与节奏，同时，它也使得古人心理上习惯于"二元对立"与"二元统一"，对于任何事物都以一种正反、尊卑、轻重、抑扬等"二元"的观念去解释与接受。于是，对声调与节奏也逐渐形成了"二分"的理解与欣赏习惯，并认定这种由轻重或长短、抑扬分别的语音若能组织成一种既对称又和谐的序列，就一定很美妙动人，这让我们想起毕达哥拉斯关于"音乐是对立因素的和谐的统一，把杂多导致统一，把不协调导致协调"的说法①，也让我们想起《文心雕龙·声律》中关于"异音相从谓之'和'，同声相应谓之'韵'"的说法，而中国古典诗歌尤其是近体律绝体的语音序列——甚至也可以包括意义结构——正是"和"、"韵"交错，即"辘轳交往，逆鳞相比"构成的"和谐的曲调"。

也许，这种"二元"对立和谐的观念在中国古代诗人那里沉积太深，所以不仅语音序列，就连意义结构与句型规范，也在诗人的心中与笔下向着对称与和谐的美学原则与外形结构靠拢，渐渐形成诗歌的图案或建筑，偏偏汉字又极合适于构造这种"图案"或"建筑"，陈梦家在《新月诗选·序言》中提到，"中国文字是以单音组成的单字，单字的音调可以别为平仄，所以字句的长度和排列常常是一首诗的节奏的基础"，但是，他没有进一步注意到汉字作为诗歌意象的视觉性、自足性及其对于语义构成的意义。正是由于汉字的这些特性，使中国诗歌的字词可以对仗，句型可以整齐，正如叶公超《论新诗》所说的，"西洋诗里也有均衡与对偶的原则，但他们的文字究竟不如我们来得有效，单音文字的距离比较短，容易呼应，同时在视觉上恐怕也占些便宜"②，它使得中国古典诗

---

① 转引自朱光潜《西方美学史》上册，人民文学出版社，1963年，第17页。
② 载《文学杂志》创刊号，1937年5月。

歌尤其是近体诗歌终于在语音、意义、句型三方面形成了统一的图案结构,把轻重、长短、开阖、抑扬、明暗、浓淡、高低,乃至于情景等等不同质的"对立"都糅在了一首诗的语言形式中。正因为如此,在中国古典诗歌语言的图案化结构中,就显示出了"人心与天道的同律搏动"。

第五章 论 典 故

——中国古典诗歌特殊语词的分析之一

《红楼梦》第十八回《皇恩重元妃省父母,天伦乐宝玉呈才藻》中写到元妃省亲,宝玉应命作诗,有"绿玉春犹卷"一句,宝钗一眼瞥见,便劝他改去——

> 宝玉见宝钗如此说,便拭汗说道:"我这会子总想不起什么典故出处来。"宝钗笑道:"你只把绿玉的玉字改作'蜡'就是了。"宝玉道:"绿蜡可有出处?"宝钗悄悄地咂嘴点头笑道:"亏你今夜不过如此,将来金殿对策,你大约连赵钱孙李都忘了呢!——唐朝韩翃咏芭蕉诗头一句'冷烛无烟绿蜡干'都忘了么?"宝玉听了,不觉洞开心意……

且不说宝玉胶柱鼓瑟地有些学究气,也不说宝钗自呈才博地把钱翊的诗张冠李戴地算到了韩翃名下,值得注意的倒是,中国古典诗论里尽管有那么多对用典的讽刺贬斥,中国古典诗歌创作中却依然那么喜欢用典,而忘了典故居然与忘了《百家姓》能扯到一块儿,可见得典故在中国古典诗歌中的位置并不像理论家们所说的那么低。从《文心雕龙·才略》"自卿(司马相如)、渊(王褒)已前,多俊才而不课学;雄(扬雄)、向(刘向)以后,颇引书以助文"中[①],我们可以看出用典有多么悠久的历史,从《岁寒堂诗话》卷上"诗以用事为博,始于颜光禄(延年),而极于杜子美(甫)"里[②],我们又可以看到诗中用典有多么大的来头。而唐代以后,用典成了一种习惯,李商隐的"獭祭鱼"、西昆体的"谜子"、黄庭坚的"搜猎奇书,穿穴异闻"自不必说,就连自称"学诗须透脱,信手自孤高"的杨万里,也不时在他滑脱轻快的诗里暗暗地塞上两个典故,清人宋长白就揭发过他《越王台》诗暗用了李贺"一泓海水杯中泻",查慎行

---

① 《文心雕龙注释》,人民文学出版社,1983年,第503页。
② (宋)张戒《岁寒堂诗话》,《历代诗话续编》,中华书局,1983年,第452页。

也抓住了他的《腊梅》诗中"他杨"来自《汉书·扬雄传》的把柄[1]。当然,诗好与不好并不在于用不用典故,李商隐《无题》诗里堆垛了这许多典故,但没有人说它不好,反而争先恐后地去说解注释,拿着放大镜字字句句地扫描,而杨亿、钱惟演的诗"依葫芦画瓢"地学李商隐用典,却被人骂过来贬过去,说得一个大钱不值,但为什么尽管理论家打着"自然"的旗帜极力地痛斥用典是"罗列",是"堆砌",是"晦涩",是"隔",而注释家们却总是能释事忘义似地在人人称好的诗里抠出一个个暗藏的"故实"来,弄得人疑神疑鬼地觉得中国古典诗里总是埋伏着些"隐喻"和"象征"呢?于是,这里就生出一个问题来:理论上为什么总要贬斥用典?而诗人们为什么总是爱用典?典故在诗歌中的作用究竟应该怎么评价?

本章试图撇开中国传统文学观念中对典故的是非评价而仅仅把它作为一种特殊的词语来剖析,因此,首先要解释的是以下这样一个"二律背反"式的命题——

正题:

> 作为诗歌语词的典故,乃是一个个具有哲理或美感内涵的故事的凝聚形态,它被人们反复使用、加工、转述,而在这种使用、加工、转述过程中,它又融摄与积淀了新的意蕴,因此它是一些很有艺术感染力的符号。它用在诗歌里,能使诗歌在简练的形式中包容丰富的、多层次的内涵,而且使诗歌显得精致、富赡而含蓄。

反题:

> 这些典故,正因为它有古老的故事及流传过程中积累的新的意义,所以十分复杂晦涩,就好像裹了一层不溶于任何

---

[1] (清)宋长白《柳亭诗话》卷四,(清)查慎行《初白庵诗评》卷下,均引自《杨万里、范成大资料汇编》,中华书局,1964年,第66、71页。

液体的外壳的药丸子,药再好,效果也等于零,因此它是一种没有艺术感染力的符号。它在诗歌中的镶嵌,造成了诗句不顺畅,不自然,难以理解,因而使诗歌生硬晦涩、雕琢造作。

一、密码破译:作者与读者的文化对应关系

西方人译中国古典诗,常常碰到的一个头疼问题,就是诗里的典故。翻译吧,等于在里头啰啰嗦嗦地加上了一段并不是诗歌本文的话,就好像戏里的旁白窜入了演员的独白,注释变成了正文;不翻译吧,这里边精微玄妙的意思就生生地被甩开了,就好比买椟还珠,倒掉了汤药而去嚼那熬成了木屑似的药渣。一个英国汉学家葛瑞汉曾试图采取一种不负责任的办法,认为"用一条注释来耽误读者的时间,还不如让它匆匆走过去为好"①,但另一个很负责任的 A·韦莱却主张尽量不要去惹那些有典故的诗,虽然他的态度与葛瑞汉相反,理由却是一样的,因为这种诗"等读者看明白了应有的注释之后,他也许已经没有读诗的兴趣了,对他们来说,这时诗已不再是诗,而是一篇考据论文了"②。这里,两种语言互译中的典故就如同密码,文化的隔阂使翻译家如同找不到密码的情报官,眼睁睁地看着它,却不知所措。

语言不仅仅是沟通人际的桥梁,有时候也会成为阻隔交流的障碍。对于具有相同语言的人来说,就好比面对面拉手一样,交流与理解都那么容易;而对于语言不同的人来说,就好比面对面却隔了一层性能极好的透明隔音壁,任你在那边手舞足蹈兴奋不已地连说带唱,我这边却视而不闻,莫名其妙,似乎在观看一出奇

---

① 参见《中国诗的翻译》,载《比较文学译文集》,北京大学出版社,1982 年,第 233 页。
② A. Waley: *Yuan Mei: Eighteenth Century Chinese Poet*. (Allen & Unwin. 1956) p. 105.

怪的哑剧。而且,语言的隔阂还不仅仅在民族之间起作用,就是在一个民族内,由于历史的、阶层的、个人的文化差异,也会给人带来麻烦。中唐人觉得《尚书》"佶屈聱牙",今天人读中唐人樊宗师的《蜀绵州越王楼诗序》和轩辕弥明的"龙头缩菌蠢,豕腹涨彭亨"①,大概也觉得"晦涩难通",贾宝玉听不懂焦大嘴里脱口而出的"扒灰",而焦大也未必能懂宝二爷和姑娘们哼哼唧唧的诗词。而典故既有着古老的历史,又常常被浓缩成几个字,它的"密码性"也就更厉害。不要说现代人,就连古人也常常被搅得糊里糊涂,像宋代人陈元龙注宋代人周邦彦的《琐窗寒》"故人剪烛西窗语",就把这个出自李商隐《夜雨寄北》的故实误算到了温庭筠《舞衣曲》"回鸾笑语西窗客"头上,把一腔惆怅变成了一团欢喜②。而善于考据的清代人陶澍在注释陶渊明《饮酒》之十六"孟公不在兹,终以翳吾情"时,也把《后汉书·苏竟传》中"善识人"的刘龚(孟公)误成了西汉那个大吃大喝的陈遵(孟公),把陶渊明的无知己之叹当成了怨穷叫苦③。在西方也同样如此,沃尔夫冈·凯塞尔的《语言的艺术作品》中曾列举了德国诗人龚特与葡萄牙诗人波卡格的两首诗说:

> 近代的读者不明白,为什么龚特刚好要把棕树放进他的徽号中……为什么在波卡格的诗中棕树经常是一种不平常的树。④

原来,在西方"标志学"里,棕树是忠实的象征,那么,对于已经不懂"标志学"的近代西方人以及更不懂"标志学"的东方人来说,这"棕树"便成了阅读的障碍,他们读到"棕树"这个词时的感受,只

---

① 韩愈《石鼎联句诗序》,《全唐文》卷五五六,上海古籍出版社影印本,1990年。
② 参见陈元龙《详注周美成片玉集》卷一,江苏广陵古籍刊印社,1980年。
③ 《靖节先生集注》卷三,文学古籍刊行社,1956年,第32页。
④ 《语言的艺术作品》(中译本),陈铨译,上海译文出版社,1984年,第86页。

不过是在视境中出现了一棵绿色的树而已,因此,龚特所谓"棕树支持着两个船锚"的诗句便成了一幅古怪的图画,而波卡格对棕树倾诉,也可能就在东方人的脑荧屏中变成了董永与七仙女请老槐树裁决命运式的神话。

但是,隔阂有时也会是通道。正如上了锁的房门对外人是一道内外隔开的墙而对房主人却是进出的坦途一样,当人们对禅宗那些古里古怪似疯似癫的公案感到大惑不解的时候,禅僧们却觉得它们"像鸡抱卵,如猫捕鼠,如饥思食,如渴思饮"那么自然①,上面我们所引的沃尔夫冈·凯塞尔《语言的艺术作品》在谈及"标志"时也说:"巴洛克时代的诗人们和有文化教养的观众都深刻地熟悉标志学,在文艺作品中每一个相应的暗示大家都理解。"同样,李商隐那些在今人看来典故成堆的诗歌,在当时并没有什么人觉得它晦涩难懂,据说唐彦谦学他,也只是学的"清峭感怆",宋初杨亿等甚至认为他的诗"包蕴密微"之外,还"演绎平畅";而杨亿、钱惟演、刘筠等人学李商隐在诗里堆垛典故,当时也曾赢得"学者争慕,得其格者,蔚为佳咏"②,连欧阳修也曾说过他们的某些诗"虽用故事,何害为佳句也"③。而苏轼、王安石等人更是用典老手,如王安石"一水护田将绿去,两山排闼送青来"与"周颙宅在阿兰若,娄约身随窣堵波",不仅成双成对地用,而且还汉典故对汉典故、梵名词对梵名词,而有人在称赞他"用法甚严,尤精用对偶"之外,还称赞他的典故用来"不觉拘窘卑凡"④;至于以"点铁成金"、"夺胎换骨"闻名的黄庭坚诗里,典故就更多了,可是当时也有人说他的诗"妙脱蹊径,言谋鬼神,唯胸中无一点尘,故能吐出

---

① 曹溪退隐《禅家龟鉴》,《续藏经》第二编十七套第五册,商务印书馆影印本。
② (宋)葛立方《韵语阳秋》卷二,《历代诗话》,中华书局,1981年,第499页。
③ 《六一诗话》,《历代诗话》,第270页。
④ (宋)叶梦得《石林诗话》卷中,《历代诗话》,第422页。

世间语"①,好像那些词语都是他自己肺腑中流出来的似的,而后来更有人痛斥那些攻击黄庭坚用典过多的人,说"其用事深密,杂以儒、佛、虞初、稗官之说,隽永鸿宝之书,牢宠渔猎,取诸左右,后生晚学,此秘未睹,夫古事非出僻书掌录,亦非难事,何秘之有乎?"②意思就是:你说人家黄庭坚花里胡哨地引书用典,害得人如看天书,实际上只不过是你自己读书读得太少而已。

显而易见,典故作为一种艺术符号,它的通畅与晦涩、平易与艰深,仅仅取决于作者与读者的文化对应关系。英国著名的文学批评家 I·A·瑞恰兹曾强调诗歌的技术定义是——

> 合格的读者在细读诗句时所感受的经验。③

所谓"合格的读者",正是指那些与作者的时代、民族、文化素养及兴趣相近似的欣赏者,即使这些欣赏者在这几方面与作者相差很远,但至少他们也必须熟悉诗歌中这些典故的来源、"动机史"以及它所拥有的表层涵义、深层涵义与象征涵义。西方学者把这种知识结构称为文学的"认知能力系统"(competence system),如果不具备这种能力,就往往会忽视典故所包容的隐含意味而导致对诗意理解的浅薄。比如李商隐《华清宫》一诗:

> 华清恩幸古无伦,犹恐蛾眉不胜人。未免被他褒女笑,只教天子暂蒙尘。

在熟悉这些典故的人看来,这首诗十分"浅近",但如果说是一个现代读者,除了每个词的"字典意义"之外,还必须了解:

> 1. "华清恩幸"的故事内容;"褒女"的故事内容;周幽王

---

① (宋)胡仔《苕溪渔隐丛话》后集卷三十三引蔡絛语,人民文学出版社,1981年,第257页。

② (清)翁方纲《复初斋文集》卷二十九《跋山谷手录杂事墨迹》,转引自《黄庭坚和江西诗派卷》,中华书局,1978年,第300页。

③ 参见《西方现代文学理论的概述与比较》,湖南文艺出版社,1986年,第72页。

宠褒姒的故事内容;玄宗于安史之乱时幸蜀的故事内容。

2. 褒姒"笑"杨贵妃的意义。

3. 用"笑"造成的反讽意味。

此外,如果作为一个"合格的读者",恐怕还得对中晚唐的历史环境、当时出现的众多咏华清宫、杨贵妃的诗歌等等有一定的知识。相反,如果上述条件不能具备,那么,这些典故就构成了作者与读者之间的隔阂。

中国古代诗词中的典故有一个非常显著的特点,即它们主要来自古代典籍,而中国古代诗人使用典故时又有一种非常普遍的现象,即不仅用来增加诗的内涵,而且用来炫耀自己的博学。那个日本和尚遍照金刚就发现了一个诀窍,《文镜秘府论》南卷《论文意》中就说:"凡作诗之人,皆自抄古今诗语精妙之处,名曰'随身卷子',以防苦思。"这恐怕是当时的一种风气,他的这本书末尾所谓《帝德录》,开列了种种古帝王名号及种种歌颂古帝王的典故,大约就是一个"随身卷子"①。传说李商隐作诗文"多简阅书册,左右鳞次,号獭祭鱼"②,而黄庭坚则抄录了各种汉晋间杂事以备诗用,并"红笔涂乙点识"③,唐庚则公开声称"凡作诗平居须收拾诗材以备用"④,因此,对于与古代文献久违了的现代人与读古书少的古代人来说,这些来自古代典册的典故无疑会使他们觉得陌生。德国现代哲学家J·哈贝马斯说,"(人们)只能在特定范围内明确地把握一个意义复合体"⑤,这里所谓"特定范围",既包括

---

① 《文镜秘府论》,人民文学出版社,1980年,第132、237页。

② (宋)杨亿口述,(宋)黄鉴笔录,(宋)宋庠整理《杨文公谈苑》,上海古籍出版社,1993年,第23页。

③ (清)翁方纲《复初斋文集》卷二十九《跋山谷手录杂事墨迹》,转引自《黄庭坚和江西诗派卷》,中华书局,1978年,第300页。

④ (宋)胡仔《苕溪渔隐丛话》前集卷三十五,人民文学出版社,1981年,第283页。

⑤ 《解释学要求普遍适用》,高地中译,载《哲学译丛》1986年第3期。

海德格尔所说的"前理解"——即来自历史传统与语法规则"前给定"了的"语境"——又包括一个时代语言的文化的习惯,前者是对当时人理解当时诗歌的限制,它使诗人与读者都必须按照当代的"沟通人与人共存关系的逻辑与心理"法则来使用与理解典故,而后者则迫使后代的读者抛开自己的习惯而上溯过去时代人的语言与文化习惯。对于前者,由于文化对应关系的"对等性",典故常常是一粒糖衣片,入口即化,并不觉得其晦涩;而对于后者来说,典故则往往是一颗核桃,不费力气砸碎外壳就吃不到里头的肉。

二、典故与诗的视境:中断与连续

一般说来,中国诗,尤其是山水诗乃是一幅幅"以文字构成的图像"(a picture made out words)的有意味的缀合。汉字形、声、意兼备的特殊性——费诺罗萨与庞德曾歪打正着地描述过的——使得它作为诗歌意象具有视觉与听觉的直接可感度,因此,读诗的人在接触这些文字的时候,脑荧屏出现的不是文字而是直接出现了一组组连续不断的流动图像,在这组图像的依次流动中,它所伴生的情感内核也随之凸现,而诗的韵律及内部节奏又调节与控制着这些意象的流动频率。这种象、意、节奏乃是融于一体的,它们共同构成视境流动与心理快感。

试读一首王维的《终南山》:

太乙近天都,连山接海隅。白云回望合,青霭入看无。分野中峰变,阴晴众壑殊。欲投人处宿,隔水问樵夫。

第一、二句是说终南山气势磅礴,从关中一直延绵到海角(这当然是夸张的说法),三、四句说终南山白云缭绕,青烟明灭,变幻莫测,五、六句写山的广袤,阴晴明暗各异,七、八句则写入山中与樵夫隔水相问,欲投人家住宿。在这首诗里,远的仰视——远的俯瞰——回头近视——入内回望——从中峰上两侧分视——从中峰上四周环顾——深入山中近看,读者可以随着诗人的视境变化而在脑荧屏上浮现一幅又一幅连绵的图画,就好比连续不断地观看电影一样,而且诗的节奏也随着图像开阖变化,清晰而明快,流畅而自然。再如李商隐的《夜雨寄北》,"君问归期未有期,巴山夜雨涨秋池。何当共剪西窗烛,却话巴山夜雨时",由"巴山夜雨"(实景)——"剪烛西窗"(想象的虚景)——"巴山夜雨"(想象中虚景的虚景)三个层次连缀起一个环形的动态画面,尽管它如连环套似的虚虚实实,实实虚虚,但它在诗人构思中的脉络却准确而流畅地传到了读者的视境中,形成了流动不滞的图景,而其中的怅惘、希望、怅惘的情绪变化,也随着视境的展开与深入传到了读者的心中。即使在一句之中,这种视境的连续也是不可少的,如苏轼《六月二十七日望湖楼醉书》头一句:

黑云——翻墨——未——遮山。

在读者的视境中立刻凸现出的就是乌云、乌云翻滚、(未)遮住山头这样一幅连续呈现的动态画面。这种节奏流畅的视境依次呈现——尤其是全诗引起的连续流动的视觉呈现——在引起读者心理快感上是必不可少的。如果说,看电影正看到赏心悦目时突然灯光大亮,屏幕上打出"片子未来,请稍候",或者吃饭吃得正香时忽然来个石头硌牙,必然令人大为扫兴。朱光潜先生《谈美书简》在论及节奏感时说,"人用他的感觉器官和运动器官去应付审美对象时,如果对象所表现的节奏符合生理的自然节奏,人就感到和谐和愉快,否则就感到'拗'或'失调',就不愉快"[①],事实上读诗也是如此,视境有节奏地连续,就令人感到自然、轻松,就容易"神入"诗境,而视觉突然中断或节奏被突然打乱,则令人感到别扭、难受,也就无法很舒适地进入境界。正如美国美学家鲁道

---

① 《谈美书简》,人民文学出版社,2005年,第47页。

夫·阿恩海姆所说的那样:"如果我们把一个静止的镜头插入到影片的连续系列中,它就会呈现出一种呆板僵化的姿态。"①

由于作者与读者之间文化对应关系的差异,典故便常常造成了读者读诗时的"视境中断",王国维《人间词话》曾指出"词最忌用代字",并举出周邦彦〔解语花〕"桂华流瓦"为例。月光照在瓦上如流动的水,本是一种极美的景,但"桂华"一词,便使人视境中断,人们必须从"桂华"二字中想到月中桂树,再从月中桂树转到月光,这样节奏就被迫暂时中止了,王国维把它称为"隔"②。又比如李贺《感讽五首》之二中有四句:

    都门贾生墓,青蝇久断绝。寒食摇杨天,愤景长肃杀。

在"合格的读者"的脑海里,依次呈现的是郊外——贾谊墓——无人凭吊(荒草衰飒)——清明时节白杨却在风中摇曳——一种悲愤的情绪、一种肃杀的情景,人们可以由此而联想到贾谊墓前过去曾有过络绎不绝的凭吊者与连绵不断的香烟,而如今却冷落荒疏,就是踏青扫墓的时候,也那么冷冷清清,因而引发一种久远的惆怅。然而,在并不具备这种"认知能力系统"的读者那里,"青蝇"这个典故便使得中间断开了,贾谊墓——?——摇曳的白杨——悲愤与肃杀的感觉,缺少了这个中介环节,不仅大大降低了诗歌的整体可感性,造成了节奏失调,甚至连诗意都会误解。像那个清代最博学的注释家王琦,就把"青蝇"按照《诗·小雅·青蝇》的意思理解为"谗谮之人","青蝇久断绝"就变成了"昔时谮言之人亦归乌有"这种大快人心的好事,但既然是好事又何必"愤"何必"肃杀",于是王琦只好硬着头皮把它扭成"盖妒能嫉贤虽只在一时,而千载之下犹令人恨恨而不能释",因此李贺对今世

---

① 《艺术与视知觉》(中译本)第八章,滕守尧、朱疆源译,中国社会科学出版社,1984 年,第 528 页。

② 王国维《人间词话》,滕咸惠《人间词话新注》,齐鲁书社,1981 年,第 13 页。

的感慨变成了替古人生气①。其实,"青蝇"也可以作"凭吊者"的代称,《三国志·虞翻传》注引《别传》中有一段虞翻自叹放逐的话说"生无可与语,死与青蝇为吊客",与李贺同时的刘禹锡《遥伤丘中丞》诗中就有"何人为吊客,唯是有青蝇"。贾谊墓前空无一人,不免令人惆怅感愤,这样才能与下两句连缀为一个感伤的"意象流"。而在写景的诗中,这种视境中断的恶果就更明显,如王安石的两句诗:

> 萧萧搏黍声中日,漠漠春钼影外天。

"萧萧"是鸟声,"搏黍"是黄鹂,"声中日"暗示夏天黄鹂在阳光(色)下鸣叫(声),"漠漠"是朦胧貌,"春钼"是鹭鸶,"影外天"是指天边(静)朦朦胧胧映着鹭鸶飞过的影子(动),本来这两句不失为一组声色俱佳、动静相生的好诗句,但"搏黍"和"春钼"横亘其中,本来节奏流畅的视境被搅得七零八落,于是读者兴趣全失。杜甫同样两句诗:"两个黄鹂鸣翠柳,一行白鹭上青天。"视觉听觉效果何等清晰流畅!假若改作"两个搏黍鸣翠柳,一行春钼上青天",那么这首诗也就不会引起那么多人的兴致了。

但是,在熟悉典故的那些读者的眼里,这种"隔"——"视境中断"便不存在了。在他们读诗时,这些深奥而有来头的典故并没有给他们带来困惑而只是给他们带来了更多的遐想,这种遐想所引起的暂时停顿,并不是录音机突然断电式的中止而是交响乐曲谱中有意识的暂时休止符号,这短暂的休止实际上成了一种更深刻、微妙的连续,阿恩海姆说:"由声音突然的中止所产生的那种死寂的静止与充满着生机的安静之间是有很大区别的。"②

---

① 王琦《李长吉歌诗汇解》卷二,《李贺诗歌集注》,上海古籍出版社,1978年,第157页。
② 《艺术与视知觉》(中译本)第八章,滕守尧、朱疆源译,中国社会科学出版社,1984年,第528页。

前者是节奏的打乱而后者是节奏的延绵,具有"认知能力"的读者读到这种用典的诗句时,他在瞬间里就理解了典故的涵义,如《漫叟诗话》曾引过苏轼《招持服人游湖不赴》"却忆呼卢袁彦道,难邀骂座灌将军"与《柳氏求字答》"君家自有元和脚,莫压家鸡更问人"两联,在一般读者看来,"呼卢"、"骂座"、"元和脚"等典故无疑很费解,但诗话作者读来却觉得"显而易读,又切当",是"天然"的"奇作"①。再进一步,他又能从中更多地体会到典故在诗中的象征意义与感情色彩,并由典故为联想的契机,在脑荧屏上浮现出典故的原型故事及用过这一典故的诗句,这样,诗句的内涵顿时便丰富了许多,层次也增加了不少。这种诗歌语言现象,西方新批评派文论家阿伦·泰特(A Tate)称之为"张力"(tension),它借助读者的知识使一个意象的外延(extension)与内涵(intension)迅速膨胀,而在宋人杨亿看来,就叫"味无穷而炙愈出,钻弥坚而酌不竭"②,换句话说就是典故像个橄榄,入口之初不觉如何,但越嚼就越有味儿,或者说诗中用典如造院"借景",园内只有曲栏池水,但借着游人的目光,却使远山、蓝天、飞鸟都齐汇小院,使小园平添了许多景致。如黄庭坚《去岁和元翁重到双涧寺观》中有两句:

　　　　安得一廛吾欲老,君听庄舄病时吟。

在知晓"庄舄"典故的人读来,不仅能迅速地反映出"庄舄病吟"指的是越国"鄙细人"庄舄尽管在楚国当了大官,但在病中却依然思念故国,吟其越声的故事,而且进一步体会了黄庭坚在诗句中所表达的一种隐逸之情。如果他能从"庄舄病时吟"中再联想到王粲《登楼赋》"庄舄显而越吟"中对世事沧桑表现出的一种悲怆,联想到杜甫《西阁二首》之一"功名不早立,衰疾谢知音,哀世非王

---

① 郭绍虞《宋诗话辑佚》上册,中华书局,1980年,第363页。
② 《韵语阳秋》卷二,《历代诗话》,中华书局,1981年,第499页。

粲,终然学越吟"中对个人理想表现出的一种惆怅,联想到杨亿《属疾》"支颐动越讴"中那种沉思伤感,联想到苏轼《次韵定国见寄》"越吟知听否,谁念病庄舃"中那种孤独凄清,那么,在这二句诗中,他就能够感受到凄凉、怅惘、孤独、悲哀等各种心境及人生易老,宇宙永恒,颐养天年,退守淡泊等各种思想。C·G·荣格说过:"一个符号一旦达到能清晰地解释的程度,其魔力就会消失"①,在这个意义上说,典故这种艺术符号恰恰是有"魔力"的,在"合格的读者"面前,它已不再包裹着生涩坚硬的外壳而呈露了它的内核,而它的原型及其使用史又引起了一连串的联想,使它具有了极大的"张力",因此,坚硬变成了耐嚼,深藏变成了含蓄,晦涩变成了朦胧,中断的视境不但得到了连续,而且还从它那里重重叠叠、枝枝桠桠地伸展开去,就像"曲径通幽"一样,转过照壁,里边又有一番天地。明人陆时雍说得好:"诗有难易,难之奇,有曲涧层峦之致,易之妙,有舒云流水之情。"②在"合格的读者"面前,用典的诗便既有"舒云流水"的节奏,又有"曲涧层峦"的意境了。

三、用典方式:表达意义与传递感受

"用故实组织成诗",是明人屠隆对宋诗的批评③,不过,据他说用故实组织就只能作散文而不能作诗,这就令人怀疑在这种正确批评的背后有一种并不那么正确的结论,这好比说用肉办的是宴席而用鱼办的就不叫宴席。普通的词汇与特殊的典故都是意象,都是符号,为什么这个符号可以组织成诗而那个符号却不能

---

① 《心理类型》,转引自滕守尧《审美心理描述》,中国社会科学出版社,1985年,第231页。
② (明)陆时雍《诗镜总论》,《历代诗话续编》,中华书局,1983年,第1418页。
③ (明)屠隆《由拳集》卷二十三《文论》,清初刻本。

组织成诗呢?如果按照罗曼·雅克布森(R.Jakobson)和贾恩·穆卡罗夫斯基(J.Mukaǐovsky)等形式主义文论家的说法,恰恰是这些"陌生化"的语言"对普通语言有组织的违反"才成为诗歌语言呢①! 李商隐的诗用典极多,像《锦瑟》八句中三、四、五、六句都是典故,又有谁能说它不像诗呢?还是明代王世懋《艺圃撷余》说得公允:"病不在故事,顾所以用之如何耳。"②正好比肉也罢,鱼也罢,一经高明的厨师之手,便是花团锦簇的佳肴,而叫愚笨的主妇经手,则无论如何上不了台盘。

关于用典方式,古人有各种各样的说法。用典"不可著迹,只使影子可也"③,就是说要把典故"藏"在诗里,如"水中着盐"似的找也找不着④,这是一种;用典要"僻事实用,熟事虚用"⑤,就是说怕读者看不懂,所以太生僻的要到前台去亮出底牌,而熟人熟客只需在大幕后面喊一嗓子,这又是一种;"《事文类聚》事不可用,多宋事也;又不可用俚语偏方之言,摘用《史记》、《汉书》、《东汉书》、新旧《唐书》、《晋书》字样,集成联对"⑥,就是说用典要高雅正派,免得人家读了觉得你浅薄油滑,这又是一种。这些说法大概都不得要领,典故本来就是隐晦曲折的符号,再使个隐身术躲起来,就好像门闩上套锁,化了妆再戴面具,越发地显出难解;僻事实用,熟事虚用当然能让人明白些,但对诗本身的艺术感染力与

---

① 关于"陌生化"参看张隆溪《二十世纪西方文论述评》,三联书店,1986年,第75—76页的介绍。又,维塞《俄国形式主义》的介绍,载《当代西方文学理论导引》,四川文艺出版社,1986年,第4页。
② 《艺圃撷余》,《历代诗话》,中华书局,1981年,第775页。
③ (元)杨载《诗法家数》,《历代诗话》,第728页。
④ (宋)魏庆之《诗人玉屑》卷七,上海古籍出版社,1978年,第148页。据说是杜甫的话,这当然靠不住。又,(宋)叶梦得《石林诗话》卷上也说,用典故要做到"事词合一,莫见其安排斫凑之迹",《历代诗话》,第413页。
⑤ (元)杨载《诗法家数》,《历代诗话》,第728页。
⑥ (元)范梈《木天禁语》,《历代诗话》,第750页。

美感内涵并没有任何增益;用典要古雅固然不错,但充其量也就是使人觉得作者衣冠楚楚、正襟危坐而不是不修边幅、衣衫褴褛,并没有使诗多出几许魅力,反而有让人感到冬烘酸腐的危险。

关键并不在这里。我们不妨挑一些例子来分析古诗用典的类型。

王国维所批评的"桂华"、"红雨"以及我们上面所举的"搏黍"、"春锄"等,大体都是一种"替代性"的用典方式。也就是说,它们就像代数公式中可以"代入"方程的 x、y、z,"桂华"="月","红雨"="桃","搏黍"="黄鹂","春锄"="鹭鸶",虽然换了个面孔,但实际意义完全相同,内涵外延没有丝毫扩大或缩小,充其量.这种用典方式只是一种最低层次的"借喻",《木天禁语》说借喻是"咏妇人者,必借花为喻,咏花者,必借妇人为喻",这是何等拙劣的手法[①],它对于诗歌的情、意、境都没有多少意义。

再看一首《西昆酬唱集》卷上中刘筠的《旧将》:

> 丈八蛇矛战血干,子孙今已列材官。青烟碧瓦开新第,白草黄云废旧坛。劳薄可甘先蔺舌,爵高还许戴刘冠。秋来从猎长杨榭,矍铄犹能一据鞍。

后四句除"长杨榭"是一个"替代性"典故外,"甘蔺舌"、"戴刘冠"与"矍铄据鞍"分别是以廉颇(《史记·廉颇蔺相如列传》)、汉代刘氏所戴象征王侯地位的冠(《汉书·高帝纪》)、刘向年老而能试马请缨(《东观汉记》)三个故事来表达功劳大、官爵高、不服老而精神抖擞等三个意义,除此而外,并没有其他含义。因此,虽然这种用典方式比"替代性"用典方式多了那么一点含蓄,多了那么一层委婉,多了那么一些故事,但依然只是一种表达具体的明确的意义的形式。古诗用典的绝大部分,如以"瓮边吏部"表达嗜酒烂醉之人(语出《世说新语·任诞》,见黄庭坚《送酒与毕大夫》),以"王

---

① (元)范梈《木天禁语》,《历代诗话》,中华书局,1981年,第748页。

祥卧冰"表达孝顺的行为或人（语出《搜神记》卷十一，见柳宗元《献弘农公五十韵》），以"班姬咏扇"表达失宠的哀怨（语出《怨歌行·序》，见刘筠《代意》）等等，大体都是这一类型。明人朱承爵《存余堂诗话》曾痛斥"孙康映雪寒窗下，车胤收萤败絮中"二句道："事非不核，对非不工，恶是何言也！"①正是因为这种用典于诗的意境无补，用西方文论家的术语来说，就是没有增加语言的"张力"。J·浮尔兹《亚里斯托斯》说：

> 科学——就其字面意义而言，是不惜任何代价的精确，
> 诗歌——则是不惜任何代价的包揽。②

但是，这种把古人的故事翻个个儿浓缩成几个字来指代或表达某种意义的用典方式，并没有使诗歌语言产生实质性的"包揽"即内涵放大，换个角度说，就是在读者心中，它的"效应"只不过是传达了某种明确的意义，指代性的典故甚至可以与被指代的词划等号，而表达意义的用典方式虽然在几个字中包容了一个故事及这个故事的指代意义，但也未能使它本身具有更大的融摄性，正如王安石所说，"盖皆取其与题合者类之，如此乃是编事，虽工何益！"③因此，它的"精确性"是可以解析清楚的，西方文论家 H·弗兰克所谓中国诗歌语言的"两端开放"（openendedness）特点，恰恰在这种用典方式中消失殆尽。

然而，有一种借典故来传递感受的方式却提供了成功的用典经验。

宋人魏庆之在《诗人玉屑》卷七中说，"有意用事，有语用事"④，所谓"语用事"即我们上面所说的"表达意义"的用典方式，

---

① 见《历代诗话》，中华书局，1981年，第792页。
② 《英国作家论文学》（中译本），吕国军译，三联书店，1983年，第560页。
③ 见《宋诗话辑佚》下册，中华书局，1980年，第419页。
④ 《诗人玉屑》卷七，上海古籍出版社，1978年，第147页。

它的功能是普通语言学的;但"意用事"则不同,它的功能是诗歌语言学的。这些典故在诗歌中传递的不是某种要告诉读者的具体意义,而是一种内心的感受,这种感受也许是古往今来的人们在人生中都会体验到的,古人体验到了,留下了故事,凝聚为典故,今人体验到了,想到了典故,这是古今人心灵的共鸣,于是典故便被用在诗中。这样,典故的色彩与整个诗的色彩,典故的情感与整个诗的情感便达到了协调,典故也因此成为诗歌语言结构的有机部分而"淡化"了本身的"特殊性"。所以,既不能把它从诗歌中分解出来,也不能用其他意象去"置换"。

我们仍以李商隐《锦瑟》中的四句为例:

> 庄生晓梦迷蝴蝶,望帝春心托杜鹃。
> 沧海月明珠有泪,蓝田日暖玉生烟。

"庄生晓梦迷蝴蝶"用的是《庄子·齐物论》中的故事,庄子梦中幻化为"栩栩然蝴蝶",十分愉快与自由,忘记了自己是庄子,但突然梦醒,才惊觉了自己是人,他恍然迷惘,"不知周之梦为蝴蝶与?蝴蝶之梦为周与?"这里隐含的,是庄子对人生的困惑,究竟人世间是真实,还是梦幻是真实,真实的世界里为什么人负荷了那么多痛苦而梦幻的世界中为什么却有着那么多的自由?因此,"梦蝶"中传递的是人生体验的"迷惘"。"望帝春心托杜鹃"用的是《华阳国志》里的故事,望帝本是蜀王,后来让位给他人,自己在西山修道,后来化为杜鹃鸟,到春天便悲鸣不已,据说一直要到啼出血来才罢休。鲍照《拟行路难》云"中有一鸟名杜鹃,言是古时蜀帝魂,声音哀苦鸣不息,羽毛憔悴似人髡",杜甫《杜鹃》云"杜鹃暮春至,哀哀叫其间,我见常再拜,重是古帝魂",雍陶《闻杜鹃二首》之二云"蜀客春城闻蜀鸟,思归声引未归心",白居易《琵琶行》云"其间旦暮闻何物,杜鹃啼血猿哀鸣",在辗转的引述、使用中,"望帝杜鹃"逐渐包孕了一种人生无归宿似的失落心情,一种苦苦追索却毫无结果似的悲凉感受。"沧海月明珠有泪"用的是《博物志》卷九鲛人泣珠的故事,在这里,李商隐只是取了"泣泪"来传递一种伤感的情绪,本来珍珠就是鲛人泣的泪,而这里却珠亦有泪,泪中有泪,饱含了无限的哀怨。"蓝田日暖玉生烟",这个典故的原型已经不太清楚了,《汉书·地理志》说"蓝田山出美玉",中唐诗人戴叔伦曾说"诗家之景如蓝田日暖,良玉生烟,可望而不可置于眉睫之前也"①,大致说的是一种迷茫朦胧的景色,在李商隐的这首诗中,则传递了一种迷茫朦胧的情绪。这样,四句诗便传达了这样一些内心感受:迷惘、悲凉、伤感、恍惚,合起来便烘托出一种不可名状的朦胧"情绪",于是,它与开首两句"锦瑟无端五十弦,一弦一柱忆华年"中的"无端",末尾两句"此情可待成追忆,只是当时已惘然"中的"惘然"交相共鸣,构筑起整首诗的"情感氛围",读者一读到它,便被这种"情感氛围"笼罩了心灵,感受到了诗人的心境,丝毫也不觉得典故在那里造成任何隔阂或屏障,因为它们已经融入到情感氛围中去了。至于典故具体表达什么,没有必要去管它,它也许什么具体意义也不表达,只传递一种感受,一种"追忆华年"时的感受。梁启超说过,《锦瑟》等诗讲什么,他根本不明白,"拆开一句一句叫我解释,我连文义也解不出来,但我觉得它美,读起来令我精神上得到一种新鲜的愉快"②,这就够了! 诗歌并不是包装在商品外面的"说明书",也不是小学生的语文教科书,它的意义并不是要具体地告诉人们什么,而只是以情以意来感动人的心灵,因此,这种传递感受的用典方式,应该说是一种独特而有效的诗歌语言手段。试以同样用"庄生梦蝶"、"望帝杜鹃"来表达具体意义的诗来比较,李中《暮春吟怀寄姚端先辈》:

---

① (唐)司空图《与极浦书》引,《全唐文》卷八○七,上海古籍出版社影印本,1990年,第762页。

② 梁启超《中国韵文里头所表现的情感》,《饮冰室合集》第4册,中华书局,1989年,第120页。

> 庄梦断时灯欲烬,蜀魂啼处酒初醒。

虽然它与《锦瑟》三四两句用的同样的典故,但这里只是用"庄梦"来指代"梦",用"蜀魂"来指代"鸟"。尽管这两个典故本身所容纳的情感内涵也许能使读者想到些什么,但毕竟它们表达的是两个具体的明确的事物,因此比起《锦瑟》来就逊色多了。再如陆游《遣兴》:

> 听尽啼莺春欲去,惊回梦蝶醉初醒。

其中虽然也有些伤春追怀之意,但是,全诗以及这两句诗却在整体上缺乏一个与典故情感内涵交融互映的"情绪氛围",而且它的具体意义过分地凸现——"春欲去"的季节性及"醉初醒"的人的状态——因此,典故便显得孤立,又变成了具体意义的表达性词汇了。

当然,传递感受的用典方式在选择典故上有极大的限制性,即特指典故不能用(如"二千石"、"三公"等),因为它过分明确的指代性不可能使它有"张力",无特殊情感内涵的常用故事不宜用(如"约法三章"、"召公棠政"、"大笔如椽"等),因为没有感情与哲理内涵的典故不能引起心灵的"共鸣",所用的典故必须是:

——字面有一定的视觉美感,如"孤鸾舞镜"、"秋风鲈脍"、"琴高控鲤"等;

——故事有一定的情感色彩,如"苏门长啸"的孤高旷愤,"对床夜语"的闲适怡乐,"刘阮天台"的喜悦向往等;

——最好是典故中包含了古往今来人类共同关心与忧虑的"原型",比如生命、爱情、人与自然、人与自我等,因为它们才最具有"震撼我们内心最深处"的力量。这样,才能够使古人的故事与我们的故事水乳交融地溶合在一起,才可以使读者感到格外酣畅淋漓,因为"在这种时刻,我们不再是个人,而是人类。全人类的声音都在我们心中共鸣"①。

四、典故注释:对"动机史"的阐释

典故的注释,首先应该说明的无疑是它的形成与凝聚、使用过程。西方阐释学家们把这种语言的形成、使用、转述过程称为"动机史",并认为这种"动机史"是构成它们全部内涵与外延的前提条件之一,正是因为在这种不断的使用、转述过程中,词语才有可能积淀与容纳超出其字面的内容或改变其原来的意义,伽达默尔说道:"由于它(阐释学)一定可以得到每句话由其动机史所表现出的意义,所以它就超出了逻辑上可理解的说话内容。"②

中国古代诗歌典故的注释曾以繁琐而详尽的征引而自豪,也以征引的繁琐与详尽被讥贬。这种广征博引的学究式注释虽然本来应该在典故的形成与使用过程的阐释上给人们以启示——因为它引了那么多资料,而这些资料实际上就是典故形成与使用的实例——然而,旧式注释的目的性却使它要么仅仅关心其原始"出处",在溯"源"时忘了"流";要么就是毫不相干地引些杂乱而并不典型的例子来炫耀博学而忽略了清理典故内涵演变的"正脉";要么就是忘记了这些典故是用在这首诗里的,从而变成了开列展品式的注解,以致读者越看越糊涂。比如清代那位蒋清翊注王勃的《滕王阁序》中的"渔舟唱晚"、"雁阵惊寒",引了《颜氏家训》的"伍员之托渔舟"和《易林》的"九雁列阵",真不知道伍子胥逃命时所藏身的渔舟、列阵的九雁与唱晚的渔舟、惊寒的雁阵有

---

① C·G·荣格(Carl Gustav Jung)《论心理学与诗的关系》,亚当斯编《柏拉图以来的批评理论》,第 818 页,参见《二十世纪文学评论》上册,上海译文出版社,1987 年,第 337 页。

② J·理特尔《哲学历史词典》中伽达默尔所撰《诠释学》词条,转引自《哲学译丛》1986 年 3 期。

什么联系①。又如吴兆宜注庾信《拟咏怀》之七"青山望断河",引了江总《别袁昌州》"青山去去愁",也不知道这青山与那青山有什么相干②,仅仅凭着字面上的相似而不顾及典故在诗中的所指,往往使注释不着边际,毫无作用。

但是,这种繁复的征引毕竟是一种有潜在意义的方式,它的广征博引常常无意中涉及到了典故的转述、使用过程,即我们上面说的"动机史的实例",如果我们能够把它改造为有意识地按照"动机史"的阐释要求而进行的系统引征,那么,典故内涵的形成、使用、凝聚、演变过程不就在这种有目的有系统的引述中呈露了吗?比如钱钟书先生《宋诗选注》的注释从表面上看来与旧注释方式很相似,但是,首先,由于注释的目的不是纯粹为了说明"原始出处",也不是为了炫博③,而是为了艺术欣赏,这样,注释的重心就由单纯的说明性解释转向了诗歌语言艺术内涵的阐释,引征的材料就由毫不相干或关系不大的例证转向了与诗歌语言的艺术内涵演变有密切关系的例证;其次,为了说明诗歌语言艺术内涵演变的轨迹,就必须清理它是怎样在古往今来诗人的手里被使用、改造、转述的,它在读者心中引起的联想范围是怎样变化、扩展、转移的,因此,注释就不再是学究式的陈列,而是有意识的艺术阐释学了。当然,这样的注释方式向作注的人提出了很高的要求,冬烘的学究不行,不负责任的搪塞者不行,没有艺术感的"书橱"不行。可是,恐怕只有这样,才能真正做到伽达默尔所说的,解释出了典故的"超出了逻辑上可以理解的说话内容"。

---

① 《王子安集注》卷一,光绪九年(1883)吴县蒋氏双唐碑馆刻本。
② 《庾开府全集笺注》卷四,参见金开诚、葛兆光《历代诗文要籍详解》,北京出版社,1988年,第350页。
③ 参见《宋诗选注》第十一页林逋《孤山寺端上人房写望》"零落棋枰葑上田"句注、第三页郑文宝《柳枝词》"载将离恨过江南"句注及一九七页陆游《游山西村》"山重水复疑无路,柳暗花明又一村"句注等。

中国古代"典故"常常又被称为"故事",这种字面上的偶合似乎提醒我们注意,典故大多包容了一个过去的故事,以及这个故事大多出自典籍,——比如"辽东鹤"出于《搜神后记》卷一"丁令威"故事,"和氏璧"出自《韩非子》楚人和氏献玉璧之璞于楚王的故事,"鸥鸟忘机"出自《列子·黄帝》海上人与鸥鸟相往来的故事——在这些典故产生之初,有的并没有特殊的隐喻意义,像"黄庭换鹅"乃是《晋中兴书》所记的王羲之佚闻,"山鸡舞镜"本是《异苑》中的一个动物趣话;也有的一开始就蕴含了某种特殊的隐喻意义,如出自《三国志》裴注引《魏氏春秋》的"世无英才,遂使竖子成名",是阮籍怀才不遇,也是对人生命运的一种感慨,出自《晋书·索靖传》的"铜驼荆棘",乃是索靖的一句话,它包含了对世事变迁的一腔悲愤。但是,无论它原型的内涵是什么,当它一作为典故被人们再次使用时,它就在形式与内容上发生了变化,首先是它常常由一个故事凝聚为几个精练的字;其次是它不一定再是原来的意义而有可能是使用者重新赋予的意义,如"夸父追日",有人取其以夸奖英雄精神,有人用来以嘲讽不自量力;又如"路穷而哭"本来是阮籍一腔悲愤的宣泄,而后人用它时,有时表示对英雄末路的悲哀,有时表示一种对悲鸣者的蔑视。如杜甫诗中既有"苍茫步兵哭,展转仲宣哀"[1],"多病马卿何日起,穷途阮籍几时醒"[2],也有"此生遭圣武,谁分哭穷途"[3],"齿落未是无心人,舌存耻作穷途哭"[4]。因此,在辗转的使用、转述过程中,典故的意义被一代又一代使用者们分化、综合、积累、变异,在一个典故中,意义

---

[1] 《秋日荆南述怀三十韵》,《杜诗详注》卷二十一,中华书局,1979年,第1904页。
[2] 《即事》,《杜诗详注》卷二十,第1783页。
[3] 《大历三年春白帝城放船四十韵》,《杜诗详注》卷二十,第1787页。
[4] 《暮秋枉裴道州手札率尔遣兴寄递呈苏涣侍御》,《杜诗详注》卷二十三,第2016页。

的外延内涵越来越扩展变化,滚雪球似的在原来的意蕴上生出新的意蕴,添油加醋的结果是使它变得越来越复杂。"望帝"的故事最初其悲怨色彩是很淡的,据《蜀王本纪》,望帝颇为无能,治不了水,而鳖灵代他治了水,所以他才退位,而且他还趁鳖灵去治水与鳖灵妻子私通,所以他并不怎么让人同情,但《禽经》引李膺《蜀志》,则有了"化为杜鹃鸟……至春则啼,闻者凄恻"的悲剧气氛,而唐代陈藏器《本草拾遗》又加了一句"人言此鸟,啼至出血乃止",于是悲哀的气氛就越发浓了。到宋人《太平寰宇记》"望帝自逃之后,欲复位不得,死化为鹃",则把自愿退位变成了被篡夺帝位,把可怜的悲哀变成了愤怒的悲怨。从鲍照《拟行路难》到杜甫《杜鹃》都强化了这个故事的悲剧意味,而唐人来鹏《寒食山馆书情》"蜀魂啼来春寂寞",在这典故中又添了一重寂寞的悲哀,雍陶《闻杜鹃》"蜀客春城闻蜀鸟,思归声引未归心",在这典故中又添了一重思乡的悲哀,李商隐《锦瑟》"望帝春心托杜鹃",在这典故中又添了一重年华已逝的悲哀,宋人王令《送春》"子规夜半犹啼血,不信东风唤不回",在这典故中又有了伤春的悲哀,于是,当后人再用这个典故的时候,这个简单的语言符号中就负载了这重重叠叠地积淀下来的意蕴。那么,当我们注释时,就应该把这些融会在典故中的重重叠叠的意蕴按一定的顺序揭示出来,在这样的注释面前,包裹在典故表层上的那一层坚硬晦涩的外壳不就一层层脱落,其中的美感内涵不就一重重地展示了吗?今人不也就能像"合格的读者"那样欣赏到那"曲涧层峦之致"了吗?更重要的是,在这里,或许我们还可以看到旧式注释学与西方阐释学、美学、心理学、语言学汇通的前景。

第六章 论虚字

——中国古典诗歌特殊语词的分析之二

第六章　论虚字

　　我在《论典故》和《论诗眼》这两章里分别讨论中国古典诗歌里特殊名词及特殊动词的作用，这一章里我想讨论的是另一种词即虚字的意义，这里所说的"虚字"是中国古代就有的概念，大体等于现代语言学里说的"虚词"，即名词动词形容词之外，本身并不具有独立意义，必须依附于其他词才能有其意味的"词"①。

　　"虚"这个字在中国话中和"实"相对，有时常常有一种"一无所有"的意思，和"空"、"无"相连就强调了它的这种意味，像旧时成语里的"虚席以待"、"虚心求教"，有时它又有一点儿"空幻"的意思，与"假"、"伪"相连就凸显了它的这种意义，像旧时成语里说的"虚情假意"、"假凤虚凰"。作为"字"的定语，"虚"这个字使虚字给人的印象似乎是可有可无，在旧时诗歌评论里就常可以看见这种对虚字的轻蔑意见，有名的如明谢榛《四溟诗话》关于"实字多则意简而句健，虚字多则意繁而句弱"那两句话。古代评论者的意见支持着这种偏见，而现代的一些文艺理论中对中国诗只言片语的评论，又使这种偏见放大成了定见，仿佛中国诗的好处就是那种"直观呈现"与"意象平列"②，于是对虚字越发地深恶痛绝，恨不得将它放逐出诗的国土。那一首马致远的《天净沙》被翻来覆去地当作佳例，而来自山水画法的"散点透视"和电影技法的"蒙太奇"也常成了排除虚词的理由，一说起中国诗来就把摆落虚

---

① 这里不用"虚词"而用"虚字"其实就是为了与现代语言学的概念相区别，吕叔湘《开明文言读本》里有一段话说："这里所说的虚字范围较广，不但是代词，介词，连词，语助词，还包括好些个副词；换句话说，除了名词，动词，形容词。"他用"虚字"而不用"虚词"可能也是因为这种缘故。见《文言虚字》附录，上海教育出版社，1978年，第131页。

② 比如叶维廉《中国古典诗中的传释活动》极力称赞"中国古典诗里利用未定位、未定关系或关系模糊的词法语法，使读者获致一种自由观感、解读的空间"。他的另一篇《语法与表现：中国古典诗与英美现代诗美学的汇通》也说到中国诗"能以不决定不细分保持物象之多面暗示性及多元关系，乃系依赖文言之超脱语法及词性的自由"，其实就包括摆脱虚字系连的"并置""平行"的句法。见《中国诗学》，三联书店，1992年，第18页；《寻求跨中西文化的共同文学规律》，北京大学出版社，1987年，第66页。

字甚至动词的句法当作中国诗的特点甚至特长。

少用虚字或不用虚字的想法很早就有,相传晚唐五代时的卢延让就说过两句关于写诗的大白话叫"不同文赋易,为有者之乎",就是说诗歌里不用虚字,但是也有人并不同意他这个意见,说他对诗歌还没有真懂①。的确,就像一堆散乱的积木当然能够搭出多种花样,用胶水粘住的木块显然只能是一种形状一样,名词的直接排列能够拓展想象中的视觉空间,而羼入了动词或虚字的句子则限制了表述的意思。不过,有时候诗歌也需要虚词的连接来表达更委婉曲折的意蕴,就像要搭出一个错落斜出的拱桥就不得不靠水泥石灰来连接一块块砖一样,当这一块块砖凭借着粘接剂的力量延伸出去成为一座拱桥时,人就能踏着桥梁走向彼岸。同样,在中国古典诗歌里,有时凭着虚字的帮助,意义和境界也能延伸出很远,尽管虚字本身单独抽出来也许并没有什么具体的意味,下面就是一些具体的例子。

一、"自"字的分析:"转从虚字出力"

在古诗里用虚字没有人反对,但在讲究声律的近体律绝尤其是律诗里中间对称的四句中用虚字就常常受到批评,除了前面所说的《四溟诗话》外,更早的批评意见如《苕溪渔隐诗话》前集卷五十引黄庭坚的"诗句中无虚字方健雅"和陶宗仪《辍耕录》卷九引赵孟𫖯的"作诗虚字殊不佳"。不过,事情也有例外,杜甫《上兜率寺》有两句诗"江山有巴蜀,栋宇自齐梁"、《滕王亭子》有两句"古墙犹竹色,虚阁自松声"②,就很得后人的称赞。宋代叶梦得在《石

---

① 见《能改斋漫录》卷十,"让"原作"逊",乃宋人避讳改。上海古籍出版社,1979年,第294页。这首诗题为《苦吟》,见《唐诗纪事校笺》卷六五,中华书局,2007年,第1744页。

② 《杜诗详注》卷十二、卷十三,中华书局,1985年,第991—992页、第1090页。

林诗话》中说,"诗人以一字为工,世固知之,惟老杜变化开阖,出奇无穷,殆不可以形迹捕",下面就举了前两句诗为例子,并大加赞扬道:"远近数千里,上下数百年,只在有与自两字间,而吞纳山川之气、俯仰古今之怀,皆见于言外。"接着又以后两句为例说:"若不用犹与自二字,则余八言凡亭子皆可用,不必滕王也,此皆工妙至到,人力不可及。"①

前一句里的这个妙不可言的"自"字,说来就是一个虚字,它的意思只是指示它前面的"栋宇"是从它后面的"齐梁"时就有的,正如杨树达《词诠》里所说的"由也,因也",后一句里的那个非它不可的"自"字,看上去近于一个狭义的虚词,和上面一句里的"犹"字相对,表示虚阁依然充满了松涛的声音。《石林诗话》这一连串赞叹至少可以证明,并不一定实词密密麻麻不透风才算好诗,有时候用上一两个虚字也能够使诗歌变得意味深长,像这两个"自"字。那么,这两个"自"到底好在什么地方让叶梦得如此倾倒?

前一首诗只有八句,让我们引在这里:

兜率知名寺,真如会法堂。江山有巴蜀,栋宇自齐梁。庾信哀虽久,周颙好不忘。白牛车远近,且欲上慈航。

其中用了好几个典故,但意思还是明白的,无非是说兜率寺年代久远,视野开阔,自己希望能在这里得到佛教的接引和启迪,用对永恒的领悟来淡化对家国一时的哀伤。其中"江山""栋宇"二句,按仇兆鳌的说法,就是"江山兼有巴蜀,写其形胜,栋宇起自齐梁,推其古迹"。这个解释虽然并不错,但他没有细细体验那一个"自"字所蕴涵的时间的流动感,那种对悠久而辽远的历史的感慨,是由于一个"自"字而产生的,这个"自"字使兜率寺楼阁殿堂的雕梁画栋仿佛是从幽深的历史深处蔓延过来似的,携带着几百

---

① 《石林诗话》卷中,《历代诗话》,中华书局,1981年,第420页。

年岁月的沧桑。难怪清代的赵翼在《瓯北诗话》卷二里把这一联说成是杜甫五律中的第一,跟着叶梦得说道,"东西数千里,上下数百年,尽纳入两个虚字中,此何等神力"[①]。另一个管世铭在《读雪山房唐诗序例》里也跟着叶梦得对这几句倍加称赞,说五律"用虚字易弱",只有杜甫这几句"转从虚字出力"[②]。确实,如果把它换成"齐梁栋宇留",就似乎是在陈述一个简单的事实似的没有多少深沉的历史意味了。

后一首诗也是五律:

寂寞春山路,君王不复行。古墙犹竹色,虚阁自松声。鸟雀荒村暮,云霞过客情。尚思歌吹入,千骑拥霓旌。

这是一首怀旧伤今的诗歌,杜甫看到滕王阁子如今已经人去楼空,不禁悲从中来,过去繁花似锦的地方如今只剩下了一片寂寞,惟有古墙还是当年的颜色,空荡荡的楼阁还响着昔日的松声,于是希望能够再现往日的歌吹和骑仗所显示的升平气象。三四句中的"犹"和"自",使永远不变的景色与不能忘情的过客形成了一个对比,古墙和虚阁不管人世的变迁,依然是过去的竹色和松声,可一代代的人却经历了盛衰的巨变,处在乱世里的人们已经无心流连古迹。一个"犹"字暗示了滕王阁子还是过去的滕王阁子,古墙照旧映着昔日的竹色,并不以岁月流逝而改变,一个"自"字,却暗示了景色虽然依旧,可已经不复当年的繁华,松声固然是往日的松声,但楼阁已虚,不见当年听松的游客。那个"犹"字就好像"木犹如此人何以堪"的"犹",这个"自"字则似乎是"荒庭无人青草自绿"的"自",有了这个"自"字,这句诗就好像"年年岁岁花相似,岁岁年年人不同"(刘希夷《代悲白头翁》)或"庭树不知人去尽,春来还发旧时花"(岑参《山房即事》)的意思。杜甫在另一首

---

① 《清诗话续编》,上海古籍出版社,1983年,第1152页。
② 《清诗话续编》,第1551页。

《蜀相》里再一次用了这个"自"字,"映阶碧草自春色,隔叶黄鹂空好音","自"和"空"相对,这一层意思就更明确了,试把这两句诗改为"古墙映竹色,虚阁响松声",成了对客观现象的一个简单陈述,读来还会有伤今怀古的深沉么?宋代有一个葛立方看出杜甫用这个"自"字的秘密,就说因为杜甫在世道纷乱的时候"感时对物则悲伤系之",可是物终究是无情之物,所以常用一个"自"字来表现"人情对境,自有悲喜,而不能累无情之物",而用"自"在的无情之物反衬,就更能写出不能"自"在的有情之人的悲苦[①]。

宋代人魏庆之在《诗人玉屑》卷八《锻炼》里记的一件事情似乎是对近体诗用虚字的委婉批评,他说曾吉甫的诗句"白玉堂中曾草诏,水晶宫里近题诗"不好,因为中间用了"中"、"里"这两个虚字,韩子苍给他改为"白玉堂深曾草诏,水晶宫冷近题诗",用两个实字"深"、"冷"代替了那两个虚字,于是"迥然与前不侔,盖诗中有眼也",大概是因为那两个指示方位的虚字妨碍了想象又少了意思,那两个实字则给诗增加了堂深宫冷的感觉又没有添加字数。可是同是宋代人的吴可却在《藏海诗话》里用一个自己的创作实例说了一个相反的看法,他说,他曾为人所临的帖题诗一首,前两句是"游戏墨池传十体,纵横笔阵扫千军",这两句对仗很工整,没有什么不好,但他却觉得应该把"游戏"改为"漫戏",把"纵横"改为"真成",他说用了两个虚字后,"便觉两句有气势,而又意脉联属"。有人说用虚字好有人说用虚字不好,其实,各有各的理,一个用得不当的虚字有时候会损害一首诗的意境[②],反过来,

---

[①] 《韵语阳秋》卷一,《历代诗话》,中华书局,1981年,第484页。而清代薛雪也在《一瓢诗话》第173则中指出杜甫"下一自字,便觉其寄身离乱,感时伤事之情,掬出纸上",人民文学出版社,1979年,第141页。

[②] 像上面提到替曾吉甫改掉虚字的那个韩驹(子苍)他自己用虚字的时候就不那么高明,如"曲栏以南青嶂合,高堂其上白云深",这里的"以南"和"其上"也用了限定方位的虚字,比起曾吉甫那两句还显得啰嗦和笨拙,而且斧凿的痕迹更重。

一个用得好的虚字也许可以蕴涵相当深邃的哲理①,像前面说到的杜甫那两联。宋人范晞文《对床夜语》卷二就特意说到这是虚字的功劳,"虚活字极难下,虚死字尤不易,盖虽是死字,欲使之活,此所以为难",正因为杜甫虚字用得好,所以这两联"人到于今诵之"。看来,用虚字本身并没有罪过,要紧的还是怎么用②。

二、虚字的意味:传递感受与曲折意思

现象世界里有声有色可触可摸的事物当然用实字来表示,但是,语言不能只承担对现象世界漫无秩序的客观描述,它必须站在一个观察者的角度说明事物的方位、时间、因果、状态等等,一旦用时间、空间、因果、次第给现象世界清理出秩序,这时表示时空因果的虚字就进入了语句,用语言的人毕竟有自己的判断要表述,有很多自己的感觉要叙说③。诗歌当然要用形象来传递意思,不过这"意思"里也有很多自己的体验在里面,诗人不可能只是把看到听到的声色味嗅触用实字一古脑儿和盘推出陈列在读者面前而不叙说自己的感受,当诗歌要叙说诗人的感受时,仅仅是实

---

① 古人常常以禅喻诗,这里不妨引一个禅师的话头。《云门文偃禅师语录》中有一段问答,人问:"如何是佛法大意?"文偃答道:"春来草自青。"这里的"自"字就使春天草青这一自然界普普通通的现象凭空添了一种无言独化的哲理意味,因为这种春来草生是不为人而生的,"天何言哉,四时流行",这正是禅者所追求的无心于物的境界,所以曹溪退隐在《禅家龟鉴》里用这样富于诗意的话来解释"春来草自青":"绿草青山,任意逍遥,渔村酒肆,自在安眠。年代甲子总不知,春来依旧草自青。"

② 《历代诗话续编》,中华书局,1983年,第418页。这个意见后来很多人都曾说到,像清代朱庭珍《筱园诗话》卷三关于"运虚为实",使"虚字如实字",贺贻孙《诗筏》关于下虚字要"有力",《清诗话续编》,上海古籍出版社,1983年,第2375、140页。

③ 关于字的这两种功能宋代学者陆九渊就注意到了,他在给朱熹的一封信里说:"字之指归,又有虚实,虚字则但当论字义,实字则当论所指之实。""字义"是字在句子里的意味,"所指之实"则是说字所指代的那一事实、现象或物体。见《陆九渊集》卷二《与朱元晦》,中华书局,1980年,第28页。

词就显得捉襟见肘了。比如河里有一条船正在航行,只用"河"、"船"、"走"三个字就已经把事物及动作穷尽了,但这三个字要组成一句话却不够,孩子在缺乏足够的表达能力时可能会直说"河、船、走",但一个有充分思维与表达力的成人却要表达观察者的意思,他至少还得加上表示方位的虚字"中"组成"河中船走",甚至还得加上表示时间状态的虚字"在"组成"河中船在走"来表达自己的判断。孩子的真实固然可贵,但毕竟这种童稚话语不能表达复杂意思。再比如一个人写自己的悲痛来引起别人的同情,就直说自己"伤心""落泪",虽然很明白清楚,但显然无法打动听者,倒是"欲哭无泪"和"欲语还休"加上了表示心理状态的虚字"欲"、"还",构成的转折吞吐更能让人感到你心里的哀婉悲伤。同样,诗人想在诗句里加进并表达自己的心理感受,那么就不得不用虚字来传递,《南邻》里有名的"秋水才深四五尺,野航恰受两三人","才"、"恰"就是两个标准的虚字,"才"的意思仿佛"仅仅",秋水仅仅四五尺深暗含了有些意外的味道,"恰"的意思仿佛"刚好",野航刚好容下两三人潜藏了有些惊喜的感觉,这意外惊喜都是杜甫的心理感受;白居易《钱塘湖春行》也有两句有名的诗句,"乱花渐欲迷人眼,浅草才能没马蹄","渐欲"、"才能"也是两组虚字,"渐欲"显得繁花纷纷扑面而致使诗人越来越产生眼花缭乱的感觉,"才能"表现春草初生使得诗人有一种欣喜和爱怜的心情,如果把它改成"乱花迷人眼,浅草没马蹄",读者还能体会到多少诗人心里的感觉呢?

靠着虚字的产生,语言才能清晰而且传神,有了虚字的插入,诗歌就更能传递细微感受,凭着虚字的铺垫,句子才能流动和舒缓,虚字在诗歌里的意义是,一能把感觉讲得很清楚,二能使意思有曲折,三是使诗歌节奏有变化。按照古人的说法,虚字可以分为好几类,如起语辞、接语辞、转语辞、衬语辞、束语辞、叹语辞、歇语辞等等①。其实起语（如盖、且、夫）、衬语（如以、之、其）、束语（如大底、要之）、叹语（如噫、吁、嗟夫）、歇语（如也、哉、者）等类在近体诗中用得并不多，偶尔用上也多是为了调整节奏，而接语和转语在近体诗中则常常起了承上启下的递进和翻转意义的转折作用，使诗人的心里意思细微详尽地传递出来。清人刘大櫆《论文偶记》里说过一段话："上古文字初开，实字多，虚字少，典谟训诰，何等简奥，然文法自是未备，至孔子之时，虚字详备，作者神态毕出。"这话很有道理，也很符合文字由简而繁的逻辑。"古人造字，不为文词而起，必无所用虚字，如'之'者，出也，'焉'者，鸟也，'然'者，火也，'而'者，毛也，皆古人之实字，后人借为虚字耳"②，后人之所以要从实字那里借用虚字，就是为了传递更复杂的心里意思，"文必虚字备而后神态出"，神态就是作者要表现的意趣。诗歌自然也是要靠一些虚字的介入才能显示自己的心理体验，"诗言志"，志就是诗人要传递的情感，意趣与情感毕竟不是实在的事物，光用实字是没法凸显那心里委婉而细腻的意思的，而诗歌恰恰是表现人类最委婉细腻的体验和感情的语言形式。清人袁仁林《虚字说》说道："千言万语，止此数个虚字，出入参伍于其间，而运用无穷，此无他，语虽百出，而在我之声气，则止此数者，可约而尽也。"③他是研究虚字的，对虚字自有些过分的偏爱，但他说的这段话里的"我之声气"四字却颇有道理，要客观直陈现象世界，当然可以不用虚字，但要表现"我"的主观世界，则没有虚字是寸步难行。其实，说到底，又有哪一个现象世界是可以离开观察者的观察和描述而自行显现的呢？又有哪一个诗歌的境界是不需诗人的心理体验和语言加工而是把意象如原生状态那样朴素

---

① 见清王鸣昌《辨字诀》、清课虚斋主人《虚字注释》，转引自《古汉语语法学资料汇编》，中华书局，1964年，第98—99页。
② 王筠《说文释例》，中华书局，1987年。
③ 袁仁林《虚字说》，丰县熊氏校刊本，第38页。

直陈的呢？

　　对于中国古代近体诗的句法，有一种说法很有影响，就是要精练而意多，宋人吴可《藏海诗话》批评说，通常"七言律一篇中必有剩语，一句中必有剩字"，但是"草草杯盘供笑语，昏昏灯火话平生"这两句好就好在没有"剩字"①。《麓堂诗话》在说到那一首人人皆知的温庭筠《商山早行》"鸡声茅店月，人迹板桥霜"时，也说它的好处在于不使用任何"闲字"，"止提缀出紧关物色字样而音韵铿锵意象自足"②，这本来不错。可是，似乎所谓"剩语"、"闲字"首当其冲的就是虚字，仿佛虚字在诗里是多余的"剩余"或"帮闲"，连"跑龙套"的角色都不够格，羼在诗里既占字数又碍手脚，这就未必然了，因为虚字本身虽然没有独立的意义，但用在诗里却常能使诗增加很多意思。方东树《昭昧詹言》卷十一提出一个写诗的原则，"凡短章最要层次多，每一二句即当一大段"③。这话是有来历的，宋代人就特别欣赏那种意思紧凑层次重叠的句法，《鹤林玉露》乙编卷五就对杜甫《登高》中的"万里悲秋常作客，百年多病独登台"极为赞赏，说它"十四字之间含八意，而对偶又精确"④，仿佛写诗是打电报，字数越少越显得高明。字数少，就只好委屈虚字让它退出诗句，宋人吴沆《环溪诗话》卷上就说杜甫诗的妙处是"一句话说多件事"，他举了一个例子，"'旌旗日暖龙蛇动，宫殿风微燕雀高'，即是一句说五件事"。并且说，它之所以能这么经济节省，是"惟其实，是以健，若一字虚，即一字弱矣"⑤。可是我们发现这种言简意赅并不见得高明，虽然它说了很多"事"，充其量是把诗句变得很挤意象变得很密，如果按这种说法，那么《急

---

① 《历代诗话续编》，中华书局，1983年，第335页。
② 《历代诗话续编》，第1372页。
③ 《昭昧詹言》卷十一，人民文学出版社，1961年，第239页。
④ 《鹤林玉露》，中华书局，1983年，第215页。
⑤ 《冷斋夜话　风月堂诗话　环溪诗话》，中华书局，1988年，第124页。

就篇》就成了诗歌的极致了。清人王应奎《柳南续笔》卷一有一段故事给我印象很深,他说汪钝翁和钱谦益意见常常相左,有一天就问钱氏门人严白云:"公在虞山门下久,亦知何语为谛论。"这当然是挑衅式的问话,严氏回答道,"诗文一道,故事中须再加故事,意思中须再加意思",汪钝翁"不觉爽然自失"[①]。故事中再加故事,也许是说征事用典,这在语言上可以划入实词,我们姑且不去管它,意思中再加意思,有时恐怕就要借助于虚字的使用了,这里应该加以讨论,我们把这种用虚字使"意思中再加意思"的方式归结为曲折意脉或翻过一层。

三、"意思中再加意思"

不用虚字有时能增加意象却并不能增加意思,意思多不是意象多,更要紧的是详尽委婉曲折的情感过程,构成回环往复的意脉流动。有时候诗歌不靠排衙而来的意象堆积,而是靠引人入胜的曲径通幽,如《诚斋诗话》也说到一句多意,但他举的例子却是杜甫的"对食暂餐还不能"和韩愈的"欲去未到先思回"。杜甫诗里,"对食"是一层,用一个"暂"字勉强自己进餐,显示了心理上强忍痛苦,是二层,后面再用"还"字转回来说"不能",表现了痛苦得饭难以强咽,是三层,在一句里就有了感情上的峰回路转。韩愈诗里,"欲去"是起初的念头,是一层,"未到"是事实,是二层,"先思回"是继起的想法,是三层,在这七个字里就有了犹豫彷徨的心理流动过程,这里的"暂"、"还"、"欲"、"未"、"先"等等都是虚字,就是靠了这些虚字,意思中就加了意思,诗里的意脉就多了委婉与曲折。同样的例子还有宋代那个学了杜甫的陈师道,他在《登岳阳楼》诗里摹仿杜甫写的两句就是"万里来游还望远,三年多难

[①] 《柳南随笔、续笔》,中华书局,1983年,第139页。

更凭栏",使得方回、纪昀、许印方都大加称赞,其实就靠了"还"、"更"两个字在那里转折意思①,这就是清人潘德舆《养一斋诗话》卷四所说"一句凡几转折"的"句法之正传"。当然《诚斋诗话》的例子不免过于特别,那么下面不妨再举几个例子,杜甫《闻官军收河南河北》里的两句"却看妻子愁何在,漫卷诗书喜欲狂",有一个"却"字加一个"何"字,就有一种意想之外的惊讶,有一个"漫"字和一个"欲"字,就多了一份手足无措的喜悦,在这一惊一喜之间,诗句就有了曲折递进的意脉;李商隐《无题》里的两句"春蚕到死丝方尽,蜡炬成灰泪始干",前句有了"方"字,后句有了"始"字,才多出了终不瞑目的幽怨和终生无悔的情思。如果我们以它们为"闲字"或"剩语"而去除它们的话,我们再读一读"春蚕到死丝尽,蜡炬成灰泪干",从意象上来说,该说的都说了,它一点儿也不比原来少,用《麓堂诗话》的话来说,"止提缀出紧关物色字样"而"意象自足",可是读起来是不是少了很多可以体验的韵味呢?

近体诗有一种句法常被后人称赞,那就是所谓的意象并列。"枯藤老树昏鸦,古道西风瘦马",当然很好,不过,意象是平行的,诗意也常是平行的,中国近体诗不一定非得用散点透视的方法画连环画,有时用虚字却能使意思有一种递进或转折。宋人罗大经《鹤林玉露》甲编卷六《诗用字》讲了一句很有道理的话,"作诗要健字撑拄,活字斡旋",所谓"活字",他举的是"生理何颜面,忧端且岁时"里的"何"及"且"、"名岂文章著,官应老病休"的"岂"及"应",恰恰都是虚字。他说"撑拄如屋之有柱,斡旋如车之有轴"②,实词仿佛柱子撑着不能动,而虚字就像车轴能使诗意延伸出老远,使诗意不停滞在一个平面上。而使诗意"翻过一层",也是中国近体诗的常见句法,"已觉逝川伤别念,复看津树隐离舟"

---

① 《瀛奎律髓汇评》卷一,上海古籍出版社,1986年,第41页。
② 《鹤林玉露》,中华书局,1983年,第108页。

（王勃《秋江送别》），用一个"已"和一个"复"把别离之苦加上了一层不能目送的苦。"刘郎已恨蓬山远，更隔蓬山一万重"（李商隐《无题》四首之一），用一个"已"加一个"更"使相见时难加上了一重天地悬隔的难。"如今更渡桑乾水，却望并州是故乡"（贾岛《渡桑乾》）、"已恨碧山相阻隔，碧山还被暮云遮"（李觏《乡思》），这里的"更"、"却"、"已"、"还"搭配起来的虚字组合都是这一种"翻过一层"的用法。再举一个例子，张九龄《初入湘中有喜》一诗末两句"却记从来意，翻疑梦里游"，这里先用"却"字后用"翻"字，就使意思上加了一层过于意外甚至不敢相信的意思，把游湘中的"喜"意添加了一层。后来司空曙在《云阳馆与韩绅宿别》里写了一句"乍见翻疑梦"，用了一个"乍"字对一个"翻"字，更在这层意思之外加了一层突然惊愕而惊喜的意思，使得宋人范晞文《对床夜语》卷五大加称赞，说读这一句"久别倏逢之意，宛然在目"。再后来的晏几道《鹧鸪天》"今宵剩把银釭照，犹恐相逢在梦中"将"翻"字换了一个"犹"字，则使这种将信将疑的惊喜交集在心理上延长了一段时间，仿佛老半天都不能平静下来似的，比起直接写相逢之喜的诗句，意思上翻了一层甚至几层①。

　　清人冒春荣《葚园诗说》卷一说了一句很有道理的话，叫"诗肠须曲"，就是说诗歌不能直截了当地把话一下子捅到底，用现代的话来说就是要含蓄而不能太直露。他举了一些例子，如宋之问"不寄西山药，何由东海期"，"本羡天台道士之成仙，反言以激之，正深望其寄药"，岑参"勤王敢问道，私向梦中归"，"本怨赴边庭，

---

① 这样的例子很多，例如宋人梅尧臣《夏日陪提刑彭学士登周襄王故城》也写了两句"野禽呼自别，香草问无名"，这两句似乎受到唐宋之问《陆浑山庄》的"野人相问姓，山鸟自呼名"的启发，但是诗意却不曾多些什么，只是说有叫声不同的鸟，没有名字的草。可是范成大《入秭归界》则加了两个虚字变作"幽禽不见但闻语，野草无名却著花"，一个"但"一个"却"，就把诗人的惊异、喜悦加了进去，也把山间的幽静和野外的缤纷加了进去。

归期难必,却反言不敢道远,梦中可归",张九龄"自匪常行迈,谁能知此音","本惮行迈,反说曲江溪中溪水松石之音,足以怡人"等等,大多数都是靠了"不寄"、"何由"这类表因果的连词,"敢"即"不敢"、"不能敢"这类表心理的副词,"自匪"、"谁能"这类表假设的词组,才能产生这种曲折的效果。有时候,那些用得恰当的虚字的确有用,一次递进,一个转折,仿佛使诗人的思绪向深处延伸了好远还拐了几道弯,读者的体验也不得不跟着向前追寻,所以他又说"虚字呼应,是诗中之线索也",沿着线索才能顺藤摸瓜去破案①。

四、唐宋诗之间:虚字与以文为诗的风气

对于虚字在近体诗里的使用,后世批评意见居多,在褒贬之后其实隐藏着一个绝大的背景,就是对唐宋诗的价值判断。批评者觉得,唐诗用虚字少,宋诗用虚字多,而用虚字就是宋诗不如唐诗的地方,前引《四溟诗话》卷四里的那段话里还给宋诗这一毛病追溯了历史,说这种用虚字的毛病是从中唐开始的,它把近体诗

---

① 《清诗话续编》,第1581、1583页。当然,虚字的用处不止于此,比如它还可以用于诗意节奏的调整。近代诗论常常强调要给读者留下想象的空间,诗人不要充当教师对读者耳提面命,所以总以为那些少用虚字的平列意象可以不干扰读者的联想,可以由读者自己参与意象的组合。但是这种意见往往忽略了还要给读者留下接受的时间,意象的密集型轰炸有时会让读者喘不过气来,在目不暇接的穷于应付中他也不能从容地领悟诗意,就像音乐一直是紧锣密鼓也会让人感到很累一样,总是快板之后还得来一段舒缓的慢板。律诗之所以只要求中四句对仗,不必句句押韵,其实就是在声律上考虑到节奏。偶尔使用的虚字,有时也就是为了意思和节奏。《石林诗话》卷上举了王安石的两句"细数落花因坐久,缓寻芳草得归迟",说"但见舒闲容与之态",其实这里的"舒闲容与"不仅是在字面上,也是在句法上的,在前一句里,有了"因"这个虚字,诗人细数落花时的心理闲适之意才表现得极为充分。和这一句很像的是杜牧《山行》里的两句"停车坐爱枫林晚,霜叶红于二月花",没有那个表示诗人心里留恋枫林、停车驻足的原因的虚字"坐",读起来就似乎没有那种流连忘返的延迟感了。

从诗歌语言又变成了日常语言,所以叫"讲","讲则宋调之根"。清人朱庭珍《筱园诗话》卷三也说,"宋人七律句中好用虚字,每流滑弱",但是这种说法并没有多少道理,常常来自对唐诗尤其是对盛唐诗的感情偏爱而不是对诗歌艺术的语言分析。

　　说唐诗多用实字宋诗多用虚字的评论家其实并没有任何统计的依据而只是平时读诗的感觉。当然感觉也许是不错的,宋人写近体诗的确爱用虚字,而且用得很频繁,"有恨岂因燕凤去,无言宁为息侯亡"(钱惟演《无题》),"稍觉野云成晚霁,却疑山月是朝暾"(王安石《赏心亭》),"无事会须成好饮,思归时亦赋登楼"(苏轼《和李清臣韵》),"偏为咨嗟唯尔念,是谁移种待君来"(徐俯《庭中梅花正开用旧韵贻端白》),无论是承继晚唐的诗人还是开宋新风的诗人,似乎都不少用虚字,更不必说那些爱发议论的道学家。但是,唐代人也未必不用虚字,好的唐诗未必都是像"迟日江山丽,春风花草香"(杜甫《绝句》之一)、"绿荫生昼静,孤花表春余"(韦应物《游开元精舍》)这样纯用名词动词形容词构成的简易型句子,更不是像"渔浦南陵郭,人家春溪谷"(王维《送张五归宣城》)、"鸡声茅店月,人迹板桥霜"(温庭筠《商山早行》)那样的纯用名词排列的平行型句子,至少杜甫以来,里面夹杂了虚字的佳句也不少①。宋人爱用虚字是不假,但爱用虚字并不能说宋诗不好,评论唐宋诗差异的人常常说宋诗"益加细密"、"抉刻入理"(翁方纲《石洲诗话》)、"以筋骨思理见胜"(钱钟书《谈艺录》),如果说这也是宋诗的一个特征或特长,那么宋诗的意思细密、涵义深远之中是否也与虚字的使用有关呢?

---

　　① 如"花径不曾缘客扫,蓬门今始为君开"(杜甫《客至》)中的"不曾"、"今始","一去紫台连朔漠,独留青冢向黄昏"(同上《咏怀古迹之三》)的"一"和"独"。又,可以参看梅祖麟、高友工对杜甫"落日心犹壮,秋风病欲苏"的分析,见《唐诗的句法、用字与意象》,载《唐诗的魅力》,上海古籍出版社,1989年,第40页。

第六章 论虚字

　　宋人自己批评自己是"以文为诗",所谓"以文为诗",我在《从宋诗到白话诗》一章里说到,宋诗与唐诗的一大差别就是宋诗意脉的流畅化和语序的日常化,虚字、关联字用得很多,因而语句很完整,很难区分出明显的"诗眼"①,也很难区分出明显的重叠意象,所以后人看惯了唐诗或心里总是以唐诗为标准,便总觉得它像"文"而不像"诗"②。

　　但是正是爱用虚字,有时就可以把诗句写得平易而流畅,把意思说得委婉而曲折,使宋诗比唐诗更细密更深刻,开了后代白话诗的先声。我一直觉得,从语言上看,在中国诗史上,从古体诗到近体诗、从近体诗到白话诗这两次变化是真正的大变局,前一次变局使诗歌与散文彻底划清了界限,从谢灵运以来中国诗歌里越来越多地出现的繁密句法与铿锵音律使得近体诗逐渐成熟③,它那种紧凑的句式也使得虚字在密集型的近体诗里日渐消退;后一次变局使诗歌与散文又重新彼此靠拢,诗歌与散文的重新靠近其实就是所谓的"以文为诗",而文以为诗的一个要害处恰恰是在用不用虚字或多用少用虚字。从杜甫以来的律诗中用散文句法的趋势正好给宋诗开了一个挣脱唐诗笼罩的路子,也给宋人表现他们较深较细的思索提供了一个合适的语言形式,让本已渐少的虚字再度成为诗歌"斡旋"、"递进"、"转向"的重要枢纽,使诗歌向日常语言进一步靠拢,形成一种既细腻又流畅,既自然又精致的

---

① 宋人特别爱说"炼字",但他们也特别强调"炼句",更强调"炼意"。在宋代诗论里,总的来说,字、句、意的价值等级是"炼字不如炼句,炼句不如炼意"。

② 参看《从宋诗到白话诗》一章。

③ 参见第三章。钟嵘《诗品》曾多次提到当时诗人的"繁密"(序文评颜延之、谢庄)、"繁芜"(卷上评谢灵运)、"绮密"(卷中评颜延之)、"细密"(卷中评谢朓)、"词密"(卷中评沈约)、"精密"(卷下评宋孝武帝)。

诗歌语言风格,这一风格在后世还启迪了白话诗的开创者①。

　　顺便可以说到的是,在诗歌里,实词的变化只是意味着人们所接触的世界的变化,而虚词的变化则意味着人们的思维的变化。世界时时都在变动之中,只要是一个有心的观察者,诗人就能把他看到的现象当作意象写在诗里,清末的诗界革命就是一些留意外界的诗人以开放的诗歌意识写了很多新的事物。但是,诗界革命并没有真的从根本上改变古典诗歌,而只是寻找"新名词以自表异"(梁启超《饮冰室诗话》),像"巴力门"是一个近代才传入中国的西洋词,"地球"是一个近代世界才有的新概念,"留声机"是晚清才见到的洋玩意儿,"电灯"是近代科学的新发明,用到诗里虽然颇让人感到新奇,但"纲伦惨以喀私德,法会盛于巴力门"(谭嗣同《金陵听说法》其三)、"倘亦乘槎中有客,回头望我地球圆"(黄遵宪《海行杂感》之一),这种诗句在语言句式上基本上还是古代诗而不是现代诗,比如我们把"霓裳自入留声机,仙乐风飘处处闻"换几个字改成"霓裳自入梨园队,仙乐风飘处处闻",把"电灯高挂明如月,几误归途笑不休"换几个字改成"蚌珠高挂明如月,几误归途笑不休",那么究竟是新诗还是旧诗,实在是让人迷惑得很了。其实,如果采用新名词就算诗歌革命的话,那么诗歌一直在革命,因为诗人总是在寻找新的意象,即使是用西洋名词,也不必等到黄遵宪、谭嗣同,早在明代后期就有引入天主教名词"三仇"、"十诫"、"圣水"的王端节《山居咏》,清代前期就有用了时髦新词"欧罗巴洲"、"亚细亚洲"及"测圆"、"三

---

　　① 关于白话诗,很多人都注意到了它与西洋诗的关系而不很留心它与中国古典诗的关系,其实白话诗与中国诗尤其是宋诗的关系很深,这一点不是我的发现而是胡适自己的说法,可以参见胡适《国语文学史》第三编第二章《北宋诗》、第三章《南宋的白话诗》(北京文化学社,1927年,第111、129页)与《逼上梁山》(《中国新文学大系·建设理论卷》)。

角"的全祖望《明司天汤若望日晷歌》①。所以,诗歌的真正大变局还是在"白话诗"彻底地瓦解了古诗的句法之后,而瓦解古诗句法的一个极重要方面就是句式的任意安排和虚字的任意使用,当白话诗以日常语言里常有的句式、常有的虚字大量用在诗歌里的时候,诗歌大变局的时代才会真正地来临。

---

① 《了一道人山居咏笺证》参见《方豪文录》,北平上智编译馆,1948年,第203页,及全祖望《鲒埼亭诗集》卷二见《全祖望集汇校集注》,上海古籍出版社,2000年,第2061页;应该指出的是,与黄遵宪一流的诗歌不同,白话诗走的是另一种路向,二者之间并没有多少渊源关系。其实从诗歌语言上说,前者仍属于古典诗的范畴,现在的文学史似乎总是把它们当成是近代诗歌史上前后相承的两个环节,我对此一直不太理解。

第七章 论 诗 眼

——中国古典诗歌特殊语词的分析之三

"传神写照正在阿堵中",中国人对于眼睛的"美学意义"有足够的了解①,从《诗经》中"巧笑倩兮,美目盼兮"活脱脱地写出美人的妩媚,到今天以"眼睛是心灵的窗户"来判断人的真伪善恶都证明了这一点,而画史上那个活灵活现的传说"画龙点睛",似乎也表明人们对眼睛——眼神——与生命之间关系的某种感受,直至今日,寺庙及道观里还有所谓"开光"的仪式,一尊神像建成后,先进行祈祷祝咒,最后才由德高望重的老法师为神像画上眼珠,据说"开光"便使神像拥有了生命与神通。

诗歌语言中那种最富于生命表现力的词汇也被称之为"眼","诗眼"一词最先出自何典,我没有仔细考察过,但至少北宋人已经使用了它,清人施补华《岘佣说诗》云"五律须讲练字法,荆公所谓诗眼也"②,把"诗眼"发明权归于王安石不知是否有根据,但黄庭坚《赠高子勉诗》有"拾遗句中有眼",范温撰有《潜溪诗眼》一书,可以证明施补华的说法大体不错。而按照元人杨载《诗法家数》"诗要炼字,字者眼也"③的说法,诗眼就是诗里特别应该注意锻炼的"字",那么,在"诗眼"一词尚未出现之前,"诗眼"的意思早就有人说过了,刘勰《文心雕龙》中便有《炼字》一篇。

棋有眼可活,人闭眼似死,那么诗歌中的"眼"是怎样使诗歌拥有生命的呢?如果"诗眼"是诗人所锻炼的"字"(词),那么这"字"(词)又凭什么资格充当"诗眼"的呢?

一、从无眼到有眼:"诗眼"的形成过程

在先秦汉魏时代的古诗里,本来无所谓什么"诗眼",《庄子》中所记"凿七窍而混沌死"的故事正好移来说明这一点。古诗以

---

① 《世说新语·巧艺》,《世说新语校笺》卷下,中华书局,1984年,第388页。
② 施补华《岘佣说诗》,《清诗话》,上海古籍出版社,1978年,第973页。
③ 《诗法家数》,《历代诗话》,中华书局,1981年,第737页。

"明意"、"叙事"、"抒情"为主,它的语言负载着"我"(诗人)与"你"(读者)之间的交流的责任,所以语言以沟通为目的,往往以明白晓畅见长,与口语相去不远,正如《文镜秘府论》南卷《论文意》所说,它"不以力制,故皆合于语,而生自然"①,也如谢榛《四溟诗话》卷三所说"平平道出,且无用工字面"②,这里所谓的"力制",就是后世所谓的"炼字",因为没有日锻月炼,千锤百炼,精雕细琢,所以没有"用工字面",因为"平平道出",所以没有什么凸出显眼的"诗眼",诗歌语言合于日常语言,自然流畅,像没有凿过七窍的混沌一样浑朴。

  明清人比唐宋人更明白这个道理,这也许是因为距离远反而旁观者清的缘故,像胡应麟就说,"盛唐句法浑涵,如两汉之诗,不可以一字求……句中有眼,诗之一病,齐梁至初唐率用艳字为眼,盛唐一洗,至杜(甫)乃有奇字"③,沈德潜《说诗晬语》也说"古人……以意胜而不以字胜,故能平字见奇,常字见险,陈字见新,朴字见色。近人挟以僻胜者,难字而已"④,不过,虽然这两人都看出了中国古典诗歌在字眼上的变化,但都没有把话讲清楚,胡应麟那段话想把杜甫的意义拔高,因而一会儿说盛唐句法"浑涵",一会儿又说齐梁已"用艳字为眼",一会儿说诗眼是病,一会儿又说杜甫用奇字当诗眼很好,显得夹缠不清;而沈德潜那段话则闹不清他的"诗眼"观,究竟"意胜"好还是"字胜"好?看上去好像古人是化平常陈朴为奇险新色,今人则是拣出难字来镶嵌似的,以致让人以为古今人的诗都是有"诗眼"的,而且"古"与"今"的时间也实在不够明确。看来,还是费锡璜《汉诗总说》说得明了:

---

  ① 遍照金刚《文镜秘府论》,人民文学出版社,1980年,第141—142页。
  ② 《四溟诗话》卷三,《历代诗话续编》,中华书局,1983年,第1178页。
  ③ (明)费经虞《雅伦·下字》引,清刊本。
  ④ (清)沈德潜《说诗晬语》卷下,见《原诗 一瓢诗话 说诗晬语》合刊本,人民文学出版社,1979年,第241页。

> 诗至宋、齐,渐以句求;唐贤乃明下字之法。汉人高古天成,意旨方且难窥,何况字句?故一切圈点,既不敢用,亦不必用。①

这就给我们划出了诗歌中"诗眼"形成轨迹中的三个点:汉、宋齐、唐。

汉代诗歌便不必赘言了。宋齐即南朝诗歌之所以为混沌凿七窍乃是一种自觉的文学语言"陌生化"运动,用俄国形式主义文论家罗曼·雅克布森(Roman Jakobson)的话说,就是要把过去人们已经惯熟生腻的语言扭曲、变形,让人们在惊愕中体验出新奇,因此从谢灵运以来的诗人都有意地避开质朴自然的日常语言,构造一种被称为"典丽新声"的诗歌语言,这种诗歌语言之所以是"典丽新声",一方面由于它音步整饬,能形成明显的节奏,一方面则由于它辞藻华丽而工整,剔除了许多显示逻辑意味而不指代实在意象的虚词,使意象更加密集与整齐起来。

很少有人仔细地琢磨一下下面三段话讲的同一个现象:陆时雍《诗镜总论》云"诗至于宋,古之终而律之始也"②,胡应麟《诗薮》内编卷三云"陆(机)诗体俳语不俳,谢(灵运)则体语俱俳"③,赵翼《瓯北诗话》云"自谢灵运辈始以对属为工,已为律诗开端"④,所谓"律",所谓"俳",所谓"对属",实际上都指的是诗歌语词的整饬化,这种"整饬"不仅包括句与句之间的对仗,还包括了句内每个分句或词(词组)的字数与音步的对称,我们不妨看一下谢灵运的一些诗句:

(a)"昏旦变气候/山水含清晖";

---

① 《汉诗总说》,《清诗话》,上海古籍出版社,1978年,第945页。
② 《诗镜总论》,《历代诗话续编》,中华书局,1983年,第1406页。
③ 《诗薮》内编卷三,上海古籍出版社,1979年,第28页。
④ 《瓯北诗话》卷十二,人民文学出版社,1963年,第175页。

　　　　　"原隰荑绿柳/墟圃散红桃";
　　　　　"池塘生春草/园柳变鸣禽";
　　　(b)"野旷沙岸净/天高秋色明";
　　　　　"春晚绿野秀/岩高白云屯";
　　　　　"迥旷沙道开/威纡山径折";
　　　(c)"出谷日尚早/入舟阳已微";
　　　　　"虑澹物自轻/意惬理无违"。

显而易见,先秦汉魏古诗中那种意义节奏与音乐节奏不相吻合的现象在这种对仗句式中已经消失了,"上二下三"的分节已经形成,而在"上二下三"之中,句型又集中在"二一二"(如 a 型)与"二二一"(如 b 型)这两大类里①。

　　在 a 型与 b 型句式中可以发现:这些对偶的诗句里虚字消失了;指示实际意象的名词性词组或单独构成一个音步的小分句一般都由两个字合成;标志意象的动态情状的动词、形容词则大多由一个字担任。前者如"昏旦"、"池塘"、"沙岸"(以上名词词组)、"野旷"、"天高"、"春晚"(以上小分句),后者如"变"、"含"、"净"、"秀",这就形成了诗歌里所谓"实字双叠,虚字单使"的格局——只不过这"虚字"不是那"虚字",乃指动词或形容词之类非事物名称的"词"——而这种双、单音节词在"上二下三"原则下以"二一二"、"二二一"形式缀合诗句,便使得意义节奏即人们根据诗句中词汇"意义关系"的松紧疏密念出来的连缀与停顿显示出来了,你不会把"池塘——生——春草"念成"池——塘生——春草",也不会把"野旷——沙岸——净"念成"野——旷沙——岸净",就是因为"池"与"塘"、"野"与"旷"是一个意义单元,关系紧密,而"塘"与"生"、"旷"与"沙"分属两个意义单元,关系疏远,所以前者中间读音连缀,后者中间应有小小停顿,正是由于这种双音节与单音节

---

① 按:c 型句式较少,在此姑且省略。

词的有规律的组合,宋齐以下的五言诗里,意义节奏与语音节奏才形成了同步和谐,当人们以顿挫抑扬的声调读诗时,就不再感到语义与音步的错乱,就好像跳舞,当你以快四步节奏跳慢三步舞曲时心里总会很别扭,但你的脚步与舞曲节奏吻合时心里就会很舒坦。

当然,这种语言形式会使诗歌与日常语言之间距离拉大,造成拿腔捏调的感觉,就像谢榛《四溟诗话》所说的"学说官话,便作腔子",把古诗那种自然流动的质朴全丢光了。可是,它却使诗歌语言独立出来,形成了一整套具有"疏离效果"的符号形式,特别是当诗人们日益发现这种语言形式的意味以后,它的形式美便逐渐被人接受,因为那种"成为在艺术家和他的观众的感受中根深蒂固的习惯"的"形式与法则",毕竟能唤起人们的快乐,一种"由期待的唤起、悬留或完成而引起的感觉上的审美快乐",例如虚词的使用本来可以使句子流畅自然,古诗那种"皆与语合"、"如道家常话"的风格至少有一半由它而起,可是当南朝以后的诗人习惯了整饬而密集的诗歌语言后,反而会觉得虚词碍手碍脚,令诗句不流畅,《文镜秘府论》南卷《定位》就说过:"之、于、而、以,间句常频,对(仗)有之,读则非便,能相回避,则文势调矣。"①我们看南朝诗人的诗作,如"天际识归舟/云中辨江树"(谢朓)、"喧鸟覆春洲/杂英满芳甸"(谢朓)、"郁律构丹巘/崚嶒起青嶂"(沈约)、"羊肠连九阪/熊耳对双峰"(庾信),大体都是"二一二"的格式,而"巫山彩云没/淇上绿条稀"(王融)、"高阁千寻跨/重槛百丈齐"(庾信)、"滴沥露枝响/空濛烟壑深"(庾信),则是"二二一"的格式。

"诗眼"就在这"二一二"或"二二一"的语式中逐渐凸现!我们可以发现,当双叠的实词标志着那些静态的意象时,它本身并没有像《拉奥孔》中所说的"最富于包孕性"的动感美,就像一尊没

---

① 《文镜秘府论》,人民文学出版社,1980年,第159页。

有画上眼睛的神像一样,它缺乏活生生的生命力,"密林"与"余晖"、"孤屿"与"中洲"、"凌霜"与"桂影"、"野岸"与"平沙",它们放在一起究竟能表现什么?就像泥雕木塑似的并无活力。但是,当单使的虚字即动词与形容词羼入,就像画龙点睛一样,一下子使诗句活起来了,"密林'含'余晖",一个"含"字把落日在密林树梢上渐渐隐没的黄昏景色生动地呈现在读者眼前,"孤屿'媚'中洲"的"媚",则使孤屿在中洲而增添了江上的妩媚可爱表现得极佳,一个"媚"字使两个意象都染上了情感色彩,而"凌霜桂影'寒'"的"寒"字使桂树的影子都带有了寒意,"野岸平沙'合'"的"合"字则把天际岸边沙滩连成了一个整体,好像是野岸与平沙自己走到一起去了似的。正因为这个字能赋予诗句与意象以活泼的生命力,能使静态的事物活灵活现地运动起来,所以它被视为诗歌的眼睛,没有它,诗句就没有了生命。

二、诗眼的意义:给物理情状以情感色彩

不过,诗眼的意义并不仅仅是使诗歌所描述的事物具有"动态",而是要使这些意象具有"特殊的动感"。"池塘生春草"的"生"字算不得诗眼,而"绿荫生昼静"的"生"字才算诗眼。"池塘生春草"的"生"十分自然,没有人会把池塘里生长出春草这种现象当作不可思议的事,而"绿荫生昼静"的"生"却很别扭,绿树的树阴怎么能生出白天的宁静呢?人们在诧异之余,就要好好地思索一下"生"字的意味。要引发读者的好奇心,则必须使作品在某些程度上有些"不近常理",而诗眼就常常是把动词、形容词用得很奇怪的一个字,换句话说,就是这个被称作诗眼的字,常常好像与作为"动态发出者"(主语)或"动态接受者"(宾语)的意象接不上茬、对不上缝,非得拐几个弯或掉几次头才能体会到这个字眼中蕴含的深意。就像上面我们所引谢灵运与韦应物那两句诗,

"池塘生春草"的"生"字对于"池塘"与"春草"之间的意义连缀太直接了,它只不过是一种普通的自然现象,所以读者一带而过,而"绿荫生昼静"的"生"字对于"绿荫"与"昼静"之间的意义连缀却是间接的,这种"生"乃是一种心理现象,是诗人特殊的感觉,你得仔细体验一下绿树成荫下一个人的感觉才能领会到夏日午间的树阴中那种静谧与安宁——甚至还有凉爽带来的心理恬淡。正是在你不得不"仔细体验"那个字的意味的刹那停顿中,诗眼凸现了它的存在。

在谢灵运以下的南朝诗人那里,"诗眼"的地位似乎远不如"意象"来得重要,色彩艳丽的名词性辞藻——引人注目的秀景——在编织一首诗时似乎比动词或形容词更受诗人青睐(至少在我们的感觉中是这样的),所以尽管他们也常常有"秋岸澄夕阴/火旻团朝露"(谢灵运)、"密林含余清/远峰隐半规"(谢灵运)、"新花对白日/故蕊逐行风"(谢朓)、"悬崖抱奇崛/绝壁驾崚嶒"(何逊)、"接树隐高蝉/交枝承落日"(何逊)、"轻云纫远岫/细雨沐山衣"(吴均)等等动词用得很尽心尽力的句子,但这不过是少数"理有暗合,匪由思至"的特例,大多数对偶的句子中,那个单使的动词或形容词还是按照通常的"字典意义"来使用的,就像"海鸥戏春岸/天鸡弄和风"(谢灵运)、"春晚绿野秀/岩高白云屯"(谢灵运)、"鱼戏新荷动/鸟散余花落"(谢朓)这些名句中"戏"、"弄"、"秀"、"屯"、"动"、"落"一样,它们并没有超出它们各自的意义范围,因此读来并不会在人们心理上引起别扭、新奇、诧异的感觉,而是像盐溶于水一样与句中意象融为一体,共同指示着某种外部世界的整体意义。

真正自觉地推敲"诗眼"的现象的确要到盛唐时代才出现,尽管把用"奇字"、"活字"为"诗眼"的始作俑者说成是杜甫并不合适——《履斋示儿编》中就有几段专门讲杜甫善于"炼字"的文字——但杜甫确实是个推敲"诗眼"的能手①。不过,《六一诗话》中那个人人皆知的"身轻一鸟□(过)"的例子并不是"诗眼"的典型,因为"过"字与他们所猜的"疾"、"落"、"起"、"下"并没有太大的区别,那种"叹服"多半出于一种仰视巨人的崇拜心理,真正体现杜甫"炼字"精髓的并不是在这种用词细腻精巧的地方,而是在于他消解或改变字词的"字典意义"而使诗句语意逻辑关系移位、断裂或扭曲的地方,就像搭一座桥,如果说日常语言中的动词与形容词是在读者与意义之间搭一座直桥的话,那么杜甫却常常把这座桥搭得九曲十八弯,非得让人拐上几个弯才能通向意义,或者把这座桥搭在极隐蔽处,使你找不到它只好摸索通向意义之路,以致读者不得不细细体验诗人观照世界时的感受,通过一种心理重建来寻找诗意的理解钥匙。

让我们看几个例句。

"卷帘残月影/高枕远江声"是杜甫《客夜》里的一联,"残"与"远"是这两句诗的"眼"。一般说来,"卷帘"只能使"月影"照入屋来,那么应该说"卷帘来月影"或"卷帘入月影",可这一来一入便失去了诗句的意味,变成了一句普普通通的大白话,而"残"字却暗示了好几层意思——

——"月影"不再仅仅是物理学上摸不着的光而且还是一种可触可摸的物;

——"卷帘"不再是一种单纯的动作,而是连那"月影"都卷进来的有意识行为;

——"残"即"残留"包含了一种怜惜与眷念月影的情感;

——这种"卷帘残月影"的行为中暗示了对故乡的思念之情,也许这是因为"月是故乡明"或"千里共明月"的联想。

同样,"远"字似乎也富有种种暗示性,高枕本来并不能使"江

---

① (宋)孙奕《履斋示儿编》卷十,知不足斋丛书本。

声"远离,但由于高枕利于安眠,诗人在心烦意乱忧思重重之际,只有寄希望于在睡梦中摆脱江声的困扰,因为江声也同样令人想到"同饮一江水"的故园,想到江水不停地流向远方而自己却羁留在异乡,所以要用一个"远"字,以表现自己心中的苦恼与烦闷,如果用"高枕无江声"的"无"字,能表现诗人那种欲排解又排解不开的心境么? 而这里的"残"与"远"已不再是原来意义上的动词与形容词,而是"使……残留"、"使……远去"的使动用法的动词,它标志的也不再是单纯物理意义上的动态,而是染上了心理情感的动感了。

又像《后游》一首中的"野润烟光薄/沙喧日色迟"。烟光如何会"薄"? 日色又如何会"迟"? 初看之下似乎不可思议,可是当读者细细体验之后便会感到,当原野像浸润了酥油一样色彩浓烈的时候,晨曦下的雾霭的确会显得很淡,而沙地发出喧闹的涩声时,落日似乎也下降得涩滞起来,张上若说"润字从薄字看出,喧字从迟字看出"①,我们也可以反过来说,诗人从野"润"感到了烟光之"薄",从沙"喧"感到了日色之"迟",因此,这"薄"与"迟"便不再是一个单纯的形容词,而是标志了诗人感觉中动态情状的诗眼。

还有一个例子也很有趣,《宿府》第三四句有"永夜角声悲自语/中天月色好谁看",这"悲"与"好"二字究竟属上还是连下曾引起人的纷争,有人说应该是"永夜角声悲/自语,中天月色好/谁看",有人说应该是"永夜角声/悲自语,中天月色/好谁看",可是依前一说,诗句只能理解为:

　　长夜的角声悲凉,我在自言自语;
　　中天的月色好,可又有谁看?

依后一说,诗句则又只能理解为:

---

①　(清)杨伦《杜诗镜诠》引,上海古籍出版社,1980 年,第 347 页。

> 长夜的角声，在悲凉地自言自语；
> 中天的月色，好给谁来看。

无论前一说还是后一说都屈从了日常语言的规则而限制了诗句的意义空间，如果我们把这种词理解为一种"感染错合"式的"提包"式词汇，那么我们应该把"悲"与"好"的心理蕴涵分配给上下两个分句兼而有之，这种"悲"是诗人心底的悲怆，所以它应当理解为："长夜角声悲凉，悲哀它自言自语地倾吐人间悲凉"，这"好"也是诗人眼中的好景，所以与上句相连应该解读为"中天月色好，虽好又好给谁看了来说好呢？"于是"悲"与"好"字便涵盖了整句诗的意蕴空间，并由此产生了多义性理解的可能性。

杜甫诗中这种例句不少，像孙奕《履斋示儿编》卷十《出奇》所举的"二月已破三月来"、"一片飞花减却春"、"朝罢香烟携满袖"、"何用浮名绊此身"中的"破"、"减"、"携"、"绊"字，都不是日常语言中所用的字典意义，之所以说它"只一字出奇，便有过人处"，乃是因为这一字便使诗句如得"灵丹一粒，点铁成金"，带上了诗人的情感色彩[①]；而罗大经《鹤林玉露》卷六所举的"红入桃花嫩，青归柳叶新"中的"入"与"归"字，则化静态现象为动态过程，之所以说它们是"健字撑柱"，是由于这两个字像支柱一样撑起了诗句活生生的生命，显出了灵动的动态之美[②]；叶梦得《石林诗话》卷下所举的"江山有巴蜀，栋宇自齐梁"、"粉墙犹竹色，虚阁自松声"中的"有"、"自"、"犹"等字，则由虚入实，展开了一个时空构架，之所以要说它"一字为工"、"工妙至到"，乃是因为前一联"有"字、"自"字使静止的地名与久远的时代突然转化为诗人心理上的地势俯瞰与时光流逝，所以说是"吞纳山川之气，俯仰古今之怀，皆见于言外"，而后一联的"犹"字、"自"字，也暗示了这个亭子的时光久远

[①] （宋）孙奕《履斋示儿编》卷十，知不足斋丛书本。
[②] 《鹤林玉露》甲编卷六《诗用字》，中华书局，1983 年，第 108 页。

而饱经风霜,所以说是"若不用'犹'、'自'两字……凡亭子皆可用,不必滕王(亭子)也"①。

当然,这并不是杜甫个人的发明而是一个诗歌语言趋向,在杜甫的前后,还有不少诗人都注意到了凸现"诗眼"的问题,写出了不少佳句,像王维的"泉声咽危石/日色冷青松"、"大漠孤烟直/长河落日圆",李白的"雁引愁心去/山衔好月来"、"人烟寒橘柚/秋色老梧桐",孟浩然的"野旷天低树/江清月近人"、"微云淡河汉/疏雨滴梧桐"等等,都写得极其工巧,颖异不凡,比如"大漠孤烟直"两句,"直"、"圆"二字恰如《红楼梦》四十八回里香菱所说:"想来烟如何直?日自然是圆的,这'直'字似无理,'圆'字似太俗。合上书一想,倒像是见了这景的,要说再找两个字换这两个,竟再找不出两个字来。"

这便是"诗眼"的意义。香菱凭着直觉感受所讲的一句话极有趣也极具洞见:

> 有口里说不出的意思,想去却是逼真的;有似乎无理的,想去竟是有理有情的。

所谓"口里说不出的意思",似乎正可以指那些违背了日常语言习惯的诗眼的拗口、别扭、扭曲,它把一句话说得似乎不那么连贯顺畅,不那么自然朴素,甚至不那么合理,所以"口里说不出"而只能在诗里出现;所谓"想去却是逼真的",则指的是,当读者再度在心灵中重构诗人的视境时,诗人的心境也融入了这种视境,当诗人的感受与读者的感受发生重叠,那么,这种"体验的构架"便取代了"逻辑的构架",使它显示出一种"逼真"来;所谓"似乎无理",是说这诗眼并不吻合物理世界运动情状的逻辑,像"雁引愁心去/山衔好月来"中雁如何"引"愁心,山如何"衔"好月?"泉声咽危石/日色冷青松"中泉声如何"咽"、日色如何"冷"?而"想去竟是有理

---

① 参看本书《论虚字》一章。

有情",则指读者深入到诗人心灵深处时,领悟到了这"无理"诗眼中蕴含的无尽诗情时的那一刹那"豁然开朗",感受到了诗歌中所带有的诗人的独特"逻辑"与"情感"。

三、诗眼消解与篇法、句法与字法

"诗眼"的凸现使诗歌意象的物理运动或自然情状染上了诗人的情感色彩,因而也使诗歌意象赢得了生命力,因此盛唐以后的诗人们似乎都迷上了这种语言技巧,我们在中晚唐诗歌中可以发现不少对偶整齐、诗眼精巧的句子,像"寒雨暗深更/流莺度高阁"(韦应物)、"蝉声静空馆/雨色隔秋原"(郎士元)、"孤灯寒照雨/深竹暗浮烟"(司空曙)、"过桥分野色/移石动云根"(贾岛)、"远山笼宿雾/高树影朝辉"(元稹)、"乱花渐欲迷人眼/浅草才能没马蹄"(白居易)、"疏雨残虹影/回云背雁行"(马戴)、"远山横落日/归鸟度平川"(杜荀鹤)等等,而"推敲"的故事(贾岛)和"一字师"的传说(郑谷)分别出自中、晚唐,也说明了"炼字"之风在当时的盛行。

不过,这里又潜藏着另一种弊端,当人们纷纷去追求这一字之工、一字之奇的时候,却忽略了诗歌意义的整体建构。诗歌并不能仅由一个或几个字完成意境的创造,把其他意象都当作跑龙套的配角视为可有可无,其结果是把戏剧演成了单口相声,无论你多么能耐,但一棵菜毕竟成不了席;把整体意脉割得寸寸分断而只顾个别字词的表现,则是把明星剧照当成了电影,尽管那一个镜头精彩无比,别人却不能因此而了解剧情。中晚唐的一些末流诗人过分酌句斟字的结果正是如此有字无句,有句无篇,特别是他们把一些别人用得很精巧的字成双成对地镶嵌在自己硬凑的句子里,而且屡用不厌,就无形中使得"诗眼"成了"俗字",有生命的"鲜菜笋"交成了无生命的"死鱼虾",用宋人的话来说,就是

"活字"变成了"死字"。像《石林诗话》卷中所说后人学杜甫"江山有巴蜀/栋宇自齐梁"中"有"、"自"二字,"模仿用之,偃塞狭陋,尽成死法"便是一例,而晚唐诗人模仿贾岛用"多"、"半"二字凑成大量对句,以致人读来总是似曾相识也是一例,这就像清人刘熙载《艺概·经义概》里所说的"字句能与篇章映照,始为文中藏眼,不然,乃修养家所谓'瞎炼'也"①。

于是,当人们越来越注目于诗歌的意义表达功能,越来越倾心于整体意境的自然高远而厌倦僵滞呆板的形式拘束时,诗人便开始对"诗眼"冷淡起来了,请看宋人的几段话——

> 意格欲高,句法欲响,只求工于句字,亦末矣。②
> 其(指诗歌)用工有三:曰起结,曰句法,曰字眼。③
> 诗以意为主,又须篇中炼句,句中炼字,乃得工耳。④
> 炼字莫如炼句,炼句莫若得格。⑤

请注意,这四段话不约而同地把诗歌创作分成了三个层次,借明人王世贞《艺苑卮言》卷一的话来说即"篇法"、"句法"、"字法"⑥,而他们又不谋而合地认定"篇法"高于"句法","句法"高于"字法",仍用王世贞的话来说,就是"篇法之妙,有不见句法者,句法之妙,有不见字法者",显而易见,"诗眼"即"炼字"的地位在宋人心目中是大大降低了,所以他们才一再地说"诗以意为主,文词次之"⑦。

是不是"以意为主",以篇法即全诗整体意境气格为主就一定要把"字法"即诗眼的推敲抛开呢?显然不是。不过,强调同样也

---

① 《艺概》,上海古籍出版社,1978年,第178页。
② (宋)姜夔《白石道人诗说》,《历代诗话》,中华书局,第682页。
③ (宋)严羽《沧浪诗话》,《历代诗话》,第687页。
④ (宋)张表臣《珊瑚钩诗话》卷一,《历代诗话》,第455页。
⑤ (宋)释普闻《诗论》,见《重校说郛》第七十九卷,上海古籍出版社影印本。
⑥ 《艺苑卮言》卷一,《历代诗话续编》,中华书局,1983年,第961页。
⑦ (宋)刘攽《中山诗话》,《历代诗话》,第285页。

意味着忽略,就像眼睛专注地凝视一点必然对其他各点视而不见一样,尽管抱着求全责备的诗论家总是试图篇、句、字滴水不漏、锱铢必较,但事实上却总是十个指头按跳蚤,顾东顾不了西,当宋人注意到诗歌中"意"与"理"的表达的重要性时,他们就必然要对妨碍"意"、"理"传递渠道畅通的字、词百般挑剔,于是,本来三足鼎立、并驾齐驱的篇、句、字便在出主入奴的心理中分出高下来了,《诗人玉屑》卷六引《室中语》将"命意"当成"主子"而把择韵求字视为"如驱奴隶",开了袁枚《续诗品》"意似主人,辞如奴婢"的先河①;而杨万里《诚斋集》卷六十六《答徐赓书》以"治兵"为例论作诗文,则上承杜牧《樊川文集》卷十三《答庄充书》"以意为主以气为辅以辞彩章句为兵卫",下启元人范梈以"将之用兵……多多益善而敌莫能窥其神"来论诗"先须立意"②,《红楼梦》第四十八回香菱论诗一段在香菱夸了一阵诗眼之后,林黛玉劈头说了一段话:"词句究竟末事,第一是立意要紧,若意趣真了,连词句不用修饰自是好的。"这当然是曹雪芹的意思,不过也正是曹雪芹从传统诗论那里贩来的"终审判决"。

"句眼端能敲一字,吟肠何啻着千年",是不是"诗眼"的推敲有碍于意脉的流动,是不是字词过分地远离了"字典意义"就有可能使意义的传递受到了阻碍,就像"混沌凿七窍"反而失去了生命?很难说,总之,在宋人高举"自然"、"意格"而贬低"字词"之后,人们对"诗眼"确实是冷淡多了,诗人越来越趋向于把诗写得流畅、自然,越来越不愿意"以辞害意",他们生怕那一个过分凸出又颇为费解的"诗眼"成为阅读的障碍或占有了阅读者的大部分注意力,因此,诗眼就在这种自然流畅的诗歌中逐渐消解了。可是,对于诗歌这究竟是幸还是不幸呢?

---

① (宋)魏庆之《诗人玉屑》,上海古籍出版社,1978年,第127页。
② 转引自吴景旭《历代诗话》卷六十七《诗法》,中华书局,1981年,第1018页。

第八章 从宋诗到白话诗

——诗歌语言的再度演变

中国诗史的研究,除依朝代划分阶段外,还有按诗风划分阶段的,比如古诗、齐梁体、初盛中晚唐诗、宋诗、白话诗、朦胧诗乃至第五代诗等等,都曾被用来作为"诗歌时代"的标志。但是为什么它们可以各成为一个时期诗史的标志或名目,却很难说清楚,大体在各个研究者心目中都有某种"可以意会而不可以言传"的感觉在当标尺,但是一旦形诸笔墨,则众说纷纭,有的从思想上立说,有的从风格中入手,有的从内容题材里寻觅,争吵不休,就好像丈量一段公路,时而用英尺,时而用公尺,时而用市尺,终究弄不清长短一样,害得读者莫衷一是。因此下面这段话也许会对我们有所启发:

> 我的论点是,一首诗中的时代特征不应去诗人那儿寻找,而应去诗的语言中寻找,我相信,真正的诗歌史是语言的变化史,诗歌正是从这种不断变化的语言中产生的。①

于是,当我们从语言构成这个角度来审视中国诗史的时候,我们就会惊异地发觉中国诗歌变化发展的脉络实在是很清楚的,一个又一个的"诗歌时代"其实也就是一次又一次的诗歌语言的变革。这一看上去有点儿循环往复——当然也可以说"螺旋形上升"——的运动过程背后的动因大约就是俄国形式主义文论所谓的"陌生化"(defamiliarization),即诗人们对业已习惯的诗歌语言不断地有组织违反。这种"陌生化"并不像有些人所描绘的那样总是充满了火药味,也不像有些诗史上所写的那样是语言的"解放"或"决裂",却时时让人感觉到在看似"断裂"的语言革新中总有着某种"系连",诗歌似乎总是在日常语言与特殊语言之间摆来摆去:"新"的探索者尽管口头心里都不愿承认却实际上遥继着上一轮语言较量中失败者的衣钵,而"旧"的笼罩着诗坛的语言形式

---

① 韦勒克与沃伦《文学理论》(中译本)第十四章引贝特森语,刘象愚等译,三联书店,1984年,第186页。

虽然被人熟悉而生厌但总会以另一种方式再度登台。于是，诗歌史就好像在不停地轮流上演两部风格迥异的影片，诗歌语言形式在这摆来摆去之中也好像无可奈何的演员只好不停地变换脸谱轮流充当两部影片的主角，至于它究竟偏向哪一方，却往往又要视一个时代诗人们对诗歌功能——即"为什么写诗"——的理解而定。

于是，一部诗歌史就简化为诗歌语言形式的变化史，而中国诗歌语言的演变过程中最具有"革命"意义的变化，除了古诗到齐梁体诗及唐诗的那一次之外，就要算从宋诗一直延续到20世纪白话诗运动的诗歌语言演变了。

一、以文为诗：从唐诗到宋诗

我在《意脉与语序》一章中已经谈及中国古典诗歌语言的建立过程。大体上说来，先秦两汉魏晋的"古诗"，其语言与散文语言及日常语言在形态上的差异并不明显，像语序的正常流动、虚词的使用、音律及句内节奏的不讲究等等，诗文都很相近。但是，从谢灵运、谢朓、沈约以后，中国古典诗歌语言与散文或日常语言分道扬镳了：意象的密集化、凝练化，使得虚字逐渐退出了诗歌；语序与意脉的分离，使得习惯语法破坏殆尽；声律模式的形成，使诗歌有了一个华美整饬的图案化格式；典故的运用及诗眼的推敲，使得古典诗歌尤其是近体诗有了精致而含蓄的象征意味。到了唐代，这一整套诗歌语言形式完全成熟，它使古典诗歌形成了以下表现特征——

叙述视角：由于代表叙述主体的主语的消失，多元交叉转换的视角取代了日常语言中的固定不变视角；

描述过程：由于语序的省略与错综，平行呈列的共时性凸现取代了日常语言中的直线排列的历时性描写；

时空关系：由于标识时空的虚词的消失，感觉构架取代了逻辑构架；

语言形式：各句各联乃至全诗的匀称构造及双重对位式排列取代了日常语言或散文语言的散漫形式。

可是，正像古话"相反相成"和俗话"有利有弊"所显示的那样，当中国古典诗歌语言形式日益成熟的时候它的缺陷也同时呈现。意象的密集化和语序的省略错综虽然造成了诗歌"埋没意绪"的张力与含蓄朦胧的意境，也造成了意义的晦涩甚至隐没，它所引发的多义性解释有可能变成意义的消解，正如边界过大等于没有边界，捆人的绳索太松太长却变成了跳绳游戏的工具。声律格式的定型化虽然造成了华美的对称性结构但也引发了语言形式的板滞，就像整齐划一的音乐节奏固然引发了人们美丽的舞步但也限制了人们迈动双脚的自由一样，因为形式的极致是形式美而形式的极端是形式主义。诗眼的推敲增添了诗的感受性与想象空间，但也可能使诗句失去了传达意义的功能而变成文字自身的孤立表演，就像一个喧宾夺主的演员在台上过分卖力地表现而使全剧的故事被遗忘，尽管淋漓尽致却恰恰导致了整体效果的败坏一样，造成"有字无句"。特别是这样一种现象尤为普遍：当人们以熟悉的语言交谈时，由于这种约定俗成的"熟悉"使大家并不经意于它的形式而将话语直接转换为"意义"，很容易互相沟通与理解，决不会有人在听他人聊家常话时去注意他的语序是否正常、用词是否精妙、声韵是否铿锵，可是当人们以错综颠倒、省略简化、精琢对称的诗歌语言"对谈"时，人们就不得不把注意力的相当一部分分给了对语言外在形态的凝视，于是形式凸出了而意义反而被忽略了①。

---

① 这一点，在严复、夏曾佑《国闻报馆附印说部缘起》中就曾有过分析，他们认为，"有用简法之语言，有用繁法之语言。简法之语言，以一语而括数事，故读其书者，先见其语，而此中之层累曲折，必用心力以体会之……繁法之语言，则衍一事为数十语……读其书者，一望之顷，即恍然若亲睹之事者然"。这虽然是在论散文，但也可以移来论诗歌语言，可见 20 世纪初，人们即已注意到了语言的结构与功能问题。

当中国古典诗歌语言——集中表现在近体诗中——在盛、中唐诗人手里日臻完美圆熟之后,很多诗人就不由自主地陷入这种定型的语言形式,在其中打筋斗淘沙金,他们那种"吟成五字句,用破一生心"(方干)、"诗近吟何句,髭新白几茎"(李频)式的苦苦追寻,竟没有把诗歌语言技巧变为手段而往往被形式所役,甚至于把这种语言形式当作套数,因此,一条华丽的项链就变成了套脖子的锁链,有意味的形式蜕变为无意义的形式主义,"陌生化"的结果蜕变为"熟悉化"的套路,这一点,从晚唐五代的诗歌理论与创作两方面都可以看出。《诗式》《王昌龄诗格》《文镜秘府论》《风骚旨格》《雅道机要》等书中的论"势"论"格",就常常把灵动变化、自出机杼、吟咏情性的诗歌语言变成了一套又一套的"标准试题与标准答案",而末流诗人则把近体诗尤其是五律写成了一套死板呆滞的语言"填空"格式:首联起意,十字一串;中间两联写景,必定是"实字叠用,虚字单使",二一二、二一二、二二一、二二一的排列,颈颔两联的单字必定是精心推敲的动词或形容词的"眼";而末一联则必然要拓开一层结束大意。正如《升庵诗话》卷十一所说,晚唐诗"不过五言律,更无古体。五言律起、结皆平平,前联十字一串带过,后联谓之颈联,极其用工……惟搜眼前景而深刻思之,所谓'吟成五个字,拈断数茎须'也,余尝笑之,彼之视诗道也狭矣"①,因此宋代人也讽刺道:

> 唐末五代,俗流以诗自名者,多好妄立格法,取前人诗句为例,议论蜂出,甚有"狮子跳掷"、"毒龙顾尾"等势,览之每使人拊掌不已。大抵皆宗贾岛辈,谓之"贾岛格"。②

以至于有人一而再、再而三地斥骂他们"卑而又俗,浅而又陋"、

---

① (明)杨慎《升庵诗话》卷十一,《历代诗话续编》,中华书局,1983年,第851页。
② (宋)胡仔《苕溪渔隐丛话》前集卷五十五引《蔡宽夫诗话》,人民文学出版社,1981年,第376—377页。

"雕饰太甚,元气不完,体格卑而声气亦降",甚至痛骂这些诗人为"裈中之虱"①。于是,滥觞于杜甫、韩愈而大成于宋代诗人的一种诗歌语言革新潮流,应当被视为新的一轮诗歌语言陌生化运动,而这一轮"陌生化"的结果便是宋诗的形成。

尽管对宋诗有着形形色色的评价,诸如宋诗"主理"、宋诗"细腻"、宋诗"寡比兴"、宋诗"爱讲道理发议论"、宋诗"以筋骨思理见胜"、宋诗"不讲形象思维"……但这些评价往往不是凭感觉印象的抽象评点,就是以内容取代形式的价值批判,虽然评论者心目中的潜在参照系都是唐诗,却不曾从语言角度去辨析它与唐诗——宋诗总是被放置在唐诗的背景下拍摄的——的差异,于是结论下得固然痛快淋漓却总是隔靴搔痒地搔不到痒处。像严羽那一句"以文为诗"其实已经触及要害,但尽管这句话被一引再引,却总是被批评家当作一纸现成的判决书,至多为它找几条"证据"来证明它的权威性,却总是不去细细考究宋诗何以"以文为诗"而仅凭这一纸"终审判决"便干净利落地了结此案。因此,我们要追问这样一些问题:宋人为何要以文为诗?宋人如何以文为诗?以文为诗究竟有什么不好而被贬来贬去?

从语言形式与语言功能之间的关系上来看,诗歌语言似乎可以分为两大类。借用罗曼·雅各布森(Roman Jakobson)《语言学与诗学》(Languistics and Poetics)的一种理论,我们把诗歌语言按照它与它所涉及的"我"(说话者)、"你"(听话者)、"它"(内容或事物)三方面的不同"焦距"进行分类。当诗歌语言的功能焦距集中在"我"与"你"之间的时候,它的目的是"表达",换句话说,语言的目的在于沟通"我"与"你"之间,当然,如果更偏重"我",那么诗歌偏向于抒发自我的感情,如果更偏重"你",那么诗歌偏重于告

---

① 以上参见(元)方回《瀛奎律髓汇评》卷四十七,上海古籍出版社,1986年,第1753页;(明)陆时雍《诗镜总论》、(明)杨慎《升庵诗话》卷十一《历代诗话续编》,中华书局,1983年,第1418、851页。

诉"你"某件事情或某种意义,但抒情也罢,叙述也罢,都侧重于沟通"我"与"你"之间的信息渠道,把情感与意义传递给对方,因此,情感与意义的明白无误是至关重要的,它使得语言形式趋向于约定俗成的习惯或规范,以便使信息传达的线路畅通无阻。可是,当语言的焦距集中于"我"与"它"之间的时候,说话人便无须顾忌交流的畅通与否,而只关心描摹内心中所感觉到的"内容或事物",因此它构成一种感觉的"表现"功能,它的目的只是在于表现那个感觉中的世界。由于它既不关心"我"如何说也不关心"你"如何听,因此,它往往肆无忌惮地破坏习惯的语言规范,就好像喃喃自语或内心独白,语言中只是一个纯粹的"印象"。

唐代近体诗往往偏重于后一种"表现功能",它既不是宣泄"我"之情感的抒情诗,也不是要告诉"你"某种事情或意义的叙事说理诗——前者在唐诗中以李白、李贺为代表,后者在唐诗中以白居易、元稹的部分诗为代表,但他们的这些诗大都恰恰不是近体律绝而是古体诗——是以"表现"感受与印象为主的、独白型的诗歌,恰如清人吴乔《围炉诗话》所说:

> 唐人作诗,惟适己意,不索人知其意,亦不索人人说好……盖人心隐曲处不能已于言,又不欲明告于人,故发于吟咏。①

所以,在"乱声/沙上石,倒影/云中树"(刘长卿)、"寒雨/暗/深更,流萤/度/高阁"(韦应物)、"孤灯/寒/照雨,深竹/暗/浮烟"(司空曙)、"漏声/林下/静,萤色/月中/微"(姚合)、"沧海/月明/珠有泪,蓝田/日暖/玉生烟"(李商隐)等等诗句中,很少有古诗或古文中常有的"我"、"汝"、"侬"、"君"等标志行为主体的主语,也很少有使语序完整、意脉清晰的"在"、"于"、"之"、"所"等关系词,却有许多语序简略而错综的句式和词性内蕴不明确的字词,因此,你

---

① (清)吴乔《围炉诗话》卷一,《清诗话续编》,上海古籍出版社,1983年,第473页。

看不到诗人的"我"在那里指手画脚,说东道西,也感觉不到诗人要给"你"指明一个什么"道理"或讲述一个什么"故事",在诗句里呈现的往往只是诗人感觉世界中的原初本相,在诗句中传递的往往只是一个纯然无我的叠合印象,至于其中的微妙意蕴,要靠读者自己揣摩,而诗歌只是一群意象的组合呈现,恰如《沧浪诗话》所说的"羚羊挂角,无迹可求,故其妙处透彻玲珑,不可凑泊"。然而,宋诗则不同,吴乔《围炉诗话》在说了唐诗后又谈到宋诗,他说:

宋人作诗,欲人人知其意,故多直达。①

于是,"表现"的诗转型为"表达"的诗,宋人总是急不可耐地要人品咂出诗里的"理",因而总要想方设法地给人以"我"的暗示、"我"的启发;宋人苦心孤诣地要人涵咏出诗里的"意",于是总要半明半白半推半就地说出那话儿这谜底来。"争妍斗巧,极外物之意态,唐人之所长也;反求于内,不足以定其志之所止,唐人所短也"②,所以,"定其志"、明其意成了宋诗的首要任务,沟通"我"、"你"之间成了诗歌语言的首要功能,于是"意脉"的畅通是扫清阅读障碍的必要条件,而"语序"的日常化便不可避免地要作为诗歌语言变革的重要因素。

让我们随意挑几首最为人熟知的宋代律诗。以梅尧臣《鲁山山行》、欧阳修《戏答元珍》、苏轼《和子由渑池怀旧》为例,从中可以看出,中晚唐律诗里那种一句内意象密集地平行组合方式在这里开始发生变化,由于有了"适与"、"复"、"随处"、"疑"、"犹"、"欲"、"那复"、"无由"、"还"、"独"等不标识实在视觉物象的语助之词的间隔,意象被"疏离"了,意脉被贯通了,换句话说,由于有了这些语助之词,诗句显得疏朗而流畅了;同时,不仅意象不再

---

① 见《清诗话续编》,上海古籍出版社,1983年,第一册第473页。
② (宋)叶适《王楠诗序》,《水心集》卷十二,四部备要本。

"脱节",就连句与句之间的意脉也因为有了"跨句"和"复叠"的现象而显得十分连贯,像"人家在何处?云外一声鸡"的一问一答,"春风疑不到天涯,二月山城未见花"的一因一果,"人生到处知何似,应似飞鸿踏雪泥"的自言自语。据说"春风"二句欧阳修自己甚为得意,曾对人说"若无下句,则上句不见佳处,并读之,便觉精神顿出",就是因为这两句不仅意脉相接,语序连贯,而且合为一个整句时才能显示意味;而苏轼的那首诗不仅首联流畅如话,而且由于"踏泥留爪"与"飞鸿鸿飞"意象的反复迭出,打破了律诗"一句一意"的格式,使得前四句层层递进,环环相扣,意义便曲折而连贯。

宋诗里这类语式非常之多,我们不必去寻访那些冷僻的作品,就在我们熟知的名句中也可以看到"春阴垂野草青青,时有幽花一树明"(苏舜钦)、"我亦且如常日醉,莫叫弦管作离声"(欧阳修)、"夜来过岭忽闻雨,今日满溪俱是花"(郑獬)、"欲把西湖比西子,淡妆浓抹总相宜"(苏轼)、"此生此夜不长好,明月明年何处看"(同上)、"人似秋鸿来有信,事如春梦了无痕"(同上)、"海棠真一梦,梅子欲尝新"(同上)、"不识庐山真面目,只缘身在此山中"(同上)、"新月已生飞鸟外,落霞更在夕阳西"(张耒)、"余花犹可醉,好鸟不妨眠"(唐庚)、"未到江南先一笑,岳阳楼上对君山"(黄庭坚)、"但知家里俱无恙,不用书来细作行"(同上)……大概都与日常语言或散文语言的形态很相近,虚字关联词用得很多,因而语句很完整,很难找到唐诗里那种显眼的"诗眼",也很难区分出明显的双叠意象,所以后人看惯了唐诗或心里总是以唐诗为标准,便总觉得它像"文"而不像"诗"。《石林诗话》说欧阳修的律诗"意所到处,虽语有不伦,亦不复问"[1],而《四溟诗话》则干脆说:

---

[1] (宋)叶梦得《石林诗话》卷上,《历代诗话》,中华书局,1981年,第407页。

"凡多用虚字便是'讲','讲'则宋调之根"①,所谓"语有不伦"是以唐代诗歌语言为标准语言的批评,而所谓"讲",则是以日常语言为反面标准的讥讽。

清人贺裳《载酒园诗话》似乎对宋诗,尤其对欧阳修有一种狭隘的偏见,他觉得"宋人诗文,皆至庐陵而一变,有功于文,有罪于诗","诗至庐陵,真是一厄……开后人无数恶习","(欧阳修诗)佳处不易得,徒浅直耳,且有赋而无比兴"②,其实,这未免刻薄过甚,诗歌语言的转型并不见得全是坏事,如果我们把视野放宽些,从诗歌语言本身的"陌生化"要求与诗歌观念的变化两方面来看,这种"转型"也许恰恰是一种历史的必然。

从诗歌语言的"陌生化"追求来看。当杜甫以虚字入诗和以拗句入律的时候,当韩愈、孟郊以"钩章棘句,掐擢胃肾"和"不可拘以常格"的"横空瘦硬语"写诗的时候,大概他们并不是自觉地要掀起诗歌语言的又一次革新,可是,促使他们如此破坏诗歌语言习惯的心理动因却一定是对惯熟套路的不满。杜甫所谓"语不惊人死不休"的发誓和用"俗语"、写"拗律"的做法,显然和他运用错综语序写诗的动机一样,是为了取得某种惊人耳目的效果;而韩愈所谓"词必己出"的见解和"自树立,不因循"的说法,显然与他用生僻字、散文式语句写诗的做法互为表里,都是为了"惟陈言之务去"的有心立异。所以,在他们的律诗里,行文自然如古诗的句子开始出现了;在他们的诗句中,过去整饬有序、节奏分明的句式开始松动变形了;在松动变形的句子中,过去被严格剔除的"语助"之词又渗入了,不合平仄的"拗字"也出现了;而在句与句之间,意脉也开始畅通连贯了。像律诗中的"幸不折来伤岁暮,若为看去乱乡愁"、"秋水才深四五尺,野航恰受两三人"、"城尖径仄旌

---

① (明)谢榛《四溟诗话》卷四,《历代诗话续编》,中华书局,1983年,第1224页。
② 《载酒园诗话》,《清诗话续编》,上海古籍出版社,1983年,第411—413页。

觞愁,独立缥缈之飞楼"、"杖藜叹世者谁焉,泣血迸空回白头"(以上杜甫诗),古诗中的"古人称逝矣,吾道卜终焉"、"去矣英雄事,荒哉割据心"(以上杜甫诗)、"破屋数间而已矣"、"不从面诛未晚耳"、"忽忽乎余未知生之为乐也"(以上韩愈诗)、"吾见阴阳家有说"、"又孔子师老子云"(以上卢仝诗)、"生当为,大丈夫,断羁罗,出泥涂"(皇甫湜诗)、"始疑玉龙下界来人世,齐向茅檐布爪牙"(刘叉诗)、"黑云压城城欲摧,甲光向日金鳞开"、"我有迷魂招不得,雄鸡一唱天下白"、"飞光飞光,劝尔一杯酒"(以上李贺诗)……这些形如散文或口语的诗句使读惯了辞藻典雅、节奏整齐的诗句的人感到别扭,也使苦于套语束缚的诗人感到新奇,因而从此改变了古典诗歌语言的凝固形式,开启了宋人无数法门,正如叶燮《原诗》所说:

> 韩愈为唐诗一大变,其力大,其思雄,崛起为鼻祖,宋之苏(舜钦)、梅(尧臣)、欧(阳修)、苏(轼)、王(安石)、黄(庭坚),皆(韩)愈为之发其端……
>
> 开(元)、(天)宝之诗,一时非不盛,递至大历、贞元、元和之间,沿其影响字句者且百年,此百余年之诗,其传者已少殊尤出类之作,不传者更可知矣,必待有人焉,起而拨正之,则不得不改弦而更张之。①

这话说得很精彩,把"改弦更张"即"陌生化"的分界线定在"大历、贞元、元和"时代也很适当,唐人也已有"元和之风尚怪"的感觉,不过,说到为宋诗"发其端"则更应上溯到杜甫,《后山诗话》引黄庭坚云"韩以文为诗,杜以诗为文,故不工耳",就很明白地把"以文为诗"的渊源平摊给了两个始作俑者②。用宋人自己的话来说,

---

① (清)叶燮《原诗》,《原诗·一瓢诗话·说诗晬语》合刊本,人民文学出版社,1979年,第8—9页。
② (宋)陈师道《后山诗话》,《历代诗话》,中华书局,1981年,第303页。

破弃声律的始祖是杜甫,张耒曾想把这始创之功归之于他的朋友,说:"以声律作诗,其末流也,而唐至今诗人谨守之,独鲁直一扫古今",可胡仔却马上反驳说:"诗破弃声律,老杜自有此体,如《绝句漫兴》、《黄河》、《江畔独步寻花》、《夔州歌》、《春水生》皆不拘声律……故鲁直效之"①;用俗语白话入诗的始祖也是杜甫,像"禁当"、"谁能那"等,《岁寒堂诗话》卷上就特意点出:"世徒见子美诗多粗俗,不知粗俗语在诗中最难,非粗俗,乃高古之极也,自曹、刘死,至今一千年,唯子美一人能之。"②而《鹤林玉露》丙编卷三更把这种与精巧工整的古典诗歌语言大为不同的句子称为"拙句",觉得"夫拙之所在,道之所存也"③,所谓"破弃声律"和"粗俗拙句",恰恰也就是对古典诗歌语言形式中两个最关键因素格律与语序的"有组织的违反",而应当指出的是"新的艺术形式的产生是由把向来不入流的形式升为正宗来实现的"④。

从诗歌观念的变化的角度来看。一方面传统的"言志"、"美刺"的诗歌观念的沿袭及现实中自"安史之乱"以来的变乱的刺激,使诗人不能不重新调整诗歌的任务,从元结到白居易,从柳冕到韩愈,一种强烈地要求文学承担社会义务的思潮使得诗人不得不思考个人内心之外的世界,使得诗歌不得不肩负社会伦理道德甚至政治方略的宣传重任。另一方面,愈来愈深入而细腻的哲理思索与人生体验,伴随着愈来愈浓重的宗教——如道、禅——经验使人们逐渐形成了一种冷静、细微而形上的思维习惯。不仅仅是理学家,就是一般诗人,也常常善于"自一毫毛处体认大千世界"或"自平常歇脚处悟入",内在的胸襟与气质,外在的翠竹与黄

---

① 《苕溪渔隐丛话》前集卷四十七,人民文学出版社,1981年,第319页。
② (宋)张戒《岁寒堂诗话》卷上,《历代诗话续编》,中华书局,1983年,第450页。
③ (宋)罗大经《鹤林玉露》,中华书局,1983年,第288—289页。
④ V. Shklovsky语,转引自张隆溪《二十世纪西方文论述评》,三联书店,1986年,第77页。

花,触得着的万事万物,触不着的理念天道,在他们头脑中都打得通,由格物而入,由悟道而出,"定乱两融,心如明镜,遇物便了,故纵口而笔,肆谈而书,无遇而不贞也"①。所以,他们希望诗歌语言能担负起更深入而细腻地传递与表现的功能,所谓"不着一字,尽得风流"的说法及"言有尽而意无穷"的说法,不仅蕴含了诗人对语言的期望也充满了诗人对语言的失望,所以他们把更多的注意力放在了语言对"意"的传递能力上。上述两方面——对"理"的宣传与对"意"的表达——使诗歌语言转向了对"我"、"你"的沟通与理解,却逐渐抛开了对"它"——纯然无我的印象世界——的描摹。我们常常注意到的是宋人对唐诗的顶礼膜拜或赞誉称颂,却不常注意到他们对唐诗的批评与讽刺,请看下面几段话——

> 唐人作诗,用思甚苦而所得无多。
>
> 世称唐文物特盛,虽山林之士辄能以诗自鸣,以余视之,如双井茶,品格虽妙,然终令人咽酸耳。
>
> 世之病唐诗者,谓其短近,不过景物,无一言及理。
>
> 取成于心,寄妍于物,融合一法,涵受万象,此唐人之精也。然厌之者,谓其纤碎而害道。②

他们对唐诗"所得无多"、"无一言及理"、"纤碎而害道"的讥讽无非是由于唐人过分注重"纯然无我的印象世界",而忽略了对"我"的思考及对"你"的意义的表达与传递,于是,沟通"我"、"你",承担传播"意义"与"哲理"责任的语言功能凸现了,如果说梅尧臣所谓"意新语工"的见解还是在意义与形式之间执平的话,那么,"诗以意为主,文词次之"之后的种种议论,如"不反求于志,而徒外求

---

① 谢逸《溪堂集》卷七《林间录序》,胡思敬辑校《豫章丛书》本。
② 以上参见张耒《张文潜文集》卷五十五《答李援惠诗书》,中华书局,1990年,第835页;惠洪《石门文字禅》卷二十六《题权巽中诗》,嘉兴藏本,第707页;赵汝回《云泉诗序》,见张健《南宋文学批评资料汇编》,成文出版社,1978年,第545页;叶适《水心集》卷十七《徐道晖墓志铭》。

于诗,犹表邪而求影之正也,奚可得哉","意到语自工"①的正面说教,与"淡沾文字癖,虚觉鬓毛斑"的反面忏悔,似乎都以"意义"掩抑了"形式",魏了翁有一段话说得明白:

> 理明义精,则肆笔脱口之余,文从字顺,不烦绳削而合。彼月煅季炼于词章而不知进焉者,特秋虫之吟,朝菌之媚耳。②

因此,为凸现意义的语言功能就必然要促使诗歌向"文从字顺"即更易于表达与更易于理解的语言习惯靠拢,而朦胧玄远的个人吟唱也必然被沟通"我"、"你"的对谈性诗歌取代,于是诗歌语言中的"陌生化"追求与诗歌观念中对"理"与"意"的追求,构成一种推动诗歌语言形式变革的"合力",形成了宋诗"以文为诗"的语言特征。不过,在这里还应该指明的是,"以文为诗"的内涵并不像有的人想象的那么狭隘,似乎"文"仅仅指"古文"而不包括日常语言。其实,如果我们仔细辨析就可以看到,虽然有的诗人在挣脱唐诗烂熟套数中有意较多地偏向了古文语言以破坏诗律规范,形成夭矫瘦硬的诗歌语言,但他们无疑走了偏锋,因为那种生涩险奇的语式与词汇依然是阻碍"我"、"你"沟通的绊脚石(如黄庭坚的某些诗);相反,真正达到"陌生化"效果与沟通意义效果的却是以日常语言入诗的那类诗歌,因为日常语言不仅在"凸现意义"上优于生涩的古文语言,而且更吻合宋人理念上所追求的"平淡"、"自然"等美学原则,更能够体现一种风趣而生动的勃勃生机,像下面几首诗,不必写出作者与诗题,你也不会误认它们为唐诗——

---

① 以上参见宋刘攽《中山诗话》,《历代诗话》,中华书局,1983年,第285页;宋包恢《答曾子华论诗书》,见张健编《南宋文学批评资料汇编》,第443页;谢逸《溪堂集》补遗《读陶渊明集》。

② (宋)魏了翁《跋康节诗》,《鹤山先生大全集》卷六十二,四部丛刊本。

莫言下岭便无难,赚得行人错喜欢。正入乱山圈子里,一山放过一山拦。

游丝浩荡碎春光,倚赖微风故故长。几度莺声欲留住,又随飞絮过东墙。

半亩方塘一鉴开,天光云影共徘徊。问渠那得清如许,为有源头活水来。

二、以白话为诗:20世纪初的诗体革命

宋诗的命运似乎远不如唐诗那么灿烂辉煌。

从诗歌语言角度来说,宋诗的全部内涵就在于四个字:凸显意义,而凸显意义的结果是诞生了一代新的诗歌语言形式,它在细腻、明快、流畅上超越了唐诗:它的正常语序疏离了过去密集的意象,虽然密集平行呈列的意象能够构成一种扑朔迷离、五彩缤纷的视境,但它的意境却不清晰透明,往往炫人眼目,如七宝楼台,拆碎下来却一无所有,使读者穷于应付意象的轰炸却无暇深入体验,而宋诗的日常语序却使人们更容易理解诗的意义,因为对于熟悉的话语无须过多地琢磨便能在瞬间转换为它的所指;它对虚字虚词的使用改变了古典诗时空、因果关系的朦胧含糊,虽然朦胧含糊的时空因果关系增加了诗歌的"张力",但它却淹没了"说话人"即主体意识的存在,好像说话人把那一堆意象一股脑儿地推给读者就算完事,根本没有表示过自己的感觉或知性似的,于是"我"要说什么、"我"说这些干什么便成了一本糊涂账,"意义"与"关系"就被湮没了,而宋诗却使诗歌的表达更为明晰、主体意识的传递更为明确,而且更能曲尽其意,因为层次丰富的意义毕竟要通过因果、时空等关系词来层层递进,而微妙曲折的心理活动毕竟是要由各种各样虚词来细微表述的,所以翁方纲《石洲诗话》说:

诗至宋人而益加细密，盖抉刻入里，实非唐人所能囿也。①

但是，凸现意义的代价却是使诗歌受到了另一种损伤，诗歌是需要朦胧的，过分清晰便会一览无余；诗歌是需要自由的，主体意念的过多介入则限制了读者的想象；诗歌是需要逃避理念与抽象的，但是，凸现意义却使抽象与理念随着散文语言与日常语言——具体性意象的疏离、无形象虚词的使用与淡化形式的正常语序——的回归再次渗入诗歌。所以从宋代起，就有人骂宋诗"不是诗"，刘克庄《竹溪诗序》说：

本朝则文人多诗人少……要皆经义策论之有韵者耳，非诗也。②

从此以后，这类尖酸刻薄的话就更多了，李梦阳的"宋人主理作理语……若专作理语，何不作文而诗何为耶"说得还有分寸，但另一句"宋人……无诗"和何大复"宋无诗"、屠隆"彼宋而下何为？诗道其亡乎"等一样③，就干脆一笔抹倒了宋诗，即使断断续续有不少人赞褒宋诗，倡导宋诗，但他们仍没有理解宋诗的真正意义。于是宋诗总是在唐诗的万丈光焰中显得黯然无光，就像星辰太靠近了月亮似的，总免不了"月明星稀"的命运。所以几百年中，诗歌语言并没有沿着宋诗的路数变化，却始终在唐代诗歌语言形式的笼罩下徘徊，就连夏曾佑、黄遵宪等号称"诗界革命"的大人物，也只不过是提掇了几个新名词、新意象来镶嵌旧格式而已，并没有真正做到"我手写我口"。

---

① （清）翁方纲《石洲诗话》卷四，《谈龙录　石洲诗话》合刊本，人民文学出版社，1981年，第119页。
② （宋）刘克庄《后村大全集》卷九十四，四部丛刊本。
③ 以上参见李梦阳《空同集》卷五十一《缶音序》，何景明《何大复集》卷三十八《杂言》，屠隆《由拳集》卷十二《唐诗品汇选释断序》。

可是，极为有趣的是，在被称作"诗体大解放"的20世纪白话诗运动中，我们却看到了宋诗凸现意义、以文为诗这一精神的真正复活。

白话诗歌语言形式与古典诗歌语言形式的差异在高倡"打破文法底偶像"的康白情口中说得清楚之极："旧诗大体遵诗律，拘诗律，讲雕琢，尚典雅；新诗反之，自由成章而没有一定的格律，切自然的音节而不必拘音韵，贵质朴而不讲雕琢，以白话入行而不尚典雅。"① 这里所谓"自由成章"、"切自然音节"、"质朴"与"以白话入行"大抵就是指白话诗歌语言形式的散文化与口语化。虽然在胡适自嘲为"缠过脚后来又放大了的……放脚鞋样"的初期尝试性白话诗中，多少还有些古典诗歌的痕迹——如《蝴蝶》还残存了五律体五言八句的外在格套，《赫贞旦答叔永》还颇像五言古诗——但就在这些诗中，也已经摒弃了黄遵宪那种在旧瓶里装新酒，仅靠新词来装点旧门面的做法，而是采用了散文句法与口语句法。前一首诗里，"不知为什么／一个忽飞还"一句中，具有视觉性的实词意象已经被不指代任何实义而只标示心理流程的虚词所疏离间隔，使心理过程完全表现在语言过程中，换句话说，就是语言更明晰地表述了诗人面对外在世界现象时的心理活动过程与"现象"活动过程，"不知为什么"是心中所想，"忽"是表示感觉到的时间状态的虚词，这里过去那种"平行呈列"而密集化的意象世界被散文或口语式的语言疏离成了直线排列的意象过程与心理过程，而"也无心上天／天上太孤单"的前一句，按意义节奏划分就与古典诗的音步全然不同，不再是二、二、一或二、一、二的齐均节奏，而是一二二式的散行句子，至于"太"字，则纯粹是口语词汇了；而在后一首诗中，尽管还有文言语汇，但"听我告诉你"、"朝霞尽散了"、"老任倘能来，和你分一半"等，也已经在音步节奏、词语

---

① 康白情《新诗底我见》，载《少年中国》一卷九期，1920年。

构成、语法组合上向散文尤其是口语日益靠拢了。

不必专门挑选,在蓬勃而兴的众多白话诗中,我们都可以看到散文语言对白话诗的大面积渗透。

首先,古典诗歌尤其是格律诗中越来越罕见的虚词及不标志任何视觉性意象的词语越来越多地用在白话诗中,像"我(和)一株(顶)高(的)树并立(着)/(却)没有靠(着)"(沈尹默《月夜》),"屋子(里)拢(着)炉火/老爷吩咐开窗买水果/说天气不冷火(太)热,(别任)他烤坏(了)我"(刘半农《相隔一层纸》),"你看(那)浅浅(的)天河/(定然是)不(甚)宽广/我(想)(那)隔河(的)牛女/(定能够)骑(着)牛儿来往"(郭沫若《天上的街市》),"(偶然)停住(了)圆肩/默默地低垂粉颈/(好像在)街水中间/自顾娉婷的孤影"(俞平伯《东都春雨曲》)……括号中这些几乎从未出现于古典诗歌的虚词虚字,一方面标明了意象世界与主体之间的时间与空间关系,一方面呈示了诗人的心理活动与思维过程。前者如"着"、"里"、"了",它们使诗歌所指向的那个意象世界更加清晰,显得整齐有序,同时也由于这种清晰暗示了视角的出发点(诗人)与终结点(物象)的存在,使读者不得不以诗人视角为自己的视角,以诗人的时空位置为自己的时空位置,像"屋子里拢着炉火"一句,一个"里"与一个"着"字就限定了行为的空间位置(屋子里)与时间状态(正在进行着),因此,诗人所想所见所闻便清晰而准确地传达给了读者;后者如"定然是"、"定能够"、"好像在"、"别任他",则明确地表达了诗人心理上的思索与判断,它们都不标志任何视觉性意象,但都负担着把诗人的意向明晰地告诉读者的任务,使读者面前有一个诗人在,并细微地理解了诗人的思路与情感。

其次,意脉与语序都显得贯通流动了,这些虚词虚字使得那些具有视觉性的意象之间有了系连的纽带,如果把意象比作一个个澄澈而静谧的湖泊,那么虚词虚字就像湖泊之间的沟渠,它们使得各个湖泊的水互相流通，形成了动态的网络。于是，语言不再是意象的缀合而是意义的过程，语序变得流畅，意脉显得贯通，读起来不再生涩扞格而是非常畅快，像胡适《一念》中的"我若真个害厉害的相思／便一分钟绕遍地球三千万转"，不仅语序很自然，而且毫不介意地跨句跨行，直到把话全都说完，再如胡适很自负地称为真正"新诗"的那首——

  热极了！／更没有一点风！／那又轻又细的马缨花须，／动也不动一动。

且不说它毫不顾忌相同字面的重复、口语化的俚俗及标点符号的使用，就是语序也完全自然，意脉从"热"的感觉出发，用"更"字推开一层写外在世界的"热"，后两句再承接上一句写花须不动以证实"无风"，始终围绕"热"字，非常清楚，全诗像一句话似的，没有省略简化所造成的"跳跃"式中断，也没有错综颠倒所引发的"多义"性障碍；至于被称作"新诗正式成立"标志的周作人的《小河》，你从"一条小河，隐隐的向前流动。／经过的地方，两面全是乌黑的土，／生满了红的花，碧绿的叶，黄的果实。……"中，也可以看到白话诗那种顶顶规范而完整的句式，主语、谓语、宾语、定语、补语、状语都那么安分守己地各归其位，舒舒展展地伸长开来，全然不像古典诗歌语言那样藏头露尾，截长去短，以至于不成句子。

  再次，古典诗歌那种五言、七言的整齐句式、四句八句的规定行数、平仄相间对称错综的图案化格式被完全摒弃，白话诗以散文般的自由形式，冲击着千年以来形成的诗歌美学原则，把人们习惯的对称性结构全然打破，白话诗中，没有严格的声律，没有精工的对偶，没有实字双叠虚字单使的词汇规则，三字四字乃至八字九字都可以独立成句，三行四行七行八行十行二十行都可以构成诗篇，一句话可以跨行，一行可以是两句话，的确"等于说话，等

于谈家常,结构既不谨严,取舍更无分寸"①,"算得上是一种'诗体的大解放'"②。像周作人《两个扫雪的人》前面一小节:

> 阴沉沉的天气,香粉一般白雪下得漫天遍地,天安门外白茫茫的马路上,全没有车马踪影,只有两个人在那里扫雪。

又像胡适的《人力车夫》中的对话:

> 客问车夫:"你今年几岁?拉车拉了多少时?"车夫答客:"今年十六,拉过三年车子了,你老别多疑。"

这里没有整齐的句式,没有音乐般的韵律,它是诗,还是散文?至于康白情那首被成仿吾《诗之防御战》讥讽为"演说词"的《别北京大学同学》,实在是"分成行子"的散文,而最典型的是冰心那篇《可爱的》,原本是抒情散文,却被《晨报》副刊编者分成"行子"硬当作诗来发表,违背冰心本意的记者做得实在鲁莽,可冰心本人却完全接受了这种"鲁莽",竟"立意做诗"了,这个有趣的误会与默认很让人看到了"文"与"诗"在当时的合流。

三、宋诗与白话诗:一种共同的诗歌观念导致的语言革命

诚然,白话诗的确相当彻底地破坏了中国古典诗歌自齐梁以来的语言形式,但是,它真是"前无来者"或"史无前例"的"大解放"或"大决裂"吗?当时白话诗人沉浸在一种冲决旧罗网的激动情绪中,自然要用"解放"与"革命"这样掷地有声的字眼,因为不这样嘎嘣干脆就不那么痛快淋漓,但在冷静下来的研究者这里,

---

① 孙作云《谈现代派诗》,载《清华周刊》第 43 卷第 1 期,1935 年。
② 胡适《谈新诗——八年来一件大事》,收入《中国新文学大系·建设理论集》,良友图书公司,1935 年,第 295 页。

就应当看到"旧"与"新"之间并不可能那样一刀两断式地"银货双讫",每一个宁馨儿的诞生都不会是"天生石猴"似地毫无"来处"。虽然,新诗风的开创者及其追随者那种自尊与骄傲曾使他们总是有意无意地遗忘自己的"出身",生怕这种出身会辱没了自己的业绩,但是那割断了的肚脐与乌青的胎记总是会使他们暴露自己的谱系。于是,有人试图从词曲、民歌那里寻找白话诗的源头,似乎以这些出身比较"干净"的艺术形式为白话诗的滥觞就能使它的"革命"意义不言自明;也有人试图从西洋那里寻觅白话诗的发源,似乎它来自异邦新声便更能显示一种与传统决裂的意味,这些渊源当然都不算错。但是,为什么都不愿意承认它与宋诗那里已经开始的诗歌语言变革的关系呢?是不是因为宋诗属于古典诗歌,承认了这层关系就与传统黏黏糊糊、藕断丝连?是不是因为宋诗地位在唐诗之下,承认遥续宋人之风便等于承认"庶出"?我们不知道,但是,我们可以感到以词曲民歌或西洋诗歌为唯一源头的说法至少不太全面。试想,有几个初期白话诗人的诗歌素养是从《山坡羊》、《小放牛》、《莲花落》中来的呢?有几首初期白话诗是按照商籁体(sonnet)、回环体(rondeau)、素诗(blank verse)或轻重律、重轻律来写的呢?从白话诗运动的主将们浸润于中国文化,谙熟中国古典诗歌这个事实中,从当时盛行宋诗这一背景中,我们应当看到白话诗恰恰与他们所反对的中国古典诗歌有某种似反实正的渊源,在这里,我们尤其要拈出的是白话诗运动的精神与宋诗"以文为诗"趋向的微妙关系。

说到白话诗的"以文为诗",有不少人还是承认的,像20世纪40年代废名与李广田就有两句简略而明白的论述[①]:

> 我们写的是诗,我们用的文字是散文的文字,这就是所

---

① 参见废名《新诗应该是自由诗》,见《谈新诗》,北平新民印书馆,1944年。李广田《论新诗的内容与形式》,载《文学评论》1943年创刊号。

谓自由诗。

（今日新诗的一种共同特色是）诗的散文化。

可是,在白话诗运动初期,却只有坦率得可爱的胡适"童叟无欺"般地把新诗与宋诗的渊源关系一语道出,在《白话文学史》、《逼上梁山》中他几次说到宋诗——

其实所谓"宋诗",只是作诗如说话而已。①

我认定了中国诗史上的趋势,由唐诗变到宋诗,无甚玄妙,只是作诗更近于作文,更近于说话……宋朝大诗人的绝对贡献,只是在于打破了六朝以来的声律束缚,努力造成一种近于说话的诗体。②

并且他直言不讳地承认——"我那时(指1915年)的主张颇受了读宋诗的影响,所以说'要须作诗如作文',又反对'琢镂粉饰'的诗"。这里指的是他当时宣誓要进行诗体变革的一首诗:"诗国革命何自始,要须作诗如作文。琢镂粉饰丧元气,貌似未必诗之纯。小人行文颇大胆,诸公一一皆人英。愿共戮力莫相笑,我辈不作腐儒生。"这决不是胡适漫不经心的信口开河,只是这个由白话诗开创者亲口道出的事实被人们有意无意地忽略了而已。其实,当时中国诗坛正处在"宋诗"余波未尽的时代,据说当时人纷纷模拟宋诗,甚至连杜甫都被斥为"颓唐"③,正如胡适所说"最近几十年来,大家都爱谈宋诗,爱学宋诗","这个时代之中,大多数的诗人都属于宋诗运动"④。所以,只要对宋诗在诗歌语言变革

---

① 胡适《白话文学史》第十四章,新月书店,1928年,第355页。
② 胡适《逼上梁山》,收入《中国新文学大系·建设理论集》,良友图书公司,1935年,第8页。
③ 柳亚子《胡寄尘诗序》引畏庐语,载《南社》第五集,1912年6月。
④ 胡适《国语文学史》第三编第二章《北宋诗》,参见第三编《附录·五十年来中国之文学》,北京文化学社,1927年,第267页。

中的意义有正确的估价,对白话诗的语言结构与功能有冷静的分析,人们就能明白"要须作诗如作文"的白话诗与"以文为诗"的宋诗之间确有许多共同之处和直接的渊源。

也许,在宋诗与白话诗的共同之处中,最应当注意的并不是它们趋向散文与口语的相同语言形式,而是促使这种语言形式萌生的相同的诗歌观念。白话诗的始作俑者们有一个很固执的观念即茅盾所谓的"写实主义"①,这种"写实主义"并不是狭隘的"现实主义",而是胡适所谓"须言之有物"。1916年胡适在《寄陈独秀》中提出过八条"文学革命"的建议,其五为"须讲求文法之结构",其七为"不摹仿古人,语语须有'我'在",其八为"须言之有物"②,但过了两个多月(1917),他在深思熟虑后写下了《文学改良刍议》,次序却重新排列过,变成了——

  一、须言之有物。
  二、不摹仿古人。
  三、须讲求文法之结构。③

从这种次序的颠倒中,可以看出白话诗运动的倡导者心中对诗歌内容的重视实在是超过了对诗歌形式的考虑,而在陈独秀那篇以激进的口吻响应胡适的《文学革命论》(1917)中所谓的"三大主义"里,我们也可以看到"平易的抒情的国民文学"、"新鲜的立诚的写实文学"、"明了的通俗的社会文学",其实关心的焦点仍是在如何使诗歌写得内容充实即"言之有物"。

"言之有物"的"物"当然不能简单地理解为有故事、有情节,但也不能简单地理解为写问题、写主义。也许更准确地说,"言之有物"正是后一条"语语须有个'我'在"的另一种说法。古典诗歌

---

① 茅盾《论初期白话诗》,原载《文学》第八卷一号,1937年1月。
② 胡适《寄陈独秀》,《新青年》二卷二号,1916年10月。
③ 《文学改良刍议》,《新青年》二卷五号,1917年1月。

注意的是表现"纯然无我"的印象世界,古典诗人的人生情趣与审美理想更使得他们的诗歌凸现视境而消解意蕴,理念被含蓄地隐藏在视觉性的印象世界之下,情感则消融在声色各异的自然意象之中,因此,"我"即诗人无形中消失在诗歌之外,而"你"的理解、"你"的接受也不在诗人的考虑之列,一切都那么平和、隐晦、艰涩、含蓄。但是,白话诗人却希望诗歌处处有个"我"在。我的情感冲动、我的理智思索、我的"主义"、我的"精神"、我的观察、我的见闻,正如当时人所说,"主义是诗的精神……艺术离了主义,就是空虚的、装饰的,供人开心不耐人寻味使人猛醒的"①,"今日文学大病于徒有形式而无精神,徒有文而无质,徒有锵铿之韵、貌似之辞而已"②。我们看当时的白话诗,无论是写人力车夫的苦辛(《人力车夫》),写贫富悬殊、冷热迥异的人间(《相隔一层纸》),写学徒的受苦受虐待(刘半农《学徒苦》);无论是写蝴蝶孤单而暗示人生的寂寞(胡适《蝴蝶》),写鸽子"回环来往,夷犹如意"的自由来反衬人生的压抑(胡适《鸽子》),写落叶坠地象征生命的短促(刘半农《落叶》);无论是拟山歌写对河边阿姊的爱慕(刘半农《河边阿姊》),写自己对无私母爱的感激(郑振铎《母亲》),写爱神的乱点鸳鸯谱(鲁迅《爱之神》),还是写人生与时间(鲁迅《人与时》及周作人《过去的生命》)、人生与自然(俞平伯《凄然》)的思索,大凡都追求一种出自"我"——诗人——的理智思考与感情冲动的表白。在他们笔下,很少有"无我"的境界,"写人生"也罢,"为人生"也罢,"写实"也罢,"为社会"也罢,他们心中对于诗歌都存有这样一种观念:诗是写"我"之所思所闻所见所感的,诗是供"你"阅读,使"你"感动,让"你"受教育的。当年胡适曾批评古文学的缺点"就是不能与一般的人生出交涉",什么是"交涉"?按他的说

---

① 俞平伯《社会上对于新诗的各种心理观》,《新潮》二卷一号,1919年10月。
② 胡适《逼上梁山》,收入《中国新文学大系·建设理论集》,良友图书公司,1935年,第8页。

法就是要有"我"和"人","有我就是要表现著作人的性情见解,有人就是要与一般的人发生交涉"①,用我们的话来说就是要沟通"我"和"你"之间。因此,他们一方面尖锐批评古典诗歌"有形式而无精神",提出在诗中要凸现"情感"与"思想",一方面为着这种"情感"与"思想"的凸现而提倡更通俗平易的白话,借这种形式来疏通"我"与"你"之间的信息渠道。正如刘半农所说:

> 文字为无精神之物,非无精神也,精神在所记之事物,而不在文字之本身也。故作文字……不必矫揉造作,自为损益。文学为有精神之物,其精神即发于作者脑海之中,故必须作者能运用精神,使自己之意识、情感、怀抱,一一藏纳于文字中,而后所为之文,始有真正之价值。……否则精神既失,措辞虽工,亦不过说上一大番空话,实未曾做得半句文章也。②

为了这个"自己之意识、情感、怀抱"的记述与表白,所以才有"有什么材料做什么诗,有什么话说什么话,把从前一切束缚诗神的自由的柳锁镣铐统统推翻"的"诗体的释放"③。而用茅盾《论初期白话诗》(1937)的话来说,就是:

> 内容决定了形式。……诗的形式力求解放而决不炫奇作怪,也是无意中自成规约,而不是有意地在自防,因为健康的写实主义不容许炫奇作怪。

也许,正是到了白话诗,宋诗"凸现意义"的诗歌观念与"以文为诗"的语言形式,才真正地达到了前所未有的极致。无怪乎胡

---

① 《国语文学史》第三编《附录·五十年来中国之文学》,北京文化学社,1927年,第287页。

② 刘复《我之文学改良观》,收入《中国新文学大系·建设理论集》,良友图书公司,1935年,第65—66页。

③ 胡适语,见《中国新文学大系》二集,第72页。

适、钱玄同、陈独秀在纵观中国文学史时,要把宋代视为"不独承前,尤在启后"的时代,这或许是"心有灵犀一点通"吧?

四、巧思与机智:走向精致化的白话诗

鲁迅的一段话似乎代表了"五四"以来相当多文学家的心态——

> 要说现代的、自己的话,用活的白话,将自己的思想、感情直白地说出来。①

在那个时代里,诗人都负荷了许多责任,强烈的道德责任感和社会责任感使新诗不得不把宣传与说教、宣泄与呼号都划归自己属下,于是,"为人生"、"为社会"甚至为"教育国民"的诗歌不得不写得浅俗平直。胡适所谓"因为有了这一层诗体的解放,所以丰富的材料、精密的观察、高深的理想、复杂的感情,方才能跑到诗里去"②,在他看来似乎可以作为自夸的资本,实则却又恰恰是使诗歌越来越丧失诗味的根源。因为这些"材料"、"观察"、"理想"、"感情"太沉重了,以至于诗歌像一个不堪重负气喘吁吁的人路过山林只顾匆匆走进而无心细细游赏一样,白话诗无法不把沟通"我""你",凸现意义的使命作为当务之急来完成,所以诗里缺少语言的锤炼与意味的涵咏,总是把白开水似的大白话匆匆吐出来就算完事大吉。就像后来一个诗人所说的那样,"当时……做诗通行狂叫,通行直说,以坦白奔放为标榜"③。

这种初期白话诗的粗糙浅俗曾引起人们的不满,如成仿吾

---

① 鲁迅《无声的中国》,《三闲集》,人民文学出版社,1973 年,第 9 页。
② 胡适《谈新诗——八年来一件大事》,《中国新文学大系·建设理论集》,良友图书公司,1935 年,第 295 页。
③ 杜衡《望舒草序》,载《望舒草》卷首,上海现代书局,1933 年。

《诗之防御战》一口气举了胡适(如《他》、《我的儿子》、《乐观》)、康白情(如《别北京大学同学》)、俞平伯(如《山居杂诗》、《愚的海》)、周作人(如《所见》)、徐玉诺(如《将来之花园》)等人的十几首诗,着实奚落了一番,呼吁要"守护诗的王宫"。而穆木天在《谭诗——寄沫若的一封信》里痛斥胡适,认为"作诗须得如作文"简直是诗的一大厄,而"中国新诗的运动,胡适是最大的罪人"。于是,当诗人们心灵上那些为"人生"、为"社会"的责任感稍许轻了一些,当诗人有可能冷静地思索诗歌艺术本身的意义时,诗歌语言的作用便逐渐为人们重新认识,诗人们才开始试图在白话的基础上重建一种与日常语言不同的诗歌语言,既保持白话的"明白清楚"、"平易亲切",又可以恢复诗歌在音律上的铿锵、格式上的精美、意象上的鲜明与意境上的含蓄悠远深邃。因而古典诗歌的诸多语言技巧再次悄悄地被人们用于白话,当年白话诗最坚定的反对者胡先骕那句被人痛斥的名言"诗家必不能尽用白话,征诸中外皆然"[①],居然在白话诗人中也有人应之如响了,像俞平伯看出了"(白话)不是作诗的绝对适宜的工具"[②],郭沫若看出了"旧体的诗歌,是在诗之外更增加了一层音乐的效果"[③],闻一多又开始赞赏与倡导"节的匀称与句的匀齐"[④],徐志摩则干脆"承认我们是'旧派'"[⑤]。于是,在半遮半掩、羞羞答答地默认了旧诗的意义之后,人们又开始借古典诗歌语言形式为白话诗寻觅了种种补救方略,像新月诗人的讲究格律,追求音乐的美感,试图在语音形式上使白话诗变得精致起来,而象征派诗人的追求象征,雕饰意象,则

---

① 胡先骕《中国文学改良论》,载《东方杂志》十六卷3期,1919年。
② 俞平伯《社会上对于新诗的各种心理观》,《新潮》二卷一号,1919年10月。
③ 郭沫若《论节奏》,载1926年3月16日上海《创造月刊》第1卷第1期。
④ 闻一多《诗的格律》,《闻一多全集》第三册,三联书店,1982年,第414页。
⑤ 徐志摩《诗刊放假》,《晨报》副刊《诗刊》第十期(1926年6月10日),引自《中国新文学大系·史料,索引》,良友图书公司,1935—1936年,第120页。

力图在语词内涵上使白话诗变得更富有视觉的鲜明,而其中一个更普遍的趋向则是采用非口语化非生活化的语言。在相当多的诗歌中,诗人为避免白话一览无余、不耐咀嚼的短处而以"语言"的"机智"来增加诗味,则表现了诗人们力图在语句构成上使白话诗变得更含蓄精巧。正如周作人在《扬鞭集·序》里批评的那样,白话诗"像是一个玻璃球,晶莹透彻得太厉害了,没有一点朦胧,因此也似乎缺少一种余香与回味",它表明了诗人们开始自觉地反省白话诗的"大白话"趋向给诗歌带来的损害。

先让我们看几段较晚出的诗句:

　　本想在冬天就忘掉你/像树枝忘掉它的叶子/叶子也就永远化成泥(方玮德《一年》)。

　　天天下雨,自从我走了/自从我来了,天天下雨/两地友人雨我乐意负责/第三处没消息寄一把伞去(卞之琳《雨同我》)。

　　……又是残夜梦回/枕畔的书瘦损了。远处掷来一片狗吠/击破沉寂的夜网(吴秋山《雪夜》)。

　　故乡芦花开的时候/旅人的鞋跟染着征泥/沾住了鞋跟沾住了心的征泥/几时经可爱的手拂拭(戴望舒《旅思》)。

　　寻梦?撑一枝长篙/向青草更青处漫溯/满载一船星辉/在星辉斑斓里放歌(徐志摩《再别康桥》)。

乍一看去,这里的语句都是十分通畅的白话,可是仔细品咂,却体味出其中处处暗含的巧思。树与落叶的分离,叶化为泥,泥又滋养树的层层暗示,第三处没消息寄一把伞的情思,枕畔的人瘦损却只说书瘦损,狗吠是"掷来"的声音可以击破夜网,征泥沾住了鞋也沾住了心,还要用可爱的手拂拭,梦是不能寻觅的,却要撑一枝长篙去寻,这是不是一种巧妙的构思呢?也许这正如一位评论家说的是"峰回路转、千叠万嶂",你只能用自己的思索来重拟它的思绪来路。因此,无论是巧喻、暗示还是象征,它都属于

"机智",一种类似出谜与猜谜的"机智"。

"巧思"与"机智"弥缝了白话诗的种种缺陷,使它们逐渐与古典诗歌语言贴近起来。

首先,它自觉地运用"主语转换"的方法,消解了日常语言由于叙述主体即"我"的出现而造成的固定视角,使诗歌也呈现了一种古典诗歌式的"无我"般的灵动与摇曳。如卞之琳那首有名的——

> 你站在桥上看风景/看风景的人在楼上看你。明月装饰了你的窗子/你装饰了别人的梦。

第一句从"你"的视角(桥上)去摄取风景,第二句却从"看风景的人"的角度(楼上)来摄取"你",第三句以被动的方式将"明月"贴在了"窗子"上,而第四句又把"你"投掷到别人的"梦"里。在这种视角的转移——实际上是主语的变幻——中,诗人的精魂似乎被抛掷在一种茫然无定的境界,恰好表现了一种自我的失落感。尽管这首诗很让我们想到李商隐的《夜雨寄北》,但《夜雨寄北》主语的罕见,使它的自我并不强烈地表现无家可归的荒诞感,人们可以通过无主语的诗句去想象诗人的思绪与视角变幻,而这首诗却以明确的主语转换与视角变幻,使人感到诗人的迷惘。当人一会儿像旁观者观看自身,一会儿又是自己看旁观者,一会儿清醒地观看别人,一会儿又似乎成了别人的观看对象时,就真有一种"不知周之梦为蝴蝶欤,蝴蝶之梦为周欤"的彷徨与失落了。人们不仅会问:我是谁?我在那儿干什么?我真的存在吗?白话诗惯常表现出来的强烈的主体理念便这样被瓦解,人们不得不通过自身的体验来扪摸诗人的感受。另外还有几首诗则采用了另一种"视角转换"的方法,像"人在花里/人在风里/风却在人心里"(刘大白《泪痕》九十四),"花瓣儿在潭里/人在镜里/她在我底心里/只愁我不在她底心里"(康白情《疑问》二),"云在天上/人在地上/影在水上/影在云上"(郭绍虞《江边》),它通过方位的游移构成主体视角的变化,似乎人没有一个固定的处所,被抛掷在茫茫然的旷野中,分不清上下左右东西,它很令人想起禅宗的机锋"竹来眼底?眼到竹边?""倩女离魂,哪个是真的?"①,也令人想到今天朦胧诗人的名句"我看你时很远很远/我看云时很近很近",它打破了理念与知性的框架,还给人们一个置身其中四处环顾的立体世界,使人们能以自己的感觉印象重构一切。于是,这种语言技巧便使白话诗与古典诗越来越像了。直到当代的一些诗,仍在使用这种方式表现一种惘然如失的情绪,像非默依据《庄子》中梦蝶一段而写的《菊·蝴蝶·庄子》"……蝶在想菊,蝶管不了很多的事/一个不停地飞,一个却那么安静地开放……而菊在观看双目微启的庄子/菊的感觉一片纯白……他为什么不是一株菊/种在秋天的园子里,而我是他/坐在一边,看蝶的嬉戏",视角不停地在菊、蝴蝶、庄子之间轮换,时而从菊想庄子,时而从庄子想蝶,时而从蝶想菊,诗人的精魂似乎茫然无定,寻找不到归宿;而郑愁予的《梦土上》则以"云在我的路上,在我的衣上/我在一个隐隐的思念上/高处没有鸟喉,没有花靥/我在一片冷冷的梦土上",把"我"抛掷在一个渺茫的梦境中,使人感到诗人处在一种"出窍"状态,于是,有主语句便完成了无主语的使命,使"我"隐没不见,使"你"再也感觉不出有一个诗人在指手画脚。

其次,它自觉地运用"逻辑中断"的方式,打乱句与句之间的传递链条,使诗歌出现一种"跳跃"式的句子,而由读者自行缀合,利用这"跳跃"的空白来扩展诗的空间张力。这里指的不是像"一卷烟,一片山,几点云彩/一道水,一条桥,一支橹声/一林松,一丛竹,红叶纷纷"(徐志摩《沪杭车中》)或"栈石星饭的岁月/骤山骤水的行程"(戴望舒《旅思》)这样极像古典诗平行呈列意象而全无系连词的诗句,这样的诗句既不多也并非白话诗之所长,白话诗

---

① 《五灯会元》卷十,中华书局,1984年,第564页。

的"白话"性质使诗人不能不把诗句大体上说"通",但是,诗人可以使句内通顺的白话在句间不"通"。像李金发《题自写像》的头四句:

> 即月眠江底/还能与紫色的林微笑/耶稣教徒之灵/吁,太多情了。

分开来哪一句不成句子?但合起来又如何诠释?尽管有"还能"、"太"、"了"这样的虚词,但却全然没有逻辑串连的功能。又如穆木天的《苍白的钟声》:

> 一缕一缕的檀香/水滨枯草荒径的近旁/——先年的悲哀永久的憧憬 新殇/听一声一声的荒凉/从古钟飘荡 飘荡不知哪里朦胧之乡/古钟消散入 丝动的游烟……

连起来是什么意思?不太清楚,拆开来,却似乎每句都可以明白,这很让人想到李商隐与温庭筠的那些诗或胡适称为"诗谜"的那些老杜七律,看似零散而无法连贯的诗句合起来并不是告诉"你"什么思想,也不是倾诉"我"什么思想,而是构成一种氛围,一种可以意会而不可言传的心理感受。当然,李、穆的诗句可能"跳跃"得太过分太晦涩了,但当时相当多的诗确实很普遍地运用着这种方法,像吴秋山《雪夜》、卞之琳《雨同我》,都有这样的"句间中断"现象,"我的忧愁随草绿天涯/鸟安于巢吗,人安于客枕",句间究竟怎么联系?"又是残夜梦回/枕畔的书瘦损了",句间究竟是什么关系?都要你自己去沉思,去体验,而当你沉思体验之中,你就不由得添加了许多自己的感觉,于是在那刹那间,这诗人的经验也就成了你的经验。当代诗人的许多诗也是如此,像"风,掀动书页/历史在你掌心/自语"(刘祖慈《历史学家》),从书页到历史,从掌心到自语,中间有几许环节需要填补?"径隐/院燕。篱散/檐曲。灶小煨得两人/树斜红过三窗"(郑愁予《踏青即事》之二),这径、院和篱、檐构成一幅"庭院深深深几许"的立体画图,你得有多少空白依想象增添？从灶小到树斜，又得加进多少心理的空间？白话写成的诗本来无法摆脱因果、时空及思维的链条，可是机智的巧思却把句间的关系打散，腾出了一大片想象的空间。

再次，词的活用使诗歌再度获得诗的魅力。在《论诗眼》一章中我曾谈到古典诗歌中的动词、形容词的活用，但在古人来说，汉字本来就无所谓动词、名词、形容词的自觉区别，活用是很自然的事，但在现代人来说，这词的活用便是机智的腾挪、巧妙的借用。像"寺上的一声声晚钟/敲进了我心扉的深处"（马子华《台城上》）的"敲"，"细雨牵住行舟"（李金发《无名的山谷》）的"牵"，都是把表述物理世界运动的词汇借用到心理世界的感受中，使不可言传的感觉变成了具有视觉性的意象，并与"晚钟"、"细雨"串连起来，利用它们本身蕴含的情感象征意义给心理以具象的说明。显然，这种词汇的活用还没有完全超出古典诗歌语言技巧的圈子，但身在20世纪用白话来写作的诗人却与古人不同，他必须超越自身的语言习惯才能做到这一点，也就是说，他必须有"语言的自觉"，否则，如果他像古人一样在习惯中写作，就写不出这样的诗句了。当然，白话诗人们更多利用的不是单个字单个词的词性挪移，而是整个语码程序的"合理错位"，像"让梦香吹上了征衣"（戴望舒《山行》）把"梦"、"香"捏在一起并让它"吹上"征衣，"古钟飘散在水波之皎皎"（穆木天《苍白的钟声》）先以"古钟"代替"钟声"，又将声音当作一种可触可见的物"飘散"于水中，"我将由你的熠烁里/凝视她明媚的双眼"（朱自清《灯光》），则将灯光视为"双眼"，又从其中"凝视""她明媚的双眼"。这些并不合"常情"的语汇编在一起，互相纠缠，便使人们阅读时不能不考虑其中的意味而抛开字典意义，于是便拥有了一种由"自我阐释"而产生的新的语义世界，因为这种语言的编码方式虽然是诗人智慧加想象力的产物，但一旦呈现在你面前并抽去了思维的若干中间环节，你在阅读时加入了你的体验与思索，那么，这个被补足了的新的语言世界就属于你自己了。

应该说,这种"机智"使白话诗变得有诗味了,但它并不是中国古典诗歌语言的"正脉",而仍是沿着宋诗那种"主理"的路子,因为"机智"是理性"巧思"的编织品,而不是感觉信手拈来的"印象"。古典诗歌那种平行呈列的密集意象所构筑的世界是含蓄朦胧的,但那是浑然一体的、无我的直觉印象,而诗人的运思、编织、经营痕迹却如羚羊挂角,无处寻觅,宋诗的世界不是含蓄朦胧而是曲折幽深,它是以精巧而细密的平易语句把作者思路中那些绵密针脚巧妙地暗示出来,使人读后顿时恍然,从恍然开悟中获得一种"破译"的快感,于是生出会心的一笑。宋诗中那些颇似禅家机锋的反讽、似俗实巧的隐喻、挪借精致的象征与绕路迂回的说解,都显示了一种诗人的"机智"。正如特莱登所说的,它是"锐利的巧思",它是诗人大脑中"一个思想接一个思想的快速连续动作"在语言表述时省略了系连环节的结果,它通过语言的巧妙组织把要表述的思想以"谜面"的平易方式写出来,而把内蕴深刻的谜底用种种逻辑上可以推论与判断的方式隐藏起来,让你在"射覆"中的时感到一种愉快。这种"机智"来源于一种思维的精巧安排,因此,宋诗被视为"主理"并不冤枉,何况它的"谜底"也是人生哲理居多。诗人以"机智"表现自己深邃的人生思考,他所用的语言,在表面的平易、通畅、自然下显露着种种"巧思",如曲折的迂回的逻辑逼近,似反实正的欲擒故纵,化俗为雅的深入浅出,比拟借喻的出人意表,巧用词语的双重意味等等。而20年代以来的白话诗正走上了这种"巧思"与"机智"的路子,并开始与古典诗歌语言彼此融会,向"现代诗"迈出了第一步。

也许,这还算不上"现代诗"。因为那个时代的诗人们还没有现代的语言意识,只是把语言当作意义的载体,他们关心的不是在语言形式本身中所体现的本体、无、存在、存在者的境况,而是语言形式如何传递意义与情感。那个时代的诗人们还没有现代的文化心理及哲学意识,他们虽然也感到迷惘、孤独及隔绝的苦闷,但这些在他们心灵上只是一种情绪,一种来自生活与爱情、社会与事业等具体领域里的情绪,而不是来自人与自然、人与人、人与自我分裂的带有本质意义的体验。特别是,正当白话诗不断发展,在20世纪30年代中叶出现了极佳的势头时,民族危机却降临了。"救亡"的沉重责任压倒一切。诗人们迅速把诗的重心移向现实,于是,诗歌"走向精致与巧思"的进程中断,这一中断长达数十年,直到80年代。但是,从宋诗开始,到白话诗而大成的这一轮诗歌语言革命,不正是"走向现代诗"的前奏么?

香港中华书局1990年版后记

用匈牙利人发明的玩具"魔方"来比拟中国古典诗歌实在出于无奈,不过,我确实找不到更合适的比喻了。一个由二十七块小方块组成的大方块,可以任意组合,变幻出种种不可思议的形状,但又总是保持着它"3×3×3"的立方体,这与中国古典诗歌特别是近体诗歌的语言形式太像了,单音节、具有视觉性、意象自足性的若干个汉字,在一定的框架中千变万化,组合了多少令人着迷、充满魅力的诗歌!

可是,不知为什么人们总是对中国古典诗歌语言形式的美学意味视而不见,却热衷于在水中捞盐似的寻找诗歌的"言外之意"、"弦外之音"。也许这是从老庄佛禅玄学理学那一路积淀下来的直觉思维习惯,也许这是从诗话、诗注那一路传承下来的印象主义传统,也许是对"形式主义"由来已久的深恶痛绝,虽然我一直怀着最大敬意向这种习惯与传统立正,但我始终害怕这种习惯与传统会害得我们诗歌阅读者染上信口开河、凭空臆测的毛病,把"内心独白"甚至是梦呓臆语当成诗歌解释学的通则,就像孟老夫子"以意逆志"与后人"诗无达诂"这两句话常常成了不负责任的诗歌教师的遁词一样。远的不说,就是近年来很是热闹的各种"鉴赏词典"、"鉴赏集",又有哪几篇不是以阅读者的个人体验来代替诗歌的美感内涵?又有哪几篇不是越俎代庖地把自己的想象当成了诗歌的内容,害得人不是读诗而是读"想象者"的文章呢?

于是我希望从诗歌语言形式出发建立一个新的诗歌阅读规范,尽管我知道"规范"有时是阅读的基础有时是阅读的桎梏,但诗歌毕竟是语言文字按一定形式组成的,就像刘勰说的那样"因字而生句,积句而成章,积章而成篇",何况中国古典诗歌尤其是近体诗本身的形式意味就很强烈呢!在这种语言形式基础上理解诗歌虽然不免有些拘束、刻板,但总比漫无边际、随心所欲的想象来得准确,这就是我写这本《汉字的魔方》的最初动机。

可是,这本小册子并不尽如人意。这一方面是因为把期望树得太高、框架铺得太大,所以力不从心,左右一看,几乎没有多少可资参考的书,这使偷懒的念头落空而偷懒的习惯却依然存在,所以只好左右支绌,现出捉襟见肘的窘相;另一方面则由于我历来奉行写书得让人爱看的原则,总想把文字写得轻松些,可这部小册子却由于它涉及的问题很少有人论述,所以迫使我不得不重建许多生涩的概念并不得不一一解释,所以想轻松的轻松不起来,想俏皮的变成了油滑,想深入浅出的变成了夹生饭,特别是今年初生的一场病和五六月里发的一场烧,使我耽搁了很长时间,最后不得不匆匆赶写,所以使得夹生饭又串了烟,很多地方由于心急火燎而写焦枯,很多地方又由于匆匆带过而显得生硬。

好在问题都摊开了,也许能给人一点启发。

1989 年 6 月 19 日于北京

辽宁教育出版社1998年修订版后记

在我自己撰写的各种书中,我对这本关于中国古典诗歌语言的《汉字的魔方》有些偏爱。在中国,古人常有老来"悔其少作"的说法和旧作"用覆酱瓿"的故事,但是,前者常常成了欲盖弥彰的掩饰而后者常常成了并不真诚的谦词,我没有这样的想法。写于1989年的这本书,总是让我想到那一年,当时辗转在人大附中的一座小楼和恭王府的九十九间半楼上,没有自己的住处,但一直在写,而且似乎是很用心地在写,兴趣盎然地写,白天心里牵挂着外面的世界,但一到晚上写作的时候就只有心里的世界,终于写出了这本书。八年以后再来看,虽然毫无疑问地看出了当年不可避免的草率和疏浅,也感到它有现在已经不复存在的敏锐和机智。不过,现在再来修订此书,倒并不是借了往年的著作追忆那一段已经逝去的时光,而主要是因为这本书出版于香港,在大陆却很少有人看到,当本书的部分章节在各种大陆学术刊物上陆续发表的时候,当一些朋友读到关于此书的评论时,他们常常会写信询问,这本书在哪里可以买到?

修订再版《汉字的魔方》,还有一个原因是关于诗歌语言尤其是古典诗歌语言的研究在中国内地至今还并不算很多。顺便说一件小事。就在今年,有一次看到某大报刊登的一则报道,据说有人"创立"了一个理论,说中国诗要从汉字出发研究,似乎是前无古人的一大发明,真是让人哭笑不得。其实这个意思我在这本书里已经说得很明白,而我说得很明白的意思也不是我的发明,本世纪头二十年的中国文学史在叙述文学史时常常要先追溯文字之起源,本世纪初西洋人费诺罗萨(Ernest Fenollosa)已经说到汉字与诗歌的关系,但是本世纪初的中国人和西洋人也不拥有这个发明的专利,因为古代中国的文学家也曾说过"因字积篇"的道理,而古代文学家说过,也不是什么大不了的事情,因为这只不过说的是一个最简单的事实,"汉诗是由汉字写成的"。可是,由于这最简单的事实没有成为不言而喻的研究起点,所以会有人觉得陌生,会有人觉得新鲜,当然也就有人会觉得自己有了一个大发明。1988年,我在一份并不重要的杂志上曾经发表过一篇题为《关于古典文学研究的随想》的小文章,在这篇文章中我曾经预言语言研究可能成为古典文学研究的趋向之一,惭愧的是我的话并没有应验,至今传统的文学史教科书的观察角度、叙述方式、章节结构仍然笼罩着古代文学的研究,大而无当而且并不可靠的背景批评仍然挟着决定论的余威引导着考证与评判的思路,没有准确内涵的感受和印象式的表达仍然是文学研究的惯用套数,不过,也正因此,我自以为这本《汉字的魔方》尚有修改的余地和再版的意义。

当初写作的时候,有的章节写得草率而且肤浅,这是我的责任,当初出版的时候注释被删去不少,这是出版社的需要,此后几年中我又陆续对这一领域有一些想法,我希望一起发表出来。去年,我向香港中华书局提出在大陆再出修订版的请求,同时又承蒙辽宁教育出版社允诺出版,于是就有了这个修订本。这个修订本删去了原香港中华版中的《楔子:中国诗是中国字写成的》、《汉字与诗歌:一种天然的诗歌质料》两章,增加了《背景与意义——中国古典诗歌研究中一个传统方法的反省》、《语言与印象——中国古典诗歌语言批评中的一个难题》、《论虚字——中国古典诗歌特殊语词的分析之二》三章,对原有的各章进行了文字上和论述上的修订,把大多数引文都作了较规范而且详细的注释。

修订的时候,时值据说是1943年以来北京最漫长的一个酷暑,在圆明园畔的寓所中,我挥汗如雨地到处翻书,在桌上把已经许久不看的文学书籍摊开,一一补入各种文献,可是,时间毕竟已经过去八年,人的记忆力总有限,很多资料和文献,现在重新来查找,有时会很难,偶尔也有干脆查不到的时候,这时自己就会责骂自己,当时为什么不记下来,天气的炎热加上心情的焦躁,让我更加汗流浃背。好在终于修订完毕,在我写这篇《后记》的时候,窗外下着入夏以来最让人期盼的一场雨,也许,雨下过后,天气会变得稍稍凉爽些。

1997年7月19日于清华园

复旦大学出版社2007年版序

阅读唐诗宋词，几乎是大半文科学者起步时代的共同爱好，我也不例外，大学虽然攻读古典文献，最先细读的是《史记》，论文做的先是《通鉴》，后是明清史学，但是仍然时时旁骛文学尤其是古典诗歌。读得多了些，反过来看各种文学史和诗歌史，就生出一些疑惑，为什么这些研究论著和入门引导给人说诗，总是有些像"嚼饭与人"，把印象和感受当作诗歌分析和解释的唯一途径，弄得通过这个途径进入诗歌阅读的读者，仿佛在吃唾余剩饭。于是，我有些想另辟蹊径，刚刚好，那时一些西方学人对于中国诗歌的解读传入，一些新理论新方法也很吸引人，技痒之下，开始尝试重新解释古典诗歌。在初版有而再版时被删去的文字中，开头一节是专门讨论"汉诗是汉字写成"的，我当时觉得，这是重新理解古典诗歌尤其是特别凸显着中国诗特色的近体诗的关键，恰恰也是人们很容易因为它是"废话"而"闲置"的前提，因此，它成了我写这本小书的思路起点，也是我命名这部书叫《汉字的魔方》的原因。

把天才的感悟和印象的描述，当作复述诗歌手段和引导阅读途径，这个传统很长，长到可以追溯到"言不尽意"的提出时代。它一方面得到"无心是道"之类古代道理的支持，显得境界相当高妙，一方面得到赏析者的喜爱，因为这样才能表达出自己"不可言说"的体会。可是，这种很超越的方法虽然能启发"上根人"的心弦，却对一般阅读者的理解相当有伤害。我以为，这些印象式的感受对一般阅读者,远不如像王力《汉语诗律学》那样,能提供给阅读者理解、分析和欣赏的"底线"和"基础"。不过,出自语言学家的这些讲诗词格律的著作,又太多停留在语言形式上,那些"语法"、"词汇"、"修辞"、"结构"等等,似乎绝不愿意进入诗歌审美领域,因此,我才决定要写这么一本小书,这本小书可能也是中国大陆较早用语言学方法分析诗歌的著作。

总想着把传统文学语言和现代分析手段互相沟通,好像是想把青铜鼎熔化了放进现代模具重铸成标准件,但是,"橘逾淮则为枳",移植总是要截枝伤根,无论是圆枘方凿,还是方枘圆凿,始终是有些不合的。特别是毕竟自己不是当行专门,仍然是"花脸反串花旦",所以,只好找个取巧的办法,选取一些来自古典批评的现成词语,借了现代语言分析方法作现代的诠释,仿佛"新瓶装旧酒"似的讨论了诗歌的"意脉"、"诗律"、"典故"、"虚字"、"对偶"等等,最后,由于有着历史癖好,便加上了一个"从宋诗到白话诗"的尾巴,表示自己的讨论"有始有终",算是把古典接上了现代。

很多年过去了,回忆那个写书的年代,真是有很多感慨。那是一个充满了激情和烽火的动荡岁月,我白天能在人群中体验着现代的抗争和激情,晚上却也能回到陋室沉浸在诗歌之中不再有任何喧嚣,人居然可以这样生活,这真是一个奇妙的体验。也许,现在身心俱疲,年岁渐老,已经不再能全身心地拥抱激情,也很难心如止水似的回归到诗歌中了。

2007年7月29日

附录

语言学批评的前景与困境[①]
——读高友工、梅祖麟著《唐诗的魅力》

一

读一部好书总是惬意的,高友工、梅祖麟的《唐诗的魅力》中译本尤其以他们那些富于启迪性的方法和意见令人感到兴味十足。

这部由《杜甫的〈秋兴〉》、《唐诗的句法、用字与意象》和《唐诗的语意、隐喻和典故》三篇长论组成的著作反复提到雅克布森、燕卜荪和瑞恰兹等人的名字,已经表明它基本上是用"形式主义-新批评"的方法即语言学方法来谈论唐诗的。这种以"细读"(close reading)为手段对诗歌语言进行细致的分析与诠释的方法不仅注意对词句语意的发掘,而且注意语法即语词搭配的样式、语音即音型的变化对诗歌意义的影响,过去人们粗率浏览而轻轻忽略的精微细密之处被它一一剔抉出来,过去人们漫不经心而置之一旁的语言形式意味被它一一爬梳清楚,于是便使唐诗研究面目一新,让人确确实实地领悟到唐诗语言魅力所在。比如本书对唐诗中"构成意象、摹拟动作、推演衔接"三种句法的分析,不仅基本上勾勒了唐诗语法结构的类型,而且深入到诗歌思维心理的深层,揭示了诗思的规律与特征;对汉、英诗中基本意象的解析,不仅指

[①] 之所以把这篇书评作为本书的"附录",是因为它是在《汉字的魔方》一书出版之后撰写的,也许可以反映当时我对诗歌的语言学批评的看法。

明了汉、英诗中的意象作为简单意象与复杂意象、泛指与特指,分别有指向性质与指向事物的差异,而且深入到了由语言所表现的中西思维方式的差异;对隐喻与典故的描述,不仅巧妙地以"天真烂漫与饱经沧桑"划清了二者的畛域,指出了"动词中心性"与"诗歌语词分类范畴"之于语意的作用,而且还运用"对等原则"指出了使用隐喻与典故的诗人一方面"渴望回到万物合一的理想世界",一方面又不得不注目于现实"为世故放弃纯真",因而"用分裂的自我的声音来说话"。

不仅如此,作者还试图超越形式主义和新批评派语言学方法的局限,使语言学与现代的文化思维语言理论与传统的背景意图印象批评融汇沟通,这不仅表现在行文中常常征引的卡西尔、乔姆斯基等理论之中,表现在常常参照的古人诗论之中,还常常反映在具体的诗歌批评实例之中(如对《秋兴八首》的分析)。尤其是作者注意到,唐诗的语意往往很难在纯语言范围内寻觅,它所蕴含的更丰富的内涵使分析者"不断发现自己每每不得不超出这种(文本语言)限制",分析者必须将诗歌置于一个更广阔的时空之中,"从文本发展到了背景",于是,在全书的结尾作者指出——

> 把"传统"这一概念引入结构主义的理论,似乎是对它进行扬长避短地改造的最好方法。

这一方向无疑向人们指示了语言学批评的前景。但是,正是从这里也出现了理论的裂痕,使我们开始感到疑惑,我们知道,每一种经过长期酝酿、反复研磨而诞生的文学批评理论,都已经形成了自我完足的独特视角与自成体系的批评方法,对它的超越如果不是总体性的"颠覆"而是局部性的"修补",常常会出现中国谜语中关于大蒜"兄弟七八个,围着柱子坐,只要站起来,衣裳就扯破"似的现象,对它完整的"质体"造成瓦解。那么,引入"传统"的后果是什么?背景批评与语言批评二者如何协调统一?瓦解文本内部批评的因素会不会损害语言学批评本身?"传统"是否会悄悄地越俎代庖或指手划脚,从而把语言学批评引入困境?

二

以文本语言为中心的诗歌语言学批评,强调批评的"客观性",断言"研究(作品产生原因)起因永远解决不了文学作品这样一种客体的描述、分析与评价问题"(韦勒克、沃伦《文学理论》)。这一见解当然有其偏执之处,但是谁也不能否认,当人们既想用语言学方法对文本进行纯客观或建立在阅读反应基础上的批评,又想通过沟通历史背景、作者意图,以准确还原诗歌内涵的时候,常常会出现 W. K. 文萨特和 M. C. 比尔兹利所说的"意图谬误"(intentional fallacy),所以他们坚持这样一个信念,"将诗与其产生过程相混淆",就会导入"传记式批评和相对主义"。

但是,当作者"发现自己每每不得不超出这种(文本语言)限制"而"从文本发展到了背景"时,一个瓦解语言学批评大厦的因素就开始出现,最明显的就是批评的客观性受到挑战,语言被背景所干扰。如对《秋兴八首》的批评,作者显然受到来自"传统"的有关它背景的种种议论的影响而形成了先入之见,而这种先入之见引发的阅读感受又成了语言分析的前提。像时时出现在论文中的"淡淡的忧伤"、"失望情绪",究竟是文本语言分析的结果还是分析文本语言的前提?"特定的对比"、"有意的淹留"是来自关于背景、意图的旧说的启迪还是来自语法、语意、语音研究的产物?作者认定,《秋兴八首》中处处存在着盛衰对比、今昔对比、远近对比,而"音型和节奏的变化,其作用在于体现这些对比",这些语言上的变化"应是作者有意识的安排",于是,这样的分析就把背景意图、文本语言、感受反应联缀在一起了。

这当然是一种相当圆满的结果,如果我们能够断定作者的确有如此的意图,语言的确有如此特征,读者阅读的确有如此反应,那么这里自然天衣无缝。问题是作者的意图只是一种推测,这种推测的来源往往是后人一些无须负责的议论,而以不可靠的前提来讨论语言,常常使语言分析成了背景意图的谄媚证人而失去其客观、公正与独立,例如《秋兴八首》之五中"西望瑶池降王母,东来紫气满函关"这两句,因为作者事先的"定见",便将这两句套入盛衰对比的历史背景与作者意图,说"(瑶池、王母、紫气、函关)这四个名词都带有道教那种淡乎寡味的神秘色彩,这样的搭配暗示了一种批评:唐王朝的衰落原因可以追溯到源于杨贵妃的腐败影响,这种暗示是通过'瑶池'和'王母'传达的",并且进一步推论,这两句"对仗的不严整"表现了"某些不祥的暗示",而音型的变化(降王母的 k-r-m 是满函关的 m-r-k 的颠倒)则表现了"一种骄矜,这种骄矜预示了唐王朝式微的命运"。但是,瑶池、王母、紫气、函关这些来自道教的名词决非淡乎寡味相反如花团锦簇,至少在唐代是这样的,它们的搭配并不给人以"不祥的暗示"或"式微的命运"而恰恰给人以繁盛、吉祥、喜庆和神奇的感觉,因为瑶池王母正是奇丽神异的永恒象征;而紫气函关更是表示吉祥的常用典故。后世人合用这两个典故的,也常常用来烘托热闹的气氛,像洪昇《长生殿》十六出"紫气东来,瑶池西望,翩翩青鸟庭前降"。至于用"王母"、"瑶池"影射杨贵妃,这说法更不近情理。且不说唐诗很少这样的例证,就是从情理上推断,也不至于如此,因为西王母之于汉武帝并不同于杨贵妃之于唐玄宗,这种"暗示"和"表现"与其说是来自文本语言或杜甫"有意安排"还不如说是来自后世对背景意图的穿凿附会,而以此为出发点来分析语法的"不严整"和音型的"颠倒",似乎就有倒因为果的嫌疑了。

我们过分苛刻地举了这一例子并非要否定"从文本发展到背景"的努力,而是试图指出这种努力可贵却潜伏危险。从形式主义到新批评派之所以让"作者死去",乃是避免"意图谬误"的一种画地为牢的办法,这种办法利弊如何且不去说它,但要"摒弃"他们的基本观点却须时时谨防陷阱,这陷阱类似逻辑上的"循环论证"。本来,当传统的方法把意图、背景当作解释诗歌的钥匙时,常常会忘记语言的魅力,将背景意图视作文本的意义,而当现代的人们分析语言时,又常常要把背景意图抛开以追求"客观",却忽略了文本与语境之间千丝万缕的联系。可是,当人们试图将背景意图和语言分析结合起来时,却也会发现这一方法失去了前两种方法在逻辑上的"自足",因为它们互相消解、彼此干扰;语言学批评希望以精细可靠的规范建立一个标准的分析模式,让文本独立以摆脱因人而异的尺码干扰,但同时语言分析尤其是语意分析又使它不得不引入"传统"来作参照或干脆以背景意图为基点,于是,背景渗入文本之后的分析者便陷入了一个怪圈:背景证明文本,文本证明背景,结论产生于根据,根据却来源于结论。

三

"引入传统"的涵义当然并不局限于背景和意图分析,还应当涉及语言分析本身,在第一百五十八至一百五十九页中,作者强调自己"提出了一种以中国文化传统为前提的诗性结构的分析方法",这种"以中国文化传统为前提的诗性结构的分析方法"显然就是指引入了传统的语言学方法或"扬长避短地改造"过的语言学方法。

不过,要么是这种"改造"并不彻底,要么是这种"改造"并不成功,因为我们在《唐诗的魅力》有关唐诗语言的描述中既看到了西方句法理论在中国古典诗歌分析中的尴尬和局促,又看到了作者所谓"改造"后的分析方法的矛盾与缺陷。一个很明显的例证就是第二篇中关于句法理论的引述。

当休姆、费诺罗萨和朗格的三种句法理论被引入唐诗时,它们分别对应了三种句式,即纯粹由名词并置而成的句式、名词+

动词(或形容词)＋名词的句式、推论的句式,为什么要用三种句法理论来解析中国古典诗歌的语法现象?作者解释道:

> 多元化的观点应是最合理的,在一首近体诗中,不同的部分应有不同的句法,这些句法也就起着不同的作用。

可是,这三种句法理论不仅各有侧重而且彼此矛盾。休姆希望诗歌"完整地传达感觉"因而强调诗歌的视觉性,趋向于取消句法连缀;费诺罗萨追寻诗歌中所表现的"自然的过程",因而注意"力的转移",偏重于寻找合乎自然的句法链条;朗格则以含糊的"统一的、包罗万象的节奏技巧"来比拟诗歌语言,试图把韵律节奏、意义节奏、语法构成都囊括进去。因此他们似乎在各说各的,全然找不到一个互相兼容的契合点。而用这样三种句法理论来讨论唐诗并名之为"多元化",就使得"多元化"成了推诿责任的遁词,似乎唐诗中有多少种特殊句式就可以用多少种句法理论来对应,而各种句法理论面对着自由散漫变化多端的诗句又成了多事之秋的"消防队"或"救火车",哪里有问题就奔向哪里,不得不顾此失彼,捉襟见肘。显然,句法理论只是后人归纳的结果而不是诗人写诗的金科玉律,尽管后人总结了一条又一条的"语言法则",但诗人的诗思却始终未曾被它束缚反而不断地破坏"语法家族"的大团圆,虽然不少唐诗可以归入上述句法理论的桎梏,但也有不少唐诗仍然无法归类而逸出界外,比如说"白花/檐外/朵,青柳/槛外/梢"(杜甫《题新津》)该入什么句法?"正月/喧/莺/未,兹晨/放/鹢/初"(杜甫《将别巫峡赠南卿兄……》)又该入什么句法?这种使唐诗句法分析陷于支离破碎的方法并不如作者自己承认的,"应当归咎于我们分析角度的局限",而应当归咎于句法理论本身的缺陷,即它是挪借了西方语法学的现成理论而不是来自对中国古典诗歌语言现象的总结,它是三种句法理论的拼合而不是一种"包罗万象"的理论体系。

比如第八十一页至八十二页作者分析了杜甫的两联诗:

细草微风岸/危樯独夜舟。
星垂平野阔/月涌大江流。

作者认为,第一联是"静态意义"的,"完全由并列的简单意象构成,其中只是通过肌质,通过性质上的相似发生一点微弱的联系",第二联是"动态意义"的,"垂"与"涌"都是不及物动词,"但它们却贯穿于两个对象之中……包括了向下与向旁的两个动作"。按照作者所引述的句法理论,前一联属于休姆所赞同的"名词+名词"式的否定句法非诗性因素的句式,后一联则是费诺罗萨所谓"力的转移"式的"名词+动词+名词"句式,至少是这类句式的变体。但是,在中国人阅读过程中,前一联常常是读成:

微风岸边,夜舟独系(仇兆鳌《杜诗详注》卷十四);
在细草微风的岸边,孤独的夜里,停泊着桅杆很高的江船(施蛰存《唐诗百话》);
微风吹拂着江岸的细嫩小草,月光下停泊着高桅杆的孤舟(张国荣《唐诗三百首译解》)。

毫无疑问,这里"系"、"停泊着"、"吹拂着"之类的动词性语词都是读者补入的,在诗句中本来没有。可是,为什么读者会补入这样的词语,使这"静态"转化为"动态"、名词性并列句转化为名动型句式,从而消解了休姆与费诺罗萨之间的差异呢?这超越句法的因素又是如何潜存于句式之中的呢?

我们注意到作者在这里(以及在相当多的地方)运用了一个"肌质"(texture)概念,如果我理解得不错的话,这是 J. C. 兰姆创造的术语,指诗歌中"无法用散文转述的部分"或反逻辑的部分,而在这里它对应"构架"(structure),后者相当于语言结构而前者类似于传统诗论的"意脉",正如前人所说,是"语脉既属,如有理词状"(《诗人玉屑》卷五),即意脉将不相连属的语词转化为符合语法的可以理解的句子,使诗句"似语无伦次而意若贯珠"(《潜溪诗眼》),因而将句式由不通而通,不连而连,将那些看似静态的名词变成了鲜活动态的意象。

　　问题是,"肌质"或"意脉"本身却不属于语言学而是一个心理学意味很强的概念,按照西方语言学的习惯,语言学尤其是语法学是不应当讨论这种"不可言传只可意会"的现象的,用乔姆斯基的术语,即语言学本来研究的是"合乎语法的"(grammatical),而"肌质"却涉及到"可接受的"(acceptable),而这些诗句为什么可以超越"语法"而具有可接受性,则需要联系"文化-思维"这样一个难以精确描述的心理领域才能解决。于是,语言学批评在这里又遇到了一个问题:是恪守语言学尤其是西方语言学的畛域对可触可摸可分解的语言本身进行研究,还是突破这一畛域的限制?无疑,作者是力图突破的,引入"肌质"一词便是例证。可是,当"肌质"——即传统诗论中的"意脉"——这个词被引入语言学批评时,句法理论便出现了破绽,纯语言学方法便受到了干扰,既然"近体诗弱于句法联系而强于肌质联系",那么,当"肌质"与"句法"之间出现矛盾时,或者说,当"肌质"在诗中起着比句法明显的作用时,我们应当用怎样的语言学理论来解释"肌质",又应当用什么样的方法来"改造"现有的句法理论使之与"肌质"吻合?

四

　　近来,有的语言学者已经试图解释汉语中语法关系的特殊性并引入了一些心理学意义上的概念来补充语言描述中的缺失,如"神摄"、"散点透视"等等,这为我们提供了一些启迪。的确,中国古代语言尤其是诗歌语言常常是不可以用西方语言学理论来切割的。但是,"神摄"、"散点透视"的说法未免过分虚玄抽象,"肌质"的术语也未免过分远离语言学本身,它那以不变应万变、放之四海皆准的含糊性使分析有可能回转到"传统"的印象取代解析、感受偷换文本的老路上去，以致语言学批评最终瓦解，语法差异性最终泯灭，又沦入混沌不分的旧框架中。因此，文化心理学理论与语言学批评的技巧的结合，仍需寻找一个新的途径与新的契合点，而在这一方面，应当引起我们注意的是乔姆斯基的语言学理论。诺姆·乔姆斯基在他关于语言学的著作里曾以"深层结构"、"表层结构"及"转换生成规则"等理论指明思维与语言的一个普遍现象，即"每一个说一种语言"的民族都拥有一套独特的规则将思维转换成自己的语言，因此，他认为，研究这种规则不能不涉及心理过程而仅仅停留在语言表层，"任何能引起人兴趣的生成语法的大部分内容将涉及各种心理过程，这些心理过程远远超越实在意识甚或潜在意识这一平面"（《句法理论的若干问题》中译本）。

乔姆斯基的说法沟通了语言学与心理学，也接上了洪堡德以来便萌芽了的文化语言学。洪堡德在一八五九年出版的《论爪哇岛上的加维语》，其副标题即"论人类语言结构的差异及其对人类精神发展的影响"。在这部著作里洪堡德指出，"每种语言中都含有自己的世界"，因为任何客观感知都牵涉到主观感受，所以，作为主体描述客体的语言，不可避免地有自己独特的认知框架，这一理论在"萨丕尔-沃尔夫假说"（The Sapir-Wolf Hypothsis）中进一步完善与加强，并形成民族——文化——思维——语言的连缀性研究体系。乔姆斯基的生成语法正好以它对"思维-语言"生成的纵向描述及对不同语法分配的横向分析的广泛适用性为这种研究体系提供了一个语言学方法，并为心理与语言之间的综合研究提供了一个契合点——虽然他主要的例证都取自英语。

记得前些年曾看到过一本台湾学者写的《汉语转换生成语法》，内容是什么根本记不清了，但现在想起来却觉得它可以提示我们，中国人说中国话，中国人写中国诗是否也可以借用这一方法重构自己独特的诗歌语言学？既然感知、思维到语言的"通道"

是相同的,而"表达意指的深层结构是所有语言共有的",那么,"转换生成"无疑同样存在,既然各民族思维样式不同,诗歌思维样式更不同,"使深层结构向表层结构转变的转换原则会因语言而异",那么,汉诗语言是否可以有一套自身的语言学规则而不必牵惹某种来自西方语言的句法理论来硬性解释,是否更不必削足适履地弄上好几种互相矛盾的句法理论来截长续短?当年洪堡德所谓汉语中"纯粹的默想代替了部分语法"的说法无疑有一些缺陷,他在汉语语法分析上感到的困惑正是心理与语言为何可以互相补足的问题,但运用乔姆斯基的理论是否可以解释这一问题呢?也许,这恰恰是汉民族"思维-语言"从深层结构向表层结构转换的一种特殊规则,而这一规则之所以满足了语言沟通的需要,乃是由于汉民族思维语言中心理成分渗入过多的缘故。

至此,我们可以回到唐诗的语言中来了,我们不必对那些奇特的句式感到无所适从,也不必搬来十八般兵器一一对付,让各种句式对号入座或按图索骥似的寻觅各种句式,对于规则较疏略的语言必须以较疏略的句法去分析,对于心理成分较多的语言也必须借助心理学的方法来辅助语言学批评,拿橄榄球规则去裁判足球固然会使足球场上乱作一团,但以足球裁判的严格去要求橄榄球比赛也只会使球员无所适从,语法规则毕竟是对语言现象的事后归纳而不是事先规划,既然语言本身已经突破了挪借来的句法框架,那么我们不妨用自家的框架来测度它。

五

问题仍然远未解决。如何避免我们前面提出的"损害语言学批评"的现象,仍然是一个悬而未决的问题,换个角度说,我们应当怎样在不损害语言学批评的客观性、精确性的前提下引入"传统",使"外部的批评"与"文本的批评"结合起来?这篇文章并不奢望解决这一问题,只是通过评介《唐诗的魅力》来提出这一难题。说实在话,我是极为钦佩这部出色的著作的,它的精致细密的分析、众多发人深省的启迪、独具慧眼的论点都极其出色,但是,在它的面前的确横亘着语言学批评的困境,这使我们大家都不得不面对这些诘问与挑战。

原载《读书》一九九〇年第十二期

〔高友工、梅祖麟《唐诗的魅力》,李世耀译,上海古籍出版社,1989年出版。〕

图书在版编目(CIP)数据

汉字的魔方：中国古典诗歌语言学札记/葛兆光著. —2 版.
—上海：复旦大学出版社，2016.5(2024.1 重印）
ISBN 978-7-309-11719-6

Ⅰ. 汉… Ⅱ. 葛… Ⅲ. 古典诗歌-文学语言-研究-中国 Ⅳ. I207.22

中国版本图书馆 CIP 数据核字（2015）第 207408 号

汉字的魔方：中国古典诗歌语言学札记（第二版）
葛兆光 著
出 品 人/严 峰
责任编辑/吴 湛
复旦大学出版社有限公司出版发行
上海市国权路 579 号 邮编：200433
网址：fupnet@fudanpress.com http：//www.fudanpress.com
门市零售：86-21-65102580 团体订购：86-21-65104505
出版部电话：86-21-65642845
浙江新华数码印务有限公司

开本 850 毫米×1168 毫米 1/32 印张 7.5 字数 185 千字
2024 年 1 月第 2 版第 6 次印刷
印数 13 501—15 600

ISBN 978-7-309-11719-6/I·937
定价：38.00 元

如有印装质量问题，请向复旦大学出版社有限公司出版部调换。
版权所有　　侵权必究